Né le 6 octobre 1932 .... Paris, est marié et pè........................... lo- sophie, il fait la gue.. de banlieue parisienn.. plume. Il a été critiq.. d'abord des romans p............... la série des Reiner qui fut adaptée à la télévision avec Louis Velle dans le rôle de Reiner. Passionné de cinéma, il écrit aussi des romans qui sont des pasti- ches de films d'épouvante ou de films d'action comme Dracula père et fils *et* Les Fabuleuses Aventures d'Anselme Levasseur. Dracula, Tarzan, les Trois Mousquetaires *y sont mis en scène avec beaucoup d'humour. D'autres romans sont presque autobio- graphiques comme* Les Mers Adragantes *et* Les Appelés, *sur la guerre d'Algérie. Il connaîtra la célébrité, sous le nom de Patrick Cauvin, avec des best-sellers comme* L'Amour aveugle, Monsieur Papa, Pourquoi pas nous ?, E = MC², mon amour, Huit jours en été, C'était le Pérou, Nous allions vers les beaux jours, Dans les bras du vent, Laura Brams, Haute-Pierre *et* Povchéri. *La plupart de ces livres ont été portés à l'écran.*

Dans la France de 1943, un jeune garçon de la proche banlieue de Paris raconte ses jours et ses rêves, que l'Occupation ne par- vient pas à colorer de gris. Même la pauvreté de ses parents n'affecte guère l'excellent caractère du petit Joseph, alias Povchéri. Il y a l'école, les voisins, la rue, les romans de cape et d'épée. Et les amours enfantines, que l'approche de la puberté va mûrir et compliquer...
Soixante ans plus tard, en 2003, Povchéri devenu un ethnologue célèbre et un vieux ronchon, retrouve son journal d'enfance. Mais le monde va mal et lui pas très bien... Contraint de fuir Paris et la guerre, il rencontre une charmante vieille dame...

PATRICK CAUVIN

Povchéri

ROMAN

ALBIN MICHEL

PRINTEMPS 1943

VOILÀ, ça y est. Maintenant c'est devenu comme mon vrai nom.

Povchéri.

Ils m'appellent tous comme ça.

C'est la faute à Traîtresse Infâme.

C'est ma mère.

Toujours Povchéri, Povchéri. On peut lui dire n'importe quoi, c'est toujours Povchéri. Un jour je lisais le bouquin d'histoire, on avait interro sur Napoléon le lendemain, et elle faisait les haricots.

Enfin elle épluchait.

Elle épluchait pas, elle enlevait les fils. Ça porte un nom...

Donc, elle était avec ses haricots sur la toile cirée, moi à côté avec mon bouquin, je récite à haute voix pour que ça rentre mieux et, à un moment, je dis : « Y a eu 32 000 morts à Iéna. » Elle me regarde et elle dit : « Povchéri. »

Comme si j'avais été dans le tas. Exactement.

Tout ça, ça vient de ce qu'elle pense à autre chose.

Elle enlève les fils, elle pense à autre chose, vous, vous arrivez avec Iéna, Marengo ou Trafalgar, vous dites un truc dessus, elle sent qu'elle doit dire quelque chose pour faire croire qu'elle a entendu, alors elle dit « Povchéri ».

Un jour j'arriverai et je lui dirai : « Hitler est mort, la guerre est finie et je pars en avion en Amérique pour recevoir des médailles et des sous parce que j'ai fait sauter un train. » Elle me dira : « Povchéri. »

Elle m'a fait le coup deux ou trois fois chez l'épicier et il y avait ce con de Barsoumian dans la queue avec sa mère, il est allé cafter aux autres : « Sa mère, elle lui dit : Povchéri. » Ça n'a pas attendu : depuis c'est Povchéri.

Personnellement je m'en fous. Mais j'aurais préféré Jo. Djo plus exactement. Ça fait américain. Joseph, c'est assez tarte. Je ne sais pas pourquoi ils m'ont appelé Joseph. Joseph ça va pour un grand mais pour un petit je trouve que ça fait trop sérieux. Dans quelque temps, quand j'aurai grandi, ça ira mieux. Pour le moment c'est stoppé, à cause des biftecks.

On est plusieurs comme ça dans la rue, on pousse plus parce qu'on n'a pas de biftecks.

C'est la boulangère qui l'a expliqué. Ça va être la rue des nains. La rue des Povchéris.

Avant la guerre les enfants poussaient vite. C'est un fait où ils sont tous d'accord, les types mangeaient des biftecks et ils poussaient. Le père Bedot a expliqué que tous les mois sa mère défaisait les ourlets pour rallonger les jambes des pantalons et les manches des vestes, il n'arrêtait pas... Une poussée infernale, il s'éloignait du sol comme la fusée de Jules Verne. Il s'est pourtant arrêté vite, mais il est resté le dernier gros de la rue. Il doit bouffer au marché noir, le Povchéri. Au début il était pour les Allemands, quand ils ont demandé du cuivre pour les obus ou je sais pas quoi il a galopé avec ses casseroles jusqu'à la mairie. Papa a dit qu'il était communiste. Parce que au début les communistes étaient pour les Allemands parce que les Russes aussi et puis ça a changé, bref des conneries.

En tout cas il a plus de casseroles, Bedot, mais ça ne l'empêche pas de faire la cuisine, et il est toujours aussi gros. Il est pas vraiment gros d'ailleurs, il est soufflé, ça tremblote quand il marche. Pourquoi je raconte tout ça?

Bon, ben voilà. Plus que trois jours et l'année est finie. L'année de l'école, pas la vraie année. Maintenant c'est les vacances pour trois mois. L'été peinard, l'été mousquetaire, je l'appelle comme ça parce que je le passe seul à Alfortville et que je joue au mousquetaire devant la glace. Les autres sont partis, ils ont des grand-mères dans les campagnes alors ils y vont, ils bouffent du beurre pendant deux mois et ils reviennent avec des gros culs et des biscotos, moi je reste avec mes bras en ficelle mais je m'en fous.

Je m'amuse bien. Quand y a plein de soleil dehors et que les yeux piquent tellement c'est blanc sur les murs et la rue, j'aime être dedans. Quand je m'y prends bien, c'est comme sous Louis XIII, les châteaux en décors et moi qui galope avec la rapière qui ballotte. J'ai toujours aimé l'époque quand les mecs avaient des épées. Allez, j'arrête parce qu'il faut que je révise le vocabulaire et la saloperie des participes. Je bitte pas les participes, je suis pas plus con qu'un autre mais je bitte pas, ou alors je suis plus con mais uniquement pour les participes.

Vache qui rit vendredi, dimanche mort aux rats.

J'aime bien ce genre de pensées. Des fois je les trouve d'un coup, des fois je cherche. C'est marrant. Enfin je sais pas si c'est marrant mais ça me fait marrer.

C'est pas comme les participes. Conjugués avec

avoir ils s'accordent s'ils sont placés avant. Avant quoi?

Qui c'est qui va se payer la bulle parfaite? C'est Povchéri!

Ce soir Papa n'a pas touché aux drapeaux. Ça stagne. Ils bougent d'habitude, ces cons de Russes. Ils ont rien fait aujourd'hui. Je m'en fous parce que dimanche c'est *Cyrano*.

Avec Fouillet on dit souvent qu'on va torturer Duploux.

On rigole mais au fond j'aimerais bien. Dans une cave, avec des fers rouges. On lui poserait des questions.

— Avec quoi il s'accorde le participe passé?

— Avec le complément d'objet.

Crac! une torsion.

— C'est pas ça. Réfléchis.

— Avec l'adjectif.

— Très bien. S'il est placé où?

— Avant.

Crac! une autre torsion, avec des pinces spéciales. Hurlement.

— S'il est placé où?

— Après.

— Très bien.

Un petit coup d'éponge pour la sueur.

C'est mon rêve, lui apprendre toute l'orthographe à l'envers, à ce con ce Duploux.

— Les maisons, comment tu écris MAISONS?

— M-A-I-S-O-N-S.

Trois tours de brodequin d'un seul coup. Il fait plus son futé, le Duploux.

— Comment tu écris les MAISONS?

— M-A-I-S-O-N.

— C'est mieux, mais tu peux mieux faire.

— M-E-S-ON.

— Tu vois que tu progresses, encore un effort!

— M-E-Z-O-N.

8

– Eh bien voilà, c'est pas difficile quand on s'applique...

Comme on est pas encore arrivés à le choper, il nous a fait encore la matinée infernale. Fouillet a dit :

– C'est le dernier jour, il va pas faire la vache, on aura pas de dictée...

Les autres aussi le croyaient. C'est vrai que les autres instits, ce jour-là, ils racontent des histoires ou n'importe quoi, l'année dernière chez la mère Fournier on avait joué toute la matinée dans la cour.

Je disais rien mais je me doutais du coup. Ça n'a pas loupé. Il est arrivé avec son air joyeux – mauvais signe quand il a l'air joyeux – et il a dit un seul mot : « Dictée. »

C'est incroyable, ce type. Pas bonjour, pas asseyez-vous, pas sortez vos cahiers, pas ci pas ça : « Dictée! » Crac, d'un coup!

Il est peut-être pareil chez lui, il arrive le matin au café au lait, avec sa femme, ses gosses... Et lui : « Dictée! »

Peut-être il croit que ça veut dire bonjour.

Il a compris qu'on était pas chauds et il a pris son air encore plus joyeux. « Ah! vous croyez que le dernier jour on fait rien! Vous allez avoir trois mois à vous tourner les pouces et ça vous suffit pas! » et patati et patata, bref on a eu la dictée.

Deux pages.

J'ai cru mourir.

Le Fouillet, il a fini. 100 à l'heure, sa moyenne dans ces cas-là, c'est trois fautes par mot.

J'ai pensé qu'on pourrait le dénoncer aux Frisés, le Duploux. Ecrire une lettre pour dire qu'il fait de la résistance. Non. On se ferait repérer pour nos fautes d'orthographe et lui il a pas une tête à faire sauter les trains, ça nous retomberait encore dessus. Et puis l'année est finie, ça servirait pas à grand-chose.

Trente-deux fautes.

Autant le dire tout de suite.

J'ai pas battu mon record mais c'était juste.

Je sais pourquoi je fais des fautes : c'est parce que je me fous d'en faire. Au début je me dis, faut m'appliquer, je vais avoir encore des zéros, Duploux va me coincer, etc. Même malgré ça, je m'en fous tellement qu'au bout d'un moment je n'y fais plus attention.

Duploux m'a dit : « Apprends les règles par cœur. » J'ai appris par cœur mais je ne comprends pas à quoi ça sert. Il m'a dit aussi : « Lis avec un dictionnaire près de toi. » Il est bon, lui, quand d'Artagnan et les autres vont délivrer le roi, que le sang coule sur l'échafaud et qu'ils bondissent avec les épées, il s'imagine que je vais ouvrir mon dictionnaire, ce con ? Ou alors quand le fou tire avec des balles d'or du haut de la falaise sur Rod et l'Indien, il croit que je vais vérifier l'orthographe ?

C'est mon préféré, celui-là : *Les Chercheurs d'or*. Il y a *Les Chasseurs de loups* aussi qu'est pas mal, mais c'est plus sentimental avec la princesse. C'est des bouquins de la Bibliothèque verte. J'en ai plein chez moi. C'est dur à trouver maintenant, il y a des restrictions sur les bouquins. Je vois pas pourquoi il y a moins de livres pendant une guerre, c'est quand même pas avec eux qu'on va faire des attentats. Enfin c'est comme ça, la guerre c'est quand il n'y a plus rien, c'est le vide.

Bon. Donc après la correction il y a eu les questions, l'analyse logique, ça c'est le martyre pur : subordonnées conjonctives, relatives (expliquez-moi la différence), les antécédents, tout le cirque... Là j'ai copié carrément, pas sur Fouillet qu'est pire que moi, c'est Laidu qui m'a passé sa feuille et j'ai tout pompé. Et allez donc! De toute façon je passe dans la classe au-dessus, alors... Et puis quatre heures et demie est arrivé et on est partis et c'était fini l'école et voilà.

Personnellement j'aime bien quand c'est fini, évidemment comme tout le monde, en même temps ça me fait triste. Par exemple la classe de cette année, je l'aimais pas. Les autres pas beaucoup non plus, mais celle de cette année particulièrement parce qu'elle était au fond de l'école. Duploux l'a choisie parce qu'elle est loin de la rue et qu'on n'entend rien, donc il croyait qu'on allait travailler mieux, qu'on serait pas distraits... J'ai détesté parce que, quand on entre, on croit qu'on en sortira plus. Le mardi à une heure et demie quand on arrivait là-dedans et qu'on savait qu'on en avait pour l'après-midi, c'était terrible, c'était un endroit fait exprès pour travailler, avec le tableau, les tuyaux du poêle en zigzag, les cartes de géo, les portemanteaux, les armoires, l'estrade, tout vert sur les murs avec l'encrier en porcelaine blanche et les bouteilles violettes, je ne peux pas dire ce que ça me faisait tellement ça me faisait chier d'être dedans. La prison.

Duploux ce qu'il aimait c'est qu'on ne voyait pas la cour. On voyait pas la cour donc on pensait pas à jouer. Il croyait ça, ce con. Bon, je n'aimais pas ça. Je m'en vais, je reviendrai pas, je devrais être joyeux, eh bien pas complètement : au fond ça me plaît pas vraiment de savoir que je reviendrai plus jamais. Je voudrais pas que ça recommence, et en même temps ça m'embête de plus rentrer là-dedans avec Fouillet, Laidu, Barsoumian et les autres. Je crois que je dis des bêtises.

On s'est dit « Salut » avec Fouillet. On se voit pas pendant l'été parce qu'il va en Ardèche, chez sa grand-mère. Toutes les grand-mères vivent à la campagne. On est des copains d'école et c'est tout.

Au fond on n'est pas de vrais copains. C'est l'orthographe qui nous a rapprochés.

A quatre heures et demie j'ai couru un peu avec les types du quartier des Fleurs mais ils sont plus grands que moi alors j'ai laissé tomber, comme il faisait chaud j'ai fait un détour par les bords de Seine et j'ai pris par le pont surpendu. Papa dit qu'un jour ils vont le bombarder. Quand il y a une alerte et qu'on entend les avions, on pense au pont : on est vraiment pas loin. J'ai cavalé par la rue des Acacias et Maman a dit : « Tu es en nage, Povchéri. » Je me suis pris une banane déshydratée et j'ai foncé sur Jack London. Pas mal, les bananes déshydratées, c'est la présentation qu'est pas terrible. On a beau ne pas y penser, ça ressemble quand même bien à une longue merde séchée de clébard, ça n'a pas le même goût, enfin je suppose, c'est sucré et élastique comme un caramel. Donc banane et Jack London. Le soleil tape à tout casser et j'ai trois mois de rues vides devant moi, je serai seul et ce sera bien. Les vacances.

C'est quand même con qu'il ait eu un grand nez.

Ça fait trente fois que je le lis, quatre fois que je le vois, et ça me fait pareil à tous les coups. J'ai beau me dire que sans son pif il n'y aurait pas d'histoire et pas de pièce, ça me crée quand même un grand regret.

La nuit, souvent, quand je dors pas, j'imagine ce qu'il aurait fait sans son nez à la con : il se serait marié avec Roxane évidemment, elle aurait pas résisté à ce mec spirituel et courageux. Ils auraient eu des enfants, c'est bête, pas de quoi faire un seul acte, mais ça me fait plaisir de penser à ça.

On a pris le train de 13 h 05, on monte dans les troisièmes, empilés comme des malades. Je crois que je ne me suis jamais assis de ma vie dans un train. Après, le métro, empilés aussi, et après la queue où on est empilés entre les barrières.

C'est drôle comme théâtre la Comédie-Française. C'est cerné de colonnes grises même l'été, derrière il y a des grilles et des magasins toujours fermés. C'est tout mort partout. Quand on sort on fait un tour sous les arcades avant de reprendre le métro et le train du soir. On est seuls, toujours, avec des pigeons malades. Pap dit que c'est parce que c'est la guerre. A mon avis ça a toujours été comme ça, impossible que ça ait vécu un jour. Ça résonne là-dessous, c'est comme un tombeau, c'est le tombeau de la ville. J'aime bien le nom, c'est le Palais-Royal, les graviers crissent et sont blancs.

En fait quand je dis que j'ai vu quatre fois *Cyrano*, j'exagère, je l'ai vu quatre demi-fois. A chaque fois on est sur le côté, toujours du même, alors il y a la moitié de la pièce que je ne connais pas.

C'est mal foutu, cette salle, mais c'est beau. Il y a des velours, des anges, c'est tout rouge et doré et puis le lustre, alors, ça je ne m'habitue pas...

Cette fois, c'était pareil, on était au quatrième rang de côté, à peu près à la même place que la dernière fois. Traîtresse Infâme râle, Pap lui dit que pour avoir un rang de face faudrait prendre le train d'avant qui est à 8 h 17. Ça ferait tôt. En plus avec mon mètre 22, une fois assis ça me limite drôlement la vision. La première fois que j'ai vu *Cyrano*, c'était avec Denis d'Inès. Il était tellement vieux qu'il ne bougeait plus. Il avait l'air de s'être installé une fois pour toutes à une place, et vogue la galère. En tout je l'ai vu trois fois à dix secondes chaque. La première fois il a dû faire un faux mouvement et j'ai vu son chapeau. La deuxième fois il est sorti du bon côté et j'ai vu son dos et la troisième c'est quand il se bat au siège d'Arras.

Heureusement qu'il le dit qu'il se bat, parce que le Denis d'Inès on avait plutôt l'impression qu'il attendait l'autobus, avec sa rapière trop lourde pour lui. C'était beau quand même, et puis il disait bien les vers et puis je me les disais dans ma tête, alors pas de problème.

Ça va être la cinquième fois. C'est plus Denis d'Inès, c'est Pierre Dux, il bouge davantage. On a dû lui dire que s'il arpentait pas de long en large, les enfants des poulaillers étaient tristes. Alors il fait un Cyrano de course à pied. Il est très bien aussi.

J'aime bien les décors, c'est sous Louis XIII, avec des balcons aux maisons pleines de plantes qui montent, on dirait des vraies.

Au siège d'Arras il y a des tambours renversés et des drapeaux. Le mieux c'est la fin, les feuilles qui tombent avec les cloches et les religieuses qui passent dans le fond dans la lumière qui baisse, alors il arrive tout en noir et il meurt contre l'arbre. Chaque fois je me fais avoir tellement c'est beau.

Traîtresse Infâme elle aime bien aussi, Pap, je sens qu'il commence à plus vraiment supporter *Cyrano*, évidemment ça fait souvent, mais un, c'est pas cher, deux, on peut pas aller au cinéma voir les films boches et les films français c'est tous des collabos, c'est lui qui l'a dit, alors y a pas à y revenir, trois, on peut pas se promener tout le temps dans Paris. Donc reste *Cyrano*, c'est pas compliqué.

Quand je dis qu'on va pas au cinéma, c'est pas vraiment vrai, l'année dernière on a été voir trois fois *La Duchesse de Langeais*. C'est Traîtresse Infâme qui adorait, pourtant y a pas plus con comme film. Au début il l'aime et elle l'aime pas, après elle l'aime et il l'aime plus, et à la fin il l'aime et elle meurt. Avec ça on est servi.

En plus, elle est bonne sœur. Alors ça, ça trompe jamais, quand il y a des bonnes sœurs, des églises, des curés, c'est toujours moche, ça bouge pas, c'est des gens lents qui parlent sans arrêt avec leurs mains dans les manches, on s'ennuie.

Pour dire si c'est moche comme film, à un moment on dit qu'il y a un duel, on voit la duchesse qui court voir le duel et quand elle arrive c'est fini, c'est le général qui a gagné, alors on n'a rien vu. Et puis elle change toujours de robe, elle a les yeux au ciel et elle cause même quand elle est toute seule, elle dit : « Armand, mon Armand », on le sait que c'est son Armand, et Armand il est toujours très énervé comme mec, il crie, il bouscule tout le monde dans les bals, enfin c'est très mauvais, mais Traîtresse Infâme m'a traîné trois fois au casino de Maisons-Alfort et elle a pleuré à chaque fois comme si elle ne connaissait pas la fin. C'est seulement quand elle est au cinéma qu'elle pense pas à autre chose, on peut le dire, tous yeux toutes oreilles la Traîtresse Infâme.

Ça fait longtemps que je l'appelle Traîtresse Infâme, ça date du temps où j'étais petit. J'avais lu un livre où il y avait un moine caché qui était trahi par une bonne femme qui ouvrait la porte d'une tour à des soldats et le moine était pris et les autres lui flanquaient des coups de pertuisane et il s'écriait en montrant la bonne femme : « Traîtresse infâme ! » Je ne me rappelle pas la suite, mais ce passage-là m'avait frappé, c'était un vieux bouquin tout abîmé avec une bonne femme tenant un flambeau sur la couverture, un peu comme à la fin de *La Duchesse de Langeais*. Donc je lis le livre et puis le soir elle me dit de réciter mes leçons et que si je les sais pas je suis privé de dessert, tout ça pour rire parce que j'aime pas tellement le dessert et puis de toute façon elle me punit jamais et en plus il y a pas de dessert, et moi je lui dis : « Traîtresse Infâme! »

Je me souviens, j'avais sept ans, parce que j'étais chez Mme Goberlin, qu'a-du-poil-sur-le-tarin.

Donc je lui dis « Traîtresse Infâme » et elle rit. Je lui redis, et depuis c'est devenu mécanique : « Traîtresse Infâme passe-moi le sel, s'il te plaît », etc. Même Pap l'appelle Traîtresse Infâme. Et quand Pap et moi on parle d'elle on dit : « Ça il faudra le dire à Traîtresse Infâme. » C'est devenu un nom pour elle. Comme Povchéri pour moi.

Voilà.

Tout ça pour dire que, *La Duchesse de Langeais*, j'en avais vraiment ma claque.

Barsoumian et les mecs de la rue du Barrage me tannent pour jouer au foot le dimanche, j'aime pas trop. Enfin j'aimerais si j'étais bon mais je ne suis pas bon, trop petit, un coup d'épaule et je valse... J'aime mieux le temps passé, les vers, les costumes, le théâtre, les lumières... A côté, un ballon pour taper dedans, c'est pas grand-chose. Bref on s'est installé et on a regardé le rideau, c'est terrible les rideaux de théâtre, un rouge qui n'existe pas ailleurs, ça se soulève comme un couvercle et dedans il y a une ville entière, des maisons, un autre théâtre, une pâtisserie avec tous les détails, une église, tout faux tout peint, tout admirable... Quand ça monte, que les lumières baissent ça me fait toujours un déclic dans les estomacs, ça veut dire que ça a commencé. En bas, aux fauteuils d'orchestre, ils doivent bien voir, tout. Quand je serai grand je prendrai des fauteuils de face. Pap est grand, pourquoi il n'en prend pas?

Ça ferait cher, je sais, air connu. « Ils voient la même chose que nous. » J'ose pas dire que c'est de plus près. En fait c'est la faute à la SNCF : ils paient pas bien mais Pap ne change pas, il ne change jamais parce que ça ferait un risque.

C'était bien. Pour le duel avec le vicomte ils étaient bons à l'épée, et puis toujours la tristesse des mots sur la fin et dans l'acte où Christian monte au balcon pour faire le bisou et que Cyrano reste en bas, alors ça, c'est dur à vivre, je ne m'y fais pas à ce passage, c'est l'injustice totale, l'insupportable : c'est lui qui a tout arrangé, il a parlé des heures et crac ! c'est l'autre qui en profite. Ça me rend fou.

J'espère qu'ils le rejoueront bientôt un dimanche. On est sortis et on a fait un tour par les jardins. On a toujours le temps avant le train du soir. Sur l'avenue, il y avait les vélos-taxis qui attendaient. J'en ai jamais pris. J'aimerais bien mais ça aussi ça doit faire cher.

En passant rue de Rivoli, elle a dit :

– Il faudrait lui acheter un costume, il a plus rien à se mettre, Povchéri.

Le dernier, c'est elle qui me l'a fait, elle achète le tissu avec les points textile et elle taille dedans. Pap dit qu'elle se débrouille très bien. Je crois que c'est vrai, mais le tort qu'elle a c'est qu'elle voit grand, plus exactement c'est moi qui ai le tort de rester petit parce que, quand elle fait un costume, elle le fait pas pour tout de suite, elle pense à l'avenir. « Dans trois ans tu auras poussé et il t'ira encore. » Malheureusement je pousse pas ; ça fait que du premier jour jusqu'à l'usure totale, je marche à l'intérieur de mes pantalons.

Quant à la veste, parfois je me demande si on voit bien que je suis dedans. Heureusement que j'ai la tête qui dépasse. Elle dépasse pas beaucoup d'ailleurs, enfin suffisamment pour que les gens comprennent que c'est pas un costume qui se balade tout seul.

Le pire c'est le poids. Elle dit que c'est de la belle

étoffe, qu'ils ont pas soigné la couleur mais que c'est résistant. Pour résister, ça résiste, c'est un costume qui pèse autant que moi, on dirait qu'on l'a taillé dans un paillasson, ça fait armure, comme le comte de Guiche quand il vient voir les cadets de Gascogne, on peut dire de ce point de vue que je joue Cyrano tous les jours de l'année. Au moins vingt-cinq kilos. Autre particularité, c'est un tissu qui n'est pas pliable : les manches et les jambes, ça fait comme quatre tuyaux de carton, de toute façon avec des galoches comme des enclumes je fatiguerais trop à plier les genoux, alors je vois pas pourquoi je me plaindrais.

Je me suis pas étendu sur la couleur parce que c'est tout de même le point noir. Pas noir mais marron, le marron des bananes déshydratées qui ressemble bien à de la merde. Je peux pas le dire parce que ça lui ferait de la peine mais avec juste la tête qui sort du tas de mon costume, j'ai quand même l'air d'avoir le menton posé sur un tas de caca géant.

Je raconte pas quand il pleut. Parce que si c'est un beau tissu ça doit absorber, forcément, alors l'eau, c'est un plaisir, elle imbibe et ça gonfle.

Une fois, on a pris la sauce en sortant de la gare de Lyon et ça a fait éponge. J'ai doublé de volume, j'arrivais plus à avancer tellement ça pesait. J'avais peut-être trente litres entre le col et le revers du pantalon. Je me suis vu dans un reflet de vitrine, je nageais à l'intérieur d'une bulle de merde.

Tout cela n'est pas grave à une condition : après il faut pas aller dans un endroit chaud.

Ce jour-là on a eu le tort de rentrer dans le métro, alors là tout d'un coup j'ai vu trouble : ça faisait vapeur, il y avait une fumée qui montait comme quand elle repasse avec la pattemouille, et en plus une odeur terrible. Pas une odeur de merde comme on aurait pu s'y attendre vu ce que j'ai raconté plus haut, pas du tout, une odeur pire, comme je n'en ai encore jamais senti. On devait descendre à Palais-Royal (on allait voir *Cyrano de Bergerac* je crois), du coup on est descendus à Châtelet. Ce n'était pas très loin, je me rappelle qu'en arrivant je fumais toujours.

Eh bien malgré tout, et j'ai moi-même de la peine à le croire, je suis arrivé à l'user, cette bon dieu de carapace. Les premiers temps que je l'avais je me mettais contre un mur et je frottais contre, ça me faisait mal aux omoplates et ça enlevait de la peinture mais rien d'autre.

Je vais arrêter de parler de ce costume parce que je pourrais remplir des cahiers rien qu'avec lui.

Si j'allais à l'école sans lui je me demande si on me reconnaîtrait.

Bon, allez, terminé.

Donc elle a dit :

– Il faut lui acheter un autre costume.

J'ai pensé il va lui demander si elle a les points textile.

– Tu as les points textile ?

– Oui.

Il va lui demander si elle a les sous.

– Tu as les sous ?

– Dans l'enveloppe « habillement ».

C'est lui qui a écrit « habillement » à la plume ronde, c'est des enveloppes SNCF qu'il fauche à son bureau. En tout cas ça a l'air de se préciser pour la nouvelle carapace. L'embêtant, c'est qu'il va falloir la choisir, alors ça, c'est l'Aventure absolue, mieux que *Les Chercheurs d'or* ou *Le Dernier des Mohicans*.

En général on part le jeudi, avec Traîtresse Infâme. On va vers le Sébastopol et on regarde les vitrines, avant c'étaient les juifs qui étaient là, ils étaient chers, on les a remplacés par d'autres qui sont aussi chers, c'était pas la peine.

Donc on repère les vitrines, si on en a vu un bien au début du boulevard, on se rappelle l'endroit et on rentre. Jeudi suivant, on va dans un autre quartier, vers la Bastille, et on regarde aussi, on repère plus, on compare avec le premier, on voit le mieux, la couleur, le prix, tout ça... On rentre. Le troisième jeudi, on choisit définitivement lequel on veut et le quatrième, on entre dans le magasin. Carrément.

On essaie. Enfin j'essaie. C'est trop grand évidemment mais ça n'a pas d'importance puisque je vais pousser. On discute, enfin elle discute et on s'en va en disant qu'on va réfléchir. Dans le métro du retour elle me demande si ça me plaît, je dis : « Oui et toi ? » Elle pense que ça me fera de l'usage et que la couleur est jolie mais ça fait cher. Elle finit en général par dire qu'on ne peut pas aller tout nu.

En général, le cinquième jeudi on achète. C'est reparti pour un tour.

J'ai pas encore parlé du béret.

Je le porte tous les jours de ma vie. J'en ai tellement l'habitude que quand je l'enlève je me reconnais plus. L'été j'ai tellement chaud dedans que j'ai les cheveux qui collent, sans parler de la marque rouge que ça fait sur le front, comme une terrible blessure. Quand il pleut ça dégouline, ça sèche jamais, c'est comme une merde ondulée sur la tête avec le jus qui descend, l'hiver ça fait froid quand on le met et ça sert à rien.

Je sais pas qui a inventé le béret. La seule chose qui ferait que j'aurais préféré être une fille, c'est qu'elles ont pas de béret.

Et le pire c'est le petit bout au milieu comme une tige de pomme. Il n'y a pas plus laid qu'un béret : c'est plat et noir et mou comme une vieille galette pourrie.

Une fois, Traîtresse Infâme m'en avait pris un

trop grand et il glissait. Alors là, personne ne peut rien pour vous parce qu'il n'y a rien à faire, ça s'enfonce, moi c'est les lunettes qui l'arrêtaient et même si vous avez la tête à Pierre Fresnay, eh bien vous avez obligatoirement une tête de con.

D'ailleurs j'ai remarqué que dans les films les gens n'ont jamais de bérets, ils ont des chapeaux.

Non seulement c'est emmerdant mais en plus on le perd tout le temps parce qu'un béret ça ne peut pas rentrer dans une poche : même enfoncé il y a un trop gros bout qui sort et ça tombe, et puis il y en a qui vous le piquent au portemanteau. Traîtresse Infâme, elle m'écrit le nom dedans sur une étiquette cousue parce qu'un béret ça ressemble à tous les autres pour la bonne raison qu'ils sont tous pareils : ronds, noirs et cons, alors si on vous le prend, rien de plus facile. Personnellement je pense que pour être voleur de béret il faut être complètement fou.

Vous n'avez pas non plus intérêt à le prendre trop serré parce qu'alors là il vous reste sur le dessus de la tête comme une sorte de cloche ronde et je me demande si vous n'avez pas l'air aussi con que quand c'est enfoncé. Mais même si c'est la bonne taille ça va pas non plus. Enfin j'ai passé ma vie avec et même les hivers où il fait froid je le garde pour dormir alors je sais de quoi je parle.

Je peux même dire que le plus joli d'un béret, c'est à l'intérieur, dans certains il y a une sorte de doublure en couleur qui fait un peu brillant comme un tissu de robe de dame et c'est beau. Ce qui montre qu'il y a pas plus con qu'un béret c'est que c'est le seul endroit qu'on ne voit pas. Point final. J'ai écrit beaucoup « con » mais c'est parce que je déteste ces cons de bérets.

On est rentrés à pied du théâtre à la gare, c'est

loin mais c'est tout droit, donc ça va plus vite, ça économise trois tickets de métro.

J'étais content parce que demain, pas d'école, peinard au chaud, pas de Duploux, je pourrai rejouer *Cyrano*, tranquille devant la glace... On a repris le train : arrêts à Bercy, Charenton, Alfortville Terminus, il faisait encore jour, c'est dire que c'est l'été. Dans la rue des Tilleuls il y a toujours des copains à moi qui jouent au foot le soir des dimanches, aujourd'hui il n'y avait personne, ils avaient déjà dû partir vers les grand-mères des campagnes.

Il paraît que ça chie vers le front de l'Est. A Bielgorod en particulier.

On peut guère savoir parce que Pap a fait une connerie. A son bureau, tout le monde écoute Londres, comme on entend mal parce que c'est brouillé tout le monde n'entend pas pareil. Ils se mettent à plusieurs pour savoir ce qui se dit en vrai. Et évidemment ses copains demandent à mon père ce qu'il a entendu, lui, et alors il a pas osé dire qu'il avait pas de poste. Je l'ai entendu raconter ça à Traîtresse Infâme qui a dit : « Tu es vraiment bête. » C'est vrai mais c'est plutôt l'orgueil à mon avis. Pas de poste, ça prouve qu'on est un pauvre. Du coup j'ai fait pareil à l'école, tout le monde croit aussi que j'ai la radio, alors le soir Pap et moi, on grimpe sur l'escabeau, on se colle l'oreille le plus près possible du plafond et on écoute la radio des voisins du dessus. Traîtresse Infâme dit qu'on les connaît pas assez bien pour leur demander d'entrer. Moi je trouve qu'on les connaît bien, même très bien, mais c'est pas encore assez.

Donc escabeau, la tête à angle droit pour que le son tombe dans le tuyau et on essaie d'attraper les mots. On n'entend pratiquement rien, on bloque des bribes. Par exemple on entend « Smolensk ». Je dis Smolensk parce qu'une fois j'ai entendu Smolensk, donc on entend Smolensk et le lendemain matin Pap arrive à son travail et dit : « J'ai pas bien saisi quand ils ont parlé de Smolensk », les autres embraient et comme ça ils croient tous qu'on a la radio.

A l'école c'est pas pareil, les mecs écoutent surtout les feuilletons, *Les Trois Mousquetaires* en feuilleton, ça j'aimerais l'entendre. Pas de pot.

Pap m'a dit qu'un jour on pourrait voir les images. Chez soi. Sans bouger. Un petit cinéma à la maison.

Ça, je peux même pas en rêver.

Je lui ai demandé si ça sera en couleurs, il m'a dit que j'avais vraiment pas le sens des réalités. En couleurs! Faut tout de même pas exagérer. On pourra voir *Cyrano* sans aller à la Comédie-Française, donc gratis, et en plus on le verra en entier et de face.

Traîtresse Infâme a dit : « Déjà qu'il ne travaille pas à l'école (faux), avec un appareil comme ça, il sera toujours devant et adieu les leçons et devoirs. » Je regarderai après seulement, bien sûr, mais je me suis pas énervé parce qu'à mon avis ça va être cher longtemps, surtout pour Pap. Je sais même pas si cette histoire-là est pas encore vraiment inventée, c'est peut-être lui qui me fait marcher, c'est possible.

En tout cas on a même pas la radio, alors on est pas près d'avoir son truc.

Mardi aujourd'hui, je suis allé avec Traîtresse Infâme jusqu'au bout de la ville, presque jusqu'aux quais de la Marne parce qu'elle a su qu'il y avait des patates.

Dieu sait comment elle l'a su. Je lui ai dit qu'en général c'était du bidon, des bruits qui couraient et elle a dit :

– Ça te fera au moins prendre un peu l'air.

Pas besoin d'air, j'étais en train de prendre un bastion fortifié avec des Espagnols à toutes les poternes. Je rampais avec mes spadassins quand elle a ouvert la porte. Elle est certaine de ne pas m'avoir dérangé en plus.

En avant pour les patates.

Il faut que je parle un peu de Traîtresse Infâme parce que c'est une drôle de bonne femme et que je ne sais pas bien pourquoi elle est comme ça.

Quand on la voit dans la cuisine par exemple ou si elle fait les lits, on se dit qu'elle pourrait aussi bien être ailleurs, ce serait pareil. C'est une femme qui pense à autre chose, personne ne sait à quoi.

Par exemple la guerre, quand elle a su pour l'armistice de Pétain, pour Stalingrad, pour tout ça, Pap raconte et elle, elle fait ah bon! ah! là! là! oh ben ça alors! On sent qu'au fond elle s'en fout, elle est ailleurs.

Si on veut la rencontrer, faut pas être à l'endroit où elle se trouve.

Une fois j'ai essayé de savoir, j'ai commencé par lui dire que quand je jouais avec les épées, y avait un moment où j'étais plus dans ma chambre, ni dans la maison, ça y était je me battais en duel au Pré-aux-Clercs, devant moi c'était la Seine, ses maisons pas comme aujourd'hui, avec la tour de Nesle et l'ancien pont, comme l'image sur mon bouquin, j'insiste, je lui raconte où je suis quand je suis pas vraiment là où je me trouve et je lui demande :

– Ça te fait pas ça à toi aussi? Ça t'arrive pas de te trouver autre part?

Et alors là, la réponse immédiate :

– Jamais.

C'est le pire de tout, on croit qu'elle est ailleurs parce qu'elle a pas l'air d'être là et elle est en fait nulle part.

C'est une femme détachée. Par exemple quand j'ai été malade, elle avait pas l'air de trop s'en faire, juste un peu.

Je sais pas ce que c'est, son histoire, il y a des photos d'elle dans l'album quand elle était jeune, elle est à une fenêtre et elle regarde dehors et on voit que dehors il n'y a rien à voir parce que c'est un mur, et en plus, on sent qu'elle ne le voit pas... Quand elle bouge, c'est assez ralenti, elle ne m'a jamais mis de gifle mais si ça arrivait j'aurais largement le temps de me baisser. Elle vient de l'Assistance.

Donc on a été aux patates.

C'était dans le terrain vague, un type avec un camion gazogène qui vendait des espèces de petites saloperies de boulettes grisâtres. Sûrement des pourries. Il y avait du monde mais Traîtresse Infâme a dit :

– Si vous allez au ravitaillement avec ton père la semaine prochaine, vous en ramènerez des bonnes.

Et on est repartis. Tout ça pour rien, j'aurais été mieux à jouer. Je lui ai demandé à un moment :

– Où est-ce que tu as rencontré Pap ?

Elle avait toujours ses yeux vagues et elle a dit :

– Comment ?

– Où tu as rencontré Pap ?

– Dans la rue.

Voilà, c'est tout, avec ça je suis servi, j'ai plus qu'à inventer la suite. Elle devait encore penser à autre chose quand elle l'a vu. Elle a dû se marier par inadvertance et puis qui c'est qui est né ? C'est Povchéri. Peut-être elle a été surprise de me voir sortir.

On est revenus par la gare et c'est là que j'ai vu l'affiche : *Le Capitaine Fracasse*. Ça m'a fait un coup.

Je l'ai lu, celui-là aussi c'est un mousquetaire. Au début c'est un peu long, le château, son cheval, son chat, son valet, tout ça, ça se tire, mais dès qu'il s'en va, alors c'est formidable. Je savais pas qu'il y avait un film. C'est avec Fernand Gravey. Il doit être bon là-dedans, il a la petite moustache et sa rapière, j'espère qu'il sait bien en faire.

Je vais aller le voir. Il faudrait que j'arrive à piquer des sous petit à petit en faisant des commissions mais ça va prendre du temps et peut-être ça se jouera plus.

C'est un bath de livre, ce qu'il y a c'est qu'il y a quand même beaucoup d'amour avec Isabelle, Vallombreuse, tout ça, il lui dit toujours je vous aime et elle doit le savoir à la fin mais c'est plein de duels magnifiques. Faut que je le voie, j'en ai une envie terrible, mais à trois ça va faire cher.

On est rentrés et je voulais reprendre la bagarre avec mes spadassins, mais pas du tout, un détour pour aller chercher la ration de lait et 750 grammes de pain avec les faux tickets. C'est pas lé capitaine Fracasse qui ferait les commissions !

Une journée pour rien. Une de passée déjà, il en reste mais le stock va s'user et aujourd'hui, à part l'affiche, je n'ai pas bien profité. J'ai joué un peu et j'ai écrit dans mon journal et puis après le souper je dessinerai un peu des duellistes en attendant de voir *Le Capitaine Fracasse* chez moi tranquille, en couleurs avec le poste que Pap a inventé.

Le mari de Mme Verdeuil qui était prisonnier est mort, Pap a dit que maintenant elle était veuve de guère.

C'est vrai que c'était pas grand-chose le père Verdeuil, petit et maigrichon avec plus de cheveux sur le dessus. Elle a dit qu'il était bien poli. C'est quand même pas de ça qu'il est mort. Enfin elle est veuve de guère, c'est l'essentiel, ça lui donne droit à des sous en plus.

– Duc, vous m'en rendrez raison.

– Quand vous voudrez, comte, sur-le-champ, s'il vous sied.

– Soit, dégainons.

– Laissons parler nos fers. En garde!

– En garde mordious!

– Ventre-saint-gris, en garde!

– Et que le meilleur gagne!

– Soit, nous verrons bien, mordious!

– Vous dites toujours mordious, ne connaissez-vous rien d'autre?

– Parez d'abord cette botte italienne.

Je fais les deux à la fois.

Bien obligé puisque je suis seul, c'est pas compliqué je change de place, c'est tout. En ce moment mon épée c'est un morceau de bois avec deux rainures pour mettre les fils électriques dessous. Je dis que c'est pour égoutter le sang.

Pour la garde, je mets deux épingles à linge pour former une croix; c'est le plus pratique. J'ai eu mieux que ça, le dernier j'avais piqué un entonnoir pour faire la coquille et ça tenait avec deux clous. J'ai même eu des épées avec une boîte de conserve et un trou pour laisser passer le bâton, mais je conseille le système des deux épingles à linge, c'est finalement le plus pratique.

Il a fait un soleil comme à la campagne. Je suis resté dedans à jouer, Traîtresse Infâme avait même tiré les volets pour que la chaleur n'entre pas et j'ai commencé cette histoire du duc et de son ennemi. Le duc est un sale con de traître, il tue les femmes, les vieux, les désarmés, mais un jour il se fait coincer par son ennemi le vicomte de Monsabord. Je l'ai appelé comme ça parce que Povchéri ça fait vraiment con. Un duel interminable qui dure des jours. J'ai pas beaucoup de place pour faire les moulinets mais je m'en sors.

Je continuerai l'histoire demain, c'est comme un feuilleton, ça se suit.

Ce soir les Goulier viennent. Un samedi ils viennent et un samedi on y va. Je me demande si ça continuera après la guerre.

Ils habitent au premier et ils ont une fille. Une grosse avec les yeux en globule et les poumons qui lui sortent de la poitrine. Eux ils font une espèce de mousse rose qui pue avec de la saccharine, nous on fait des crêpes, comme on n'a pas de beurre, forcément, on prend un truc spécial pour que la farine ne brûle pas et on dit que c'est des gâteaux.

La mère Goulier, elle parle tout le temps de puberté. C'est une maladie, elle regarde les poumons de sa fille et elle dit que c'est triste d'avoir sa puberté pendant la guerre. Elle me regarde et elle dit :

– Vous, vous avez de la chance de pas savoir encore ce que c'est.

Traîtresse Infâme, elle me sert une crêpe en plus et elle dit, devinez quoi ?

– Povchéri.

Voilà, vous avez gagné le pari.

Ils voudraient que je joue avec Colette Goulier, mais qu'est-ce que je pourrais faire, à part galoper dessus ? Elle sait pas qui c'est, Roxane, Mme Bonacieux, Isabelle, Anne d'Autriche, elle lit que des conneries pour les filles, même elle saurait qui c'est, elle pourrait quand même pas être Roxane parce que ça voudrait dire que le Cyrano il était vraiment taré de se mettre dans tous ses états pour ce mou de veau.

Une fois on a joué aux cartes tous les deux, mistigri, la bataille, j'ai cru mourir. En plus elle veut commander.

Je sais déjà comment ça va commencer. La mère Goulier va s'asseoir et tout de suite : « La puberté, ça peut être plus grave qu'on croit... » Et patati et patata...

La puberté, c'est quand les poumons poussent, c'est pas grave. C'est que pour les filles et d'une. Donc elle continue, la puberté, la puberté. Traîtresse Infâme pendant ce temps, elle porte les crêpes et elle dit : ah bon ? et par exemple, tiens, tiens, ah ça alors... La Colette, elle bouffe tant qu'elle peut en faisant des miettes sur ses poumons et elle glousse de temps en temps, et Goulier et Pap s'échangent des timbres.

C'est leur truc à eux, ils sont dans le club des philatélistes, alors ils s'échangent : le 3 centimes de la Guyane non dentelé avec le 30 francs de Wallis et Futuna, etc.

J'en ai horreur depuis que Duploux a dit que c'était très bon pour apprendre la géographie. Je vois pas le rapport. Comment on pourrait apprendre la géographie avec ces bouts de papier collant pleins de coups de tampon ? Et si ça apprend si bien la géographie, pourquoi, puisqu'il dit toujours qu'on est nuls en géographie, il nous l'apprend pas avec ces foutus timbres ?

Donc voilà ce qui m'attend : la puberté d'un côté, la bouffeuse de crêpes de l'autre, la troisième qui fait « oh ça alors par exemple » et les deux derniers qui discutent sur le 25 centimes de la poste aérienne.

La gaieté assurée.

Ce qui est à souhaiter, c'est qu'on discute pas du Maréchal parce que alors ça s'anime.

Les Goulier, ils sont pour, ils disent que c'est un saint, il y a qu'à le voir, et que sans lui on se tuerait encore et puis de toute façon il fait pas ce qu'il veut.

Pap, c'est plutôt l'opinion inverse, Maréchal égale vieux con, traître, fumier avec Laval, complice des Boches, d'abord il a serré la main à Hitler.

Ça c'est vrai, j'ai vu la photo, on ne peut pas dire le contraire.

Donc les Goulier ce serait plutôt le genre collabo, Pap et Traîtresse Infâme plutôt Résistance.

Pap fait rien mais il est avec eux, c'est même pour ça qu'on va plus au cinéma parce que sinon on leur donne nos sous, et puis il y a les actualités avec Laval qui fait des discours.

Traîtresse Infâme m'appelle pour mélanger la farine. Elle croit que je meurs d'ennui tout seul. Fin pour aujourd'hui.

Je reprends parce que ça a chauffé avec les Goulier. La Goulier, elle a même arrêté de parler de puberté pour dire que c'est la faute aux francs-maçons s'il y a la guerre, qu'elle sait ce qu'elle sait et que même elle le sait bien.

Pap a dit :

– Vous voulez dire que je suis franc-maçon et que c'est ma faute ?

Alors Goulier, il a rangé ses timbres et il a dit que si on n'avait pas eu 36 on n'aurait pas eu 40. Comprenne qui pourra. 36 chandelles peut-être.

Alors Traîtresse Infâme a dit à Pap que c'était pas une raison pour crier si fort. Elle lui a dit ça tellement tranquillement qu'il avait commencé à leur dire en hurlant « qu'il n'aurait jamais cru que » et qu'il a continué tout doucement « ils étaient aussi cons que ça ». Alors là Puberté a recraché sa crêpe et tout le monde s'est levé et Goulier a sucé sa moustache comme il fait toujours et il demandé pourquoi on allait pas chez les maquisards.

J'en sais rien pourquoi on y va pas chez les maquisards sans doute parce qu'ils acceptent pas les familles et qu'on n'a pas envie de se faire déglinguer par la Gestapo.

– Et vous, a dit Pap, pourquoi vous allez pas à la Milice?

Ça m'a épaté qu'il trouve la réplique parce que d'habitude c'est plutôt lent chez lui, c'est là que les Goulier sont partis et elle, elle a dit :

– Parce que si vous croyez qu'ils vont débarquer pour vous délivrer, vous vous faites des illusions...

Samedi prochain ça m'étonnerait qu'on y aille, bien qu'ils ont déjà eu des histoires comme ça et puis ils s'arrangent après, mais cette fois ça a chauffé.

Avant de me coucher, j'ai demandé à Pap pourquoi il faisait pas de la résistance. Il a fini de coller un de ses timbres et il a dit :

– Parce que j'ai la trouille.

J'ai trouvé que c'était un truc courageux à dire.

Après il a arrangé un peu en disant qu'il se ferait prendre parce qu'il était maladroit et qu'il valait mieux qu'il y soit pas, mais le truc de la trouille c'est sorti tout vrai. Et puis s'il n'a pas envie, il a pas envie, merde. Et puis au ciné, un jour, du temps où on y allait encore, il a toussé comme les autres quand il y avait de Brinon.

Pap est pas facile à décrire.

Là où il est le mieux c'est le matin quand il se rase. Je l'entends de mon lit, il chantonne Tino Rossi et j'entends la lame qui crisse contre les poils. Quand je suis levé le dimanche, j'aime bien regarder comment il fait quand il gonfle les joues, tord la bouche, le nez, et tout blanc partout de crème Razvite. Il y a la réclame sur les journaux de Razvite, il y a 20 pour cent de matière grasse dedans et les autres seulement 9 pour cent, alors forcément on se coupe avec les autres et pas avec

Razvite. Je vais lui acheter chez Drosset, il faut rapporter l'emballage ancien si on veut en avoir un neuf parce qu'ils récupèrent le métal. C'est 21 francs la boîte.

On parle pas beaucoup. Ce qui est bien, c'est qu'il ne me gronde pas pour le carnet de notes, un peu quand ça va pas mais c'est rare. On parle un peu de sport mais en ce moment y a rien. Que du tennis et rien de plus emmerdant comme jeu. En plus c'est toujours les mêmes qui jouent : Pétra bat Cochet un jour, le lendemain voilà Pétra qui rebat Cochet et le surlendemain alors là c'est la surprise bouleversante, voilà Pétra qui rebat Cochet et ça dure tout l'été comme ça. Il y a aussi la natation mais ça aussi c'est casse-pied, d'abord dans *Le Petit Parisien* il y en a que pour Monique Berlioux, tout le temps Monique Berlioux, elle bat un record et la semaine d'après elle le rebat et tout le temps à gagner et on la voit qui salue avec son maillot. On la voit jamais photographiée dans l'eau, elle doit aller trop vite.

Pour en revenir à Pap, disons qu'il est mince, il a pas trop de cheveux et toujours un peu la cravate en travers, il fait trop gentil pour un homme. Enfin moi je trouve.

Il ressemble à aucun acteur. Je sais qu'il a une sœur mais il ne sait pas où elle est, donc pour la famille ça s'arrête là. Traîtresse Infâme et Pap, c'est réglé.

Les Goulier au fond c'est pas des vrais collabos non plus, c'est des cons, c'est tout.

Allez, cette fois c'est fini pour aujourd'hui.

Je peux plus écrire tellement j'ai les épaules cassées.

C'est comme ça tous les soirs des jeudis-patates.

Pap prend sa journée et il m'emmène : on va dans le Loiret dans un coin entièrement moche qui s'appelle Grangermont, le train s'arrête à Puiseaux, on est trois millions par wagons, tous des bouffeurs de patates.

Il y a presque de la place à l'aller mais jamais au retour parce que en plus des gens de l'aller il y a les patates. Pap a deux musettes pour équilibrer chaque côté, moi j'ai mon sac à dos. Il est trop grand, par-derrière on voit juste mes pieds qui dépassent, on dirait qu'il marche tout seul, surtout avec les patates dedans. Ça tire sur les sangles et les kilos me tombent sur le cul, ça me fait une traîne et faut se taper quatre kilomètres jusqu'à la gare.

Entre la gare et le village il y a un type qui loue des brouettes, des carrioles, un vrai voleur qui fait fortune sur notre dos mais il s'en fout parce que Parigots-têtes-de-veaux.

Faut courir pour arriver dans les premiers pour avoir une brouette. On n'y est jamais arrivé, et puis une brouette dans une côte faut se la pousser et au retour faut se la retenir, des fois il y en a qui versent et quand le sac crève, ils cavalent après leurs pommes de terre...

Quand je serai grand j'irai jamais plus dans le Loiret, juré, craché, je le traverserai même plus, je ferai un détour. C'est plat, avec des patates partout et des fermes fermées pour les Parisiens-têtes-de-chiens.

Juste quelques-uns dans le village qui vendent comme si c'était de l'or pur et en plus il y a partout des tas de gosses avec des joues sphériques et rouges comme le rideau de la Comédie-Française.

En général j'ai droit à la réflexion, cette fois ça n'a pas loupé :

– Qu'est-ce qu'il est blanc et maigre !

Je sens qu'ils vont parler de sang de navet, ils

doivent croire qu'il y a du sang dans les navets, à force de voir que des patates ils connaissent plus les autres légumes.

C'est la fermière qui l'a dit, encore une qui avait les poumons pire que la Colette Goulier :

– Il a du sang de navet.

D'habitude ça ne me gêne pas d'être blanc, je m'en fous, à l'école on est tous blancs, mais ici ils sont toujours après moi. Pour qu'ils me foutent la paix, je me pince la peau des joues avant d'entrer, pour faire venir les couleurs, mais ça ne dure pas et en plus ça devient à peine rose, il faudrait que je mette du rouge comme Traîtresse Infâme quand on va à Paris le dimanche. On en a acheté vingt kilos chez les Decoin. Ça pue chez eux, il y a des poules qui rentrent dans la cuisine. Pap a demandé s'ils avaient pas des œufs.

– Ah ben non, hein, on en a pas.

Et les poules alors, qu'est-ce qu'elles font ? Elles jouent aux dames ?

Enfin, ils ont pas d'œufs, pas de viande, pas de beurre. Juste des patates. Comme dit Pap, c'est l'essentiel, avec des patates on tient le coup. Je peux le certifier. Comme j'en suis à ma troisième année de purée, je peux le certifier. J'ai dû manger une année de récoltes dans le Loiret, une montagne de patates géantes.

Après, le Decoin lui a filé un coup de son vin qui râpe. Il a fait sa plaisanterie de chaque fois, il prend un verre et il fait semblant de me servir.

Il en rit pendant des semaines.

Je déteste les péquenots. Quand Pap a bu, ça fait bleu au fond du verre, comme de l'encre délayée, j'ai toujours peur qu'il tombe par terre. Le Decoin, il prend un autre verre et il se met à fumer la décade à Pap. Oui, ça je l'ai pas dit parce qu'en plus qu'on paie les patates, Pap amène les cigarettes de sa décade, sans ça pas de patates. Parigots-têtes-de-veaux. On reste encore un peu, debout, avec les poules, le vieux qui fume et la bonne femme qui passe de temps en temps avec des seaux de lait. (C'est pas du beurre qu'on fait avec le lait? Enfoirés.) Moi je respire par la bouche et puis on s'en va. On serre la main à Decoin. Enfin on lui serre le doigt parce qu'il le tend, il dit à la prochaine et il se renfile un verre de sa saloperie.

Pap va cracher dans les orties dès qu'on est sortis de la ferme et on part dans un bois qui est pas loin pour manger parce que de toute façon on n'a pas de train avant le soir.

On s'est installés, mais l'été ça vrombit toujours, les mouches, les trucs qui volent et se foutent sur ce qu'on mange. Pas dégoûtées, les bestioles. Traîtresse Infâme nous a fait une omelette à la caséine, ça fait comme une tarte jaune brûlée sur le dessous. Ça colle et ça sent rien. Le pire c'est qu'elle la met entre deux tranches de pain.

Il y a que les guêpes pour aimer une saloperie pareille.

Il y avait du soleil et avec mon costume j'ai sué tout de suite. Pap m'a fait lever la veste, heureusement parce que c'est un tissu qui condense la chaleur, ça fait marmite norvégienne, et dedans c'est moi.

On a commencé à manger, et j'ai mis la conversation sur le cinéma pour en arriver évidemment au *Capitaine Fracasse*.

Il aime ça aussi mais il me parle toujours de trucs muets : *Judex, La Main qui tue, Musidora*, des films quand il était jeune. Les gens aimaient quand ça se suivait toutes les semaines. Ça se fait plus.

Il voyait plusieurs films et entre il y avait des chanteurs, des acrobates, un type qui s'appelait Abdullah avec sa femme, la Rose des Sables, il faisait des passe-passe magiques. Pap allait au

Moulin-Rouge dans les jardins, à un moment où il y avait des éléphants mais ça a disparu.

J'arrive pas à bien comprendre sa vie, il finit toujours par parler de la SNCF. D'un concours qu'il a passé et il s'est retrouvé avec une blouse, à tenir la consigne à Lyon-Perrache et puis après avoir tout étudié, les voies, les horaires, les motrices, il est rentré dans un bureau et puis il a rencontré Traîtresse Infâme un jour dans la rue.

D'après ce que je comprends, il n'a jamais su ce qu'elle fabriquait dans cette rue à Lyon parce que c'était une rue interminable, grise et moche, avec personne dedans et rien à voir.

Il y a des coins comme ça dans le monde.

A Alfortville par exemple il y a un endroit plein de mâchefer qui s'appelle le chemin de halage, c'est entre la voie ferrée et des HBM. On marche là-dedans et on devient triste aussitôt, c'est plus fort que vous. Y a plus d'espoir au bout, eh bien, Pap, à part les éléphants du Moulin-Rouge et deux ou trois trucs un peu gais, j'ai l'impression qu'il a marché dans plein de rues comme le chemin de halage et que ça lui a frappé le moral, tellement que depuis il s'est effacé, gommé.

En tout cas ils étaient bien habillés ce dimanche-là à Lyon, toute la ville se baladait dans les coins à balade, et il y avait cette rue loin du centre avec des fabriques fermées, pas un chat et crac ! Je suis né de ça parce que peut-être ils connaissaient ni l'un ni l'autre les coins où ça vaut le coup de vivre le dimanche.

Donc j'ai pas appris grand-chose de neuf, il m'a même encore parlé de Georgius, un type qui chantait des chansons en bougeant tout le temps. Il m'a expliqué, les autres en ce temps-là ils s'installaient sur scène et ils chantaient, lui il bougeait sans arrêt. Il est resté longtemps à me parler de Georgius, il croit que ça m'intéresse. Moi aussi un jour je parlerai du *Capitaine Fracasse* à mon gosse et il s'en foutra complètement. Non, quand même pas.

Après on a dormi. Enfin, il a dormi. Après la tarte à la caséine on avait des biscuits de soldat, les mêmes qu'on nous refile à l'école pour le quatre-heures avec le lait en poudre. C'est des biscuits, on mord dedans et ça fait de la poussière qui se colle partout et bouche les tuyaux du gosier. On est arrivés à les avaler et on s'est couchés parce que sinon on meurt.

Pendant qu'il dormait j'ai fouiné un peu pour voir si je trouvais une branche droite pour faire une épée, mais j'ai pas de couteau et puis elles sont toujours courbées et j'ai toujours la panique de me piquer ou me griffer, tous ces trucs de la nature il n'y a rien de plus traître et de plus emmerdant. C'est vert comme les murs de l'école et ça fait éternuer.

Après on est partis et on s'est fait les quatre kilomètres avec les patates, dans les descentes on marchait sur les talons, à ce moment-là il a pris mon sac parce que je raclais par terre tellement ça me pendait derrière. Il a chanté « Quatre kilomè-tres à pied, ça use, ça use... » Je lui ai dit :
— T'en as pas une de Georgius ?

Il connaissait les airs mais pas les paroles, deux trois phrases, par-ci par-là mais pas assez, il a dit qu'il avait un copain au bureau qui en connaissait en entier mais pas lui.

Le train avait une heure de retard parce qu'il y avait eu un déraillement après Vigneux et il est arrivé bondé. Cette fois on a bien cru qu'on ne monterait pas et puis on s'est tassés, j'ai fait le voyage sur un pied avec le coude d'un type sur la tête. A Paris, il a eu l'air surpris de me voir, il a dû croire pendant tout le trajet que j'étais une tablette. Après on a attendu le train pour Alfortville

et c'était la nuit quand on a sonné avec les musettes et le sac et qu'est-ce qu'elle a dit en ouvrant la
porte et qu'elle m'a vu? Vous avez encore gagné :
« Povchéri. »

Elle nous avait fait de la purée pour manger, ce
qui fait qu'on n'a pas été trop dépaysés question
nourriture. Dès la fin de la guerre, plus une seule
patate de ma vie entière, juré, craché.

Ils sont venus cette nuit et il a fallu descendre.

Je rêvais qu'il y avait des avions et les sirènes
sonnaient (on dit pas sirénaient) èt quand je me
suis réveillé c'était le même bruit que dans le rêve
et la DCA a donné tout de suite. Elle et Pap étaient
déjà habillés. Il a dit :

– C'est sur Trappes.

Pas difficile à deviner. C'est toujours sur Trappes, enfin ça n'empêche pas de le dire, deux ans
qu'ils tapent sur Trappes. Ça a tiré vers la Seine
avec des traçantes, c'est le plus beau. Il y avait des
explosions comme un orage au loin et j'ai pensé
qu'ils devaient leur lâcher quelque chose! A un
moment ça s'est amplifié et Pap a dit :

– Au retour, ils vont bousiller le pont suspendu.

On a tapé à la porte, c'était Puberté qui venait
dire qu'il fallait descendre. Ah oui, au fait ils sont
raccommodés mais après l'alerte ça sera terminé
parce qu'en général quand on entend les bombes
qui tombent, les Goulier disent toujours : « C'est
vos amis qui vous soignent comme ça? » ou
quelque chose de ce genre, la fine ironie. Ils le
disent pas trop fort parce que les Protineau, nos
voisins d'en face, sont de notre côté, bien que
Protineau il supporte pas les Anglais, quand ce sont
les Anglais qui bombardent il dit qu'ils sont totalement soûls quand ils montent dans les avions.

Il a vu des Anglais avant la guerre et ils étaient soûls, pas de raison que ça change.

Quand il y a eu des bombes qui sont tombées sur Villeneuve-Saint-Georges, il a su de façon certaine que les types visaient Villacoublay mais ils étaient tellement pleins qu'ils ont lâché n'importe où. Je me demande comment ils font pour conduire avec toute cette bière parce que les Anglais c'est la bière, ils connaissent pas autre chose.

Quand on est descendus, la cave était pleine, il y a marqué Abri 45, on était au moins deux cents. On descend tous avec une valise et dedans il y a ce qu'on voudrait pas perdre. Il y en a qui en ont des toutes petites, la nôtre c'est surtout pour s'asseoir dessus si l'alerte dure longtemps. Dedans il y a des papiers, mon livret scolaire et mon costume en paillasson parce que ça serait vraiment dommage qu'il flambe avec la baraque.

On a dit bonjour et Protineau a dit :

— On a du pot ce soir, c'est les Américains.

Pap a dit :

— A quoi vous savez ça ?

Et Protineau a eu l'air étonné :

— Vous entendez pas comme c'est précis ?

Pap a dit :

— Ah oui, c'est vrai, c'est précis.

Je déteste quand il se dégonfle comme ça.

Pourquoi est-ce qu'il lui dit pas qu'on peut pas savoir ? Protineau va pas lui casser la gueule quand même. On dirait qu'il supporte pas que les autres aient pas raison.

— De toute façon, a dit Puberté, s'ils savent que vous êtes là ils vont faire attention de bombarder à côté.

La Colette elle était là avec ses illustrés et sa bougie. Parce qu'on a des bougies évidemment, il y a pas de courant pendant les alertes. Elle planquait ses poumons sous le pull-over. On sent que ça l'embête d'avoir deux gros ballons, du coup elle bouquine.

Ça sent la poussière cette cave, si j'étais seul j'irais pas, parce que si la maison croule, sur quoi elle croule ? sur la cave, et on peut pas sortir pendant des années.

– Ils en peuvent plus, a dit Protineau. Les Amerlos d'un côté, les Russes de l'autre, ils sont dans la tenaille, c'est les derniers sursauts. Ça se sent à des tas de choses.

On a entendu les avions à un moment. J'ai imaginé les pilotes éclairés par les projecteurs avec leurs têtes d'Américains.

– A quoi ça se sent ? a demandé Goulier.

– A leurs têtes dans le métro, vous avez pas remarqué ? Ils font la gueule.

J'aurais dû emporter *Le Vicomte de Bragelonne*, ça fait trois fois que je le relis, c'est moins bien que les autres, mais c'est bien, en plus triste, parce qu'au point de vue plaisir de la conversation, Protineau et Goulier c'est plutôt des types qui se répètent.

– Ils font pas la gueule, dit Goulier, ils sont corrects, c'est tout.

Protineau a dit :

– Oh, vous, ils vous couperont un jour les couilles et vous leur direz merci.

Mme Protineau a fait chuuut en montrant les Poumons et ils se sont tus.

Les couilles, je suis parfaitement au courant, c'est ce qui ne veut pas descendre chez moi.

Encore une belle affaire.

Ça date de l'année dernière à l'école, la médecine scolaire fait sa visite. J'aime pas parce qu'il faut lever nos affaires, le caleçon, tout se mélange et j'ai toujours un peu de cra-cra entre les doigts de pieds parce que je suis trop court pour les mettre dans l'évier sans monter sur le tabouret et c'est compliqué alors on oublie et au bout d'une semaine ça fait des boulettes entre les orteils.

Bon, l'intérêt est pas là.

Donc on arrive tout nus devant la doctoresse et elle me tâte et elle dit :

– Ça ne descend pas.

Comme je ne sais pas de quoi elle parle je dis :

– Non, madame.

Alors elle dit :

– Eh bien il faut les faire descendre.

Je comprenais pas, j'ai pensé qu'en sautillant, peut-être... Pas du tout, elle a dit à Rozès (c'est l'infirmière SS de l'école) : suralimentation et pastille.

La SS a dit oui.

On l'appelle la SS parce qu'il y en a qui disent qu'elle torture quand on est malade.

J'ai regardé un peu les autres pendant qu'on se rhabillait et c'était pas vraiment pareil que moi : ils avaient plus d'enflure sous le robinet. Donc ça voulait dire que ça descendait, d'autres que c'était descendu. Moi rien du tout.

On était deux comme ça. Fouillet et moi. C'est peut-être pour ça qu'on est devenus assez copains, en plus de l'orthographe on n'avait pas plus de couilles l'un que l'autre.

Attendez la suite.

Tout de suite après la visite, le lendemain matin la SS rentre en classe, c'était avec Mlle Butard et elle dit :

– Les retards de descente au tableau !

Personne ne bouge.

J'ai vaguement compris qu'elle parlait de moi mais on ne sait jamais. Elle a regardé sur sa liste et elle a dit nos noms à Fouillet et à moi.

J'ai traversé la classe parce que j'étais presque au fond et j'ai entendu Torlotier qui disait à Bouguerne :

– Un retard de descente de quoi?

Et Bouguerne a dit à Torlotier :

– De descente de couilles.

Pendant ce temps-là on est montés sur l'estrade et on a dû s'enfiler une cuillère d'huile de foie de morue et une petite pastille rose acide qui sert à faire descendre les couilles.

Ça a duré un an. A huit heures et demie, SS rentre, « les retardés de la descente au tableau ». On traverse, Fouillet et moi, l'huile de morue, pastille, au revoir madame, merci madame. Retraversée. Le lendemain huit heures et demie, SS, traverse, huile, pastille, madame, le lendemain, etc. Alors évidemment les mecs ils se renseignaient, à la récré, à la sortie, tout le temps.

– Alors ça descend, ces couilles?

– Alors où qu'elles en sont?

– Au premier étage à peine?

– Eh les mecs, y a les couilles à Povchéri qui arrivent par l'ascenseur.

Et puis un jour ça s'est arrêté, ils devaient plus avoir d'huile de foie de morue ni de pastille, les mecs ont oublié et moi aussi. Un jour Fouillet m'a demandé :

– T'en es où toi avec tes couilles?

J'ai dit qu'elles descendaient mais c'est pas vrai, elles sont toujours dans les hauteurs, mais je m'en fous, ça viendra bien, peut-être qu'à Pap ça lui a fait la même chose, rien de grave, si un jour on va à la pistoche je mettrai du coton pour pas faire causer et puis voilà.

Tout ça pour dire que c'était pas la peine de faire chuut pour moi. Question couilles j'en connais un rayon.

Ça n'a pas duré longtemps, l'alerte, peut-être une heure en tout. Ce qui est drôle et j'ai toujours pas compris pourquoi, c'est que les sirènes qui annoncent la fin font pas le même bruit que les sirènes qui annoncent le début, les deuxièmes on les aime bien, elles rassurent, ça fait comme des amies, alors que les premières ça vous arrache le ventre, pourtant c'est les mêmes exactement, il y en a pas pour donner l'alerte et d'autres pour donner la fin de l'alerte. Ça doit s'expliquer, Pap dit que c'est dans ma tête. Qu'est-ce que ça veut dire, c'est dans ma tête? C'est pas une explication.

On est remontés et j'ai vu à travers les volets que la nuit était étoilée, mauvais ça, les nuits étoilées, c'est des nuits pour bombardements. Ça me fait penser que j'ai pas commencé mes devoirs de vacances, demain je ferai la rédac. La vraie plaie. J'aime mieux inventer. Allez j'arrête.

« Décris dans le détail une journée de tes vacances. Celle d'hier par exemple. »

Celle-là, ça fait vingt fois que je la fais : c'est Duploux qui a dû leur souffler le sujet.

Je pourrais leur raconter que j'ai joué à d'Artagnan dans la salle à manger, que j'ai fait les courses et qu'avec de l'encre rouge en faisant un bâton devant j'ai transformé les tickets de pain de 50 grammes en tickets de 150 grammes. Ça a l'air facile mais c'est au millimètre, faut une règle bien droite et une sergent-major qui crache pas. Mais pas la peine d'insister, c'est pas ça qu'ils veulent.

« *Ce matin en me levant, j'ai vu par la fenêtre de la ferme que le ciel était bleu, tous les animaux de la basse-cour étaient là, et Grand-Mère m'a apporté un chaud bol de lait crémeux avec des tartines de bon beurre.* »

Si je leur dis que ça pue la pisse comme chez les Decoin, je sens déjà ma note descendre. Si je rajoute du bon pain de campagne et que Grand-Mère a de bons yeux rieurs avec de bonnes rides ça remonte et si je rajoute que mon grand-père a de bonnes couilles bien descendues, alors là, ça redescend complètement.

Je vais leur raconter que je cours autour de la mare avec mon bon chien Miraut et que les canards cancanent tandis que la truie fouille de son groin dans son auge, ce qui montre que j'ai du vocabulaire et que j'oublie rien.

Qu'est-ce que je peux me faire chier à faire ça! Parce que si je leur raconte ma vraie journée ils diront c'est pas une journée de vacances. Et alors où est-ce que je suis en ce moment? Pour eux les vacances c'est gambader comme un con dans la saloperie verte et piquante et bouffer du beurre avec une bonne grand-mère qui comprend tout et avoir des « petits amis » couverts de merde de vache qui ont jamais vu *Cyrano de Bergerac*.

En plus j'ai pas une seule grand-mère. Une qui est morte et l'autre on sait pas qui c'est, parce que du côté de Traîtresse Infâme c'est assez flou pour la famille, étant donné l'AP. Alors les bonnes petites grand-mères avec le fichu, le tablier et qui font les tartes pur sucre, c'est pas tellement l'endroit où on les trouve. « ... *fouille de son groin dans son auge...* »

Je me demande comment ils vont pouvoir arriver à lire une chose pareille. J'ai pas parlé des dindons!

« *Dans la cour les dindons avancent en se dandinant et en remuant leur cou déplumé.* » Original. Nouveau.

Les dandins avancent en se dindonnant. Les dindants avancent en se dodindant. Bon allez, après les dindons de quoi on parle? Les poussins, j'allais oublier les poussins, ces charmantes petites boules flageolantes de coton à la con. De cloton à la ton. Oh et puis je la ferai demain. Je commence par le calcul.

« Une baignoire A contient... »

Ah non, pas les baignoires.

Même pas la peine de continuer la lecture, je refuse, je ne peux pas, j'y suis jamais arrivé.

Si je fais pas de bruit je peux continuer mon duel avec le duc, de la cuisine elle m'entendra pas.

C'est dur de faire un duel silencieux parce que les épées s'entrechoquent et que j'aime bien faire le bruit avec la bouche. Tchac. Tchac. Enfin pas tchac-tchac complètement, mais on n'arrive pas à faire des vrais bruits avec des lettres comme avec la bouche. C'est comme dans les images de *Vaillant*, quand un type tire au fusil dans certaines histoires ils mettent PAN! Je trouve pas ça mieux, PAW! C'est pas ça non plus et même quand c'est écrit très gros, ça ne fait pas un bruit plus fort. Avant j'aimais bien les illustrés, ça sortait le jeudi, j'achetais *Tarzan* et *Robinson*, maintenant y a plus d'Américains forcément, ce que j'aimais c'était le fantôme de la jungle avec sa fiancée sur ses hauts talons, c'est fini, c'est moins bien aujourd'hui.

Y a toujours *Bibi Fricotin* mais c'est vraiment pour les gosses, et puis j'arrive pas à trouver sympathiques des types qui se débrouillent bien tout le temps, qui ricanent comme certains dans la classe à Duploux.

Alors finalement le duc est arrivé à fuir parce qu'il a fait une traîtrise en tuant mon cheval, vilenie sans nom, et je suis cloué au château, heureusement je prends la diligence qui passe avec une fille dedans, pas le genre Goulier-Puberté, une vraie avec des lèvres sorties et les sourcils trafiqués. Une belle comme sur l'affiche du *Capitaine Fracasse*. Je monte avec et on tombe dans un guet-apens monté par le duc et ses spadassins qui se sont planqués exprès avant que je passe. Coups de feu. PAN! PAW! Encore vous misérable, vous m'en rendrez raison! On bondit avec les rapières, tchac, tchac, re-tchac et quand la porte de la diligence s'est ouverte, j'ai bien cru que c'était la belle avec les sourcils au crayon qui allait sortir mais quand j'ai entendu : « C'est comme ça que tu fais tes devoirs de vacances », toute la forêt a disparu et les pourpoints avec les spadassins. Je me suis fait avoir mais je l'avais prévu. Je peux pas faire tchac, tchac, seulement à l'intérieur de ma tête. Résultat, elle est restée là, à me détricoter un pull-over pendant que je tirais la langue sur la rédac, j'ai mis qu'il y avait plein de moineaux, dans les branches des beaux noisetiers qui étirent leurs feuilles vers le soleil jaune de midi.

Complètement con. Jamais vu un noisetier de ma vie et ça m'étonnerait qu'il étire quoi que ce soit. Enfin j'en ai certainement vu pendant une journée-patates mais je ne savais pas que c'en était un, quant au soleil à midi c'est rare qu'il soit vert. Je vais même mettre « *qui étirent leurs feuilles miroitantes vers le soleil jaune paille de midi* ».

Ça fait plus recherché. Ils vont aimer.

Elle m'a pas lâché de l'œil. J'ai fini la rédac, elle avait détricoté tout le pull-over, ça faisait plus qu'une grosse pelote frisée. Elle va faire un pull-over avec. Différent évidemment, enfin j'espère, parce qu'il était vraiment moche.

Elle l'avait reconnu mais elle a une théorie, dans ce cas-là elle dit : « Ça se voit pas sous la veste. » Bien jugé. Rien ne se voit sous ma veste. Même pas moi. Elle va donc arriver avec un pull-over à mettre sous la veste à faire un pull-over à mettre sans veste. Beau projet.

Pap est arrivé, il est passé devant la carte sans bouger les drapeaux. Ça veut dire que ça stagne. Toujours Bielgorod. On a mangé des courgettes.

Elle fait le gratin avec de la mie de pain et ça craque quand ça sort du four, c'est bon.

Après j'ai fait des dessins avant de me coucher et j'ai parlé du *Capitaine Fracasse*.

– On verra le mois prochain.

Il a dit ça pour les sous évidemment.

Avant de m'endormir, je les ai entendus parler dans le couloir, Pap a dit :

– Qu'est-ce que tu veux, il est seul...

Heureusement que je suis seul ! J'ai jamais pensé à un frère, une sœur ou quelque chose comme ça, même pour les duels je me débrouille, pas d'histoire, je perds quand je veux et je gagne quand je veux. Même la guerre j'y pense pas les trois quarts du temps.

L'embêtant quand on sort avec Traîtresse Infâme, c'est qu'elle est très longue à partir. D'abord elle met de la crème marron sur les jambes pour faire croire qu'elle a des bas, mais si on a des bas, il faut faire un trait derrière au crayon spécial pour la couture, alors c'est long. Après il faut qu'elle lève les rouleaux de sa tête parce que ça fait trois étages en hauteur. Après, elle met des chaussures en bois très hautes, des talons et son sac en bandoulière. Elle l'a fait elle-même avec du carton épais qu'elle recouvre de tissu, pour la courroie elle peint de la ficelle et elle tresse, c'est joli.

Donc on part au musée des Colonies, on y est déjà allés, j'aime bien.

On y va à pied, on traverse la Seine à Charenton. Il y a des berges, par là, avec des arbres qui trempent dans l'eau comme à la campagne, avec la brume qui clignote dans le soleil on voit pas où ça s'arrête parce qu'il n'y a pas d'horizon.

On remonte la rue en pente et on est dans le bois de Vincennes. Là, c'est pas dur, il suffit de suivre le lac.

Elle dit qu'il y avait des canards avant mais que les gens les ont bouffés.

C'est comme les poissons de l'aquarium du Trocadéro et les lions du zoo.

C'est Torlotier qui le dit, il dit que c'est son père qui le sait. S'il est aussi con que lui, ça m'étonne pas qu'il croie à des trucs pareils, mais c'est vrai que les gens bouffent tout.

On dit qu'au restaurant on sert des chats parce que ça ressemble au lapin et puis les Boches font du beurre avec du charbon donc on bouffe du charbon, des chats et des pommes de terre.

Pour les lions j'arrive pas à le croire, mais bon, on sait pas.

Je suis venu deux ou trois fois par là avec Pap. On était allés à la Cipale voir le cyclisme, c'était du derrière-moto, ça fait du bruit, ça tourne sans arrêt, ça dure des heures et on sait pas qui est le premier puisque c'est rond. C'est emmerdant.

Je préfère les sprints, des fois ils restent long-temps à faire du sur-place et puis ils partent à fond de train et c'est le sprint.

C'est Lambolley qui gagne tout le temps, je sais pas si ça s'écrit comme ça, les autres en parlent le lundi à l'école. C'est Van Vliet qui a gagné. Des fois c'est Gérardin, moins souvent. Il y a Minardi et Senftleben aussi. Le plus fort c'est Emile Idée, c'est le champion total. En fait je m'en fous, j'aurais préféré le football, j'expliquerai pourquoi un autre jour, pas tout à la fois. Donc on passe à côté de la Cipale, on longe le lac sans canards, on arrive à la statue dorée et c'est la porte Dorée.

Pas de porte mais c'est vraiment doré.

Et juste à côté c'est le musée des Colonies.

J'aime bien les fresques de l'entrée avec les Noirs sur les éléphants, les Chinois sur les piro-gues, pas les Chinois, les Indochinois, les palmiers, toute l'Afrique sculptée. On entre et c'est immense dès le début. Il y a une grande fosse avec des crocodiles, il y en a deux. Ils ont eu de la chance de pas se faire bouffer, ceux-là. Il faut dire que de les regarder, ça n'ouvre pas l'appétit, mais enfin les lions non plus.

On a payé l'entrée, c'était pas très cher.

C'est pas comme *Le Capitaine Fracasse*.

Et on était dans le musée, pas bien nombreux. Il y avait des soldats qui visitaient. Des Allemands évidemment. Si je dis des soldats, ça peut être des Américains. Pas encore. Et puis qu'est-ce qu'ils feraient deux Américains habillés en soldats à visiter les musées en 1943 ? Donc deux Allemands avec la baïonnette qui pend et les bottes trop larges. Protineau dit qu'ils sont de plus en plus fluets et que c'est bon signe. Il croit que tous les costauds sont morts et qu'ils ont appelé les maigrichons.

On finira par de vrais squelettes de maigreur. Les enfants soldats, peut-être même des retardés de la descente. Ceux-là sont assez gros, pas trop mais un peu, Protineau n'aimerait pas beaucoup ça.

Oui, je parlais du football et, il y a deux ans, dans la classe de M. Gueuzille je jouais bien. Rapide et filocheur, on faisait beaucoup de foot avec Gueuzille et puis un jour j'ai commencé à voir brouillé.

Un jour, à la récré, j'ai vu le ballon, j'ai tapé dedans et c'était la jambe de Mariton (Mariton-tête-de-con), ça n'a pas cassé mais ça a gonflé et Gueuzille-tête-de-bille a sifflé le péno.

Alors on a perdu et il a écrit à Pap que je devais porter des lunettes.

C'est depuis ce temps que j'en ai.

Povchéri.

C'est vrai que je me suis pas décrit. Enfin si quand même j'ai dit que je suis assez petit, plutôt blanc et maigre, maintenant voilà les lunettes. Plus les couilles coincées à l'étage. Rien à voir avec Fernand Gravey.

Je me souviens bien le soir où je suis allé chercher mes carreaux. Avant, les lumières faisaient flou en haut des réverbères, ça faisait comme des étoiles avec des branches, et quand je suis sorti de chez l'opticien tout était précis et aigu. J'aurais pu voir un insecte à un kilomètre, il faisait déjà nuit et il y avait des lumières dans la gare mais c'étaient des lumières sans étoiles, moins jolies qu'avant.

Je me souviens que Traîtresse Infâme a dit :

– Eh bien tu vois clair maintenant.

Oui, ça y était je voyais clair, seulement j'étais binoclard et l'opticien l'a dit tout de suite :

– Ça dure toute la vie.

Dans la classe de Gueuzille, le lendemain, Tarudier m'a dit que je me marierais jamais avec ça sur le nez parce que les filles n'aiment pas les lunettes.

Je m'en fous. Si un jour j'en trouve une qui me plaît, je les lèverai.

J'y vois quand même, et puis tant pis, j'aime bien être seul, alors... La Goulier a dit que si j'avais de la myopie c'était dû aux restrictions. Pas assez de bifteck, pareil que pour la taille, dit Bedot. Si j'avais plein de bifteck ça redeviendrait net sans binocles. Une faiblesse.

Encore quelques années et on en aura tous. On repérera les types qui font du marché noir parce qu'ils en auront pas. J'ai plus qu'à attendre que la guerre dure. Tous nains et aveugles. Vive Hitler ! En classe on est deux à en avoir, Ventour et moi. Mais c'est pas mon copain quand même. Il fait partie d'une autre bande, il joue de l'autre côté de la ville, rue Veyron, et puis lui, c'est de près qu'il voit pas, c'est l'inverse de moi, peut-être il a mangé trop de bifteck.

Donc on a visité le musée des Colonies. J'ai vu les photos, les types avec les casques qui se faisaient porter bien tranquilles par des Noirs. Pire que les rois fainéants.

J'aimerais bien aller là-bas, j'aimerais aussi aller dans le Grand Nord, dans le Wild comme dit James Olivier Curwood, avec les chiens, les moufles, le fusil, les loups, tout ça, j'aimerais aller au temps de Richelieu, ça on le sait déjà, j'aimerais aller en Afrique avec les casques, les porteurs, les lions, les girafes. Plein d'autres pays aussi.

Traîtresse Infâme a eu mal aux pieds à un moment alors on a pas tout vu, on a loupé l'Afrique équatoriale, j'ai juste vu de loin les mannequins avec les sagaies comme dans *Le Fantôme de la jungle*.

Elle a toujours mal aux pieds à un moment.

Je sais pas pourquoi elle met ces chaussures. Au Louvre ça a fait pareil, on y est allés pour voir les tableaux, personnellement j'aime que les grands, avec les batailles et Napoléon qui surveille. Devant on voit les chevaux morts, les sabres cassés et les types qui sont déjà un peu verts avec des blessures et au loin ça fume encore pour montrer que ça a bardé dur.

J'aime bien ces tableaux-là, le soir je dessine quand j'ai rien à faire, évidemment sur une page ça ne donne pas grand-chose, tandis que, eux, ils avaient des murs entiers.

Il y en a un terrible, avec des Turcs pleins de sabres tordus et de turbans, ils sont en train de prendre une piquette par des Français avec des cuirasses qui luisent, on voit les pyramides dans le fond. C'est celui-là qui je préfère, on trouve toujours de nouveaux détails.

Faut que je raconte une histoire là-dessus.

La première fois que je suis venu, je regarde le tableau et je m'approche pour voir qui l'a peint parce que c'est instructif finalement. Je regarde et je vois CATAL. Très bien. Un autre toujours de bataille, CATAL aussi. Un troisième CATAL. Je dis à Traîtresse Infâme qui avait mal aux pieds :

– Qu'est-ce qu'il a peint, ce type !
– Qui ça ?
– Catal.
– Qui c'est ?
– Le type qui a peint tous ces tableaux...
– Ah oui...

Toujours dans la lune.

Donc on sort, on rentre dans une autre salle emmerdante rien qu'avec des têtes de types habillés en noir avec des fraises comme Cyrano de Bergerac et, je sais pas pourquoi, je regarde le nom et je vois encore CATAL.

Il fait tout, ce type !

Il a rempli le Louvre à lui tout seul.

Le soir quand Pap rentre, je lui dis :

– Tu connais Catal ?
– Qui ça ?
– Catal, le peintre, le type qui a fait plein de tableaux.
– Jamais entendu parler.

Complètement ignorant, enfin bon je n'insiste pas. Le plus rigolo c'est qu'on y est retournés au Louvre avec la classe peut-être quinze jours plus tard, c'était pour voir *La Joconde* parce qu'on faisait la Renaissance en classe, toujours avec Gueuzille-qu'a-la-bitte-comme-une-guenille.

On arrive devant *La Joconde*, on regarde, bon, eh bien elle sourit, d'accord, mais enfin pas de quoi en faire une interrogation écrite. Je m'approche pour voir l'étiquette en dessous et qu'est-ce que je lis ? CATAL.

Alors là, c'était pas possible parce que je savais

que c'était Léonard de Vinci et que tout de même il fallait pas exagérer. Il pouvait pas faire les batailles, les bonshommes, la Joconde, et puis quoi encore? Et à ce moment-là il y en a un, j'ai oublié son nom, c'était un redoublant, qu'a dit à Gueuzille :

– Pourquoi y a marqué Catal?

– Où ça? dit Gueuzille.

– En dessous le tableau.

J'ai pensé, attention, c'est là qu'on va voir s'il s'y connaît en peinture.

– Ça veut dire Catalogue, a dit Gueuzille, chaque tableau a un numéro sur le Catalogue. On met Catal pour abréger.

Je suis vraiment con des fois.

Parfois je suis pas con du tout, je trouve des problèmes, je fais de bonnes rédacs et pour les fautes c'est parce que je fais pas attention mais des fois je suis totalement con.

Cette histoire de Catal, je m'en rappellerai.

C'est comme la fois, là j'étais petit, avant la guerre, on avait été voir *Captain Blood* avec Errol Flynn, plein de duels, de corsaires, magnifique, j'avais demandé à attendre un peu à la porte du cinéma pour voir sortir les acteurs.

Quel con. Je vois ça d'ici.

Errol Flynn qui sort par la petite porte un peu derrière le cinéma avec tous les autres. Et les bateaux alors, où ils les auraient mis? Et la mer? Vraiment con.

Ah oui, le type qui avait demandé pour Catal, il s'appelait Borchou. Borchou-qu'a-des-poux. C'était pas pour faire un poème comme Parigot-tête-de-veau, il avait vraiment des poux et tout le monde avec, parce qu'ils sautaient partout et c'était la marie-rose tous les soirs.

Donc voilà, je voulais parler du musée des Colonies et plein d'idées sont venues hors du sujet comme l'écrit Duploux dans la marge.

On est revenus par le même chemin.

C'était beau sur les bords du lac, l'eau luisait et j'aime bien les arbres qui pendent dedans, ça fait triste. Traîtresse Infâme m'a dit qu'avant il y avait des barques. Je me demande pourquoi les Allemands ont défendu de ramer ? Ils ont peut-être peur qu'on aille en Angleterre avec, enfin bon c'est comme ça.

En rentrant j'ai calculé que ça faisait déjà douze jours de vacances de passés. Si ça pouvait durer comme ça ce serait bien : le soleil, je joue avec l'épée, on écoute l'Angleterre au plafond et pas d'alertes en ce moment. Protineau a expliqué que les Américains étaient occupés ailleurs, ils préparaient un coup. Il clignait de l'œil.

Il doit avoir un téléphone spécial avec Eisenhower.

L'embêtant selon Protineau, c'est Roosevelt, il dit qu'Eisenhower tout seul, les Allemands seraient déjà exterminés mais Roosevelt, il dit que c'est sa femme qui le commande. Il est paralysé et c'est elle qui freine. C'est les idées à Protineau. Je réfléchissais justement qu'avec les Protineau on est d'accord sur la politique, on est contre les Allemands. Avec les Goulier c'est l'inverse, ils sont franchement Pétain et Vichy et pourtant, c'est eux qu'on invite... Faut pas trop chercher à comprendre.

PRINTEMPS 2003

On m'appelait Povchéri.

Aucun souvenir.

On ne m'a jamais appelé Djo non plus, de ce côté-là ça a été bien loupé. Pas que de ce côté-là d'ailleurs, mais c'est une autre histoire.

Je ne revois pas Traîtresse Infâme en train d'écosser les haricots, je ne la revois plus guère. Il aurait dû la regarder davantage, ce petit bavard avec son stylo crachoteux, il m'en resterait peut-être une image plus précise aujourd'hui...

Prétentieux, Joseph à cette époque, un petit mec que je n'aimerais pas, mais depuis que cette saloperie me bouffe le trou du cul et le reste, je n'aime plus grand monde...

Difficile d'aimer avec ce truc entre les fesses.

On fait de grands discours, des serments et puis un jour on comprend que l'amour est une question de santé.

Tous en forme, les grands amoureux, tous florissants et pétants de bon air. Pas difficile de s'ouvrir sur les autres quand on est fermé sur soi-même, j'aimerais mes semblables sans mes canules et mon bataclan, je fais l'échange, d'ailleurs : si demain j'ai le cul de tout le monde, je vous aimerai tous, jusqu'au fond de vos âmes. Les grands et les petits, les vivants et les morts.

Sauf Duploux.

C'est étrange comme restent les haines de même. Je rêvais de le torturer, le misérable, et aujourd'hui, soixante ans plus tard il me semble que si je le voyais je lui rentrerais dans le lard avec tous mes tuyaux et mon carnaval.

Il m'a trop fait chier, celui-là, il a miné une année de mon enfance avec ses exercices, ses notes, tout son barda d'imbécile, j'en ai encore la colique rien que d'y penser.

Je n'ai jamais su ce qu'il était devenu, Duploux, il a dû crever de la retraite, ça devait trop lui manquer, ses dictées du matin.

Par contre, aucun souvenir de Fouillet. Je vois un maigrichon avec un cartable à dos qui court devant moi et qui se marre en se retournant, ses chaussettes tombent et j'entends le craquement des semelles de ses galoches sur la neige.

C'est peut-être lui. Une tête rusée et maladive : à dix ans il sent déjà l'usine, celui-là.

La toile cirée était blanc et bleu à petits carreaux. C'est bizarre que je voie mieux la toile cirée que ma mère.

1943. Encore une chance que j'aie marqué la date, parce que pour situer ce serait coton. La grande bagarre mondiale n'a pas l'air de frapper beaucoup Povchéri. Mais on n'écrit pas tout ce qu'on pense.

Je me souviens de terreurs; la nuit je me réveillais dans la sueur, le cœur tapant parce que j'avais peur que sonnent les sirènes. Quand l'alerte éclatait, j'étais soulagé. Drôle que je n'en parle pas. Ou alors plus tard je n'ai pas tout lu...

Quelle idée d'avoir ouvert ce cahier!

Il y a des rédactions aussi, des brouillons de lettres aux tantines pour le Nouvel An, pour des anniversaires, tout ce que j'avais écrit durant tous ces mois-là... Tout ce qu'avait écrit Joseph, plus exactement, parce que je découvre tout ça comme un lecteur, j'ai oublié, je suis trop vieux pour la nostalgie, j'ai trop de feu dans le derrière pour me gratter la mémoire.

Je m'en fous de ma jeunesse, on en a tous une, ça n'a donc pas de valeur, surtout la mienne, j'étais solitaire, c'était la guerre, j'ai fait avec.

Et puis je ne vois pas le rapport entre ce petit mec qui gambade à un bout de chemin et moi avec ma tripe ravagée à l'autre bout, soixante balais plus tard... Qu'est-ce qu'il y a eu entre les deux? Comment ai-je pu étant lui devenir moi? L'un est-il déjà dans l'autre? L'autre découle-t-il de l'un? Je ne sais pas, il y a dû avoir des ruptures, à force de changer on se perd... J'ai perdu Povchéri et gagné Pépé Joseph. Si on s'était rencontrés, on ne se serait pas reconnus et peut-être pas aimés. Il y a de bien belles lurettes que je ne lis plus Dumas ni Curwood, j'ai même oublié *Cyrano*. Quelques vers si je voulais chercher. Pas sûr.

Il racontait sa vie, le Povchéri, moi je n'ai pas envie de raconter la mienne. La différence qui nous sépare, c'est que je connais la fin, c'est pourquoi ça manque de charme surtout quand on finit avec le fondement en carafe. Lui, il s'en fout, il est éternel, il sautille, il gambade, il cague comme un moineau sans savoir que c'était ça, le bonheur...

Oui, je les vois, les vacances, la page blanche à remplir, trois mois à rissoler dans la banlieue quand le soleil tape sur les rideaux de fer et qu'on joue seul au gendarme et au voleur.

Je continuerai demain.

C'est la journée de la Duparc. La plus dure de toutes. Je déteste les vendredis, les autres jours aussi mais enfin il y en a de sympathiques quelquefois, il y en a même eu une qui ne m'a pas appelé Pépé.

Jamais revue d'ailleurs, ils ont dû la virer pour politesse. Ou alors elle est partie, elle a bien fait. La mort fréquente certains lieux plus que d'autres, il faut les éviter.

Je n'ai pas eu les journaux, je m'en fous, ça doit s'enliser dans les faubourgs d'Istanbul... Je passe à travers la Troisième comme Povchéri est passé à travers la Seconde. L'Histoire bégaie, disait je ne sais plus qui. A mon avis elle déconne.

Mais je parie que la nuit sera calme, une nuit comme en souhaitait le petit môme d'autrefois.

Je suis retourné au cahier hier soir. Une drôle d'idée que j'ai eue de récupérer cette bibliothèque et d'essayer de bricoler la planche qui s'incurvait, mais je n'ai pas de place dans cette foutue clinique pour toutes les revues et les manuscrits, et crac toute une rangée s'écroule. Je soulève, le cahier était dessous.

Depuis je suis dans le passé.

Ma première mondiale.

Ma vie sera facile à décrire, si tant est que quelqu'un aura envie de le faire : l'enfance dans une guerre, la vieillesse dans une autre et moi au milieu, le jambon coincé entre ses deux tranches de mort. Un fameux sandwich.

D'abord cette lecture a un premier effet, c'est de m'avoir amené à reprendre le stylo.

Je ne l'ai pas dit hier mais le poignet ne suivait plus.

Une écriture d'enfant, raide et cassante, je ne savais plus danser de la plume, comme une habitude qui était morte.

Duploux ne m'aurait pas pardonné.

Il s'attachait encore à la calligraphie, le pauvre diable, un instant du monde pas si lointain après tout, où la lettre ne s'était pas encore détachée du dessin, il fallait la former, soigner ses déliés, descendre les jambages, monter les hampes, arrondir les corps. J'ai rencontré ça plus tard chez les Malimbés, les Kaleris aussi. Toute une histoire. Je croyais en avoir fini avec le porte-plume, eh bien non. Rien de tel qu'un anus saccagé pour vous couper le goût des belles-lettres.

Je revois la carte punaisée au mur de la cuisine, devant l'évier. Les soirs de lessive elle ondulait dans la buée, les drapeaux pendaient, tortillons mouillés. J'ai appris la Russie par ses batailles : Oleg, Bielgorod, Vitebsk, Smolensk... Aujourd'hui il me faudrait une mappemonde, des noms changeraient : Lomé, Carpentarie, Lübeck... mais planter des petits drapeaux signifiait une victoire ou une fin, voici quelque chose qui a bien disparu.

Le jeune Povchéri envisageait la guerre comme un mauvais moment dont il savait avec certitude qu'il passerait. La seule chose dont nous puissions être sûrs aujourd'hui, c'est évidemment l'inverse.

La Troisième mondiale sera éternelle et sporadique. Le jeu souterrain de Mars alimente les multiples brasiers, la guerre a triomphé définitivement le jour où la notion de vainqueur et de vaincu a perdu son sens, la guerre est, elle ne se gagne ni ne se perd. Comme les arbres, les montagnes et les océans elle est et sera là, toujours. Rien n'est plus vivace que la mort.

Le plaisir d'écrire que je retrouve est le plaisir de m'oublier. Grâce à ce petit garçon perdu au cœur des tourmentes, voilà que j'ai perdu mon cul de vue... Ce serait bien de faire comme lui, de tenir ce journal du fond de cette clinique de fin de vie... Un vieux con pas facile écrit pour un petit môme disparu qui a été lui, autrefois, au temps d'une autre guerre... J'ai cette envie de lui parler un peu, bien qu'il n'ait plus envie de m'entendre... Le plus idiot de tout, c'est que je n'arrive pas à savoir vraiment s'il fut trahi. Je lui aurais donné les voyages demandés, largement et beaucoup trop...

J'ai relu le passage sur la visite faite au musée avec Traîtresse Infâme... Je n'y prête pas grande importance, dirait-on, je parle d'autre chose...

Tout est venu de là pourtant.

Un petit banlieusard à lunettes arpente en 1943 les rangées de totems africains, en rêvant aux beaux jours de l'Empire français, casques coloniaux, barbichettes et chaises à porteurs et, soixante ans plus tard, un vieux retraité titulaire à vingt-cinq ans d'une chaire d'anthropologie ethnographique au musée de l'Homme se demande si sa vocation n'est pas partie de cette visite... Sans doute oui et sans doute non...

Pauvre Traîtresse Infâme, morte si vieille, et si mal. Elle fut toute ma jeunesse comiquement et tendrement absente, jusqu'à ce jour de grande distraction de 1977, où sa tête décida de quitter définitivement son corps et d'aller retrouver cette grande absence nébuleuse et vide vers laquelle elle avait toujours tendu.

Je revois cette chambre de la Salpêtrière donnant sur les frondaisons... Elle est le seul être humain que j'aie jamais vu regarder les vitres, jamais ce qui se passait au-delà, paysage ou rares promeneurs en robe de chambre, non, uniquement la surface plane et transparente où l'été parfois une mouche venait dormir... Trois ans sans me reconnaître, sans geste, sans parole et sans regard.

Pap était parti depuis longtemps. Une mort falote d'employé de la SNCF qui, je le sais, lui a fait d'une certaine façon plaisir : elle n'a dérangé personne, tout s'est passé dans la discrétion attristée.

Il avait dû se juger de si peu d'importance qu'il s'est débrouillé pour n'avoir pas à attirer l'attention sur sa disparition. Il a dû avoir le temps de ranger sa collection de timbres, pour ne pas faire désordre, et il s'est retiré sur la pointe des pieds pour ne réveiller personne, même pas moi.

Entre les morts tapageuses et les grands décès tragiques, il a inventé l'évanouissement bienséant.

A se demander s'il n'a pas lui-même refermé son cercueil pour éviter de la peine et du tracas aux préposés dans un ultime exemple de tact. Comment partir avec bon goût et délicatesse...

Il m'a énervé souvent, les dernières années, avec cette excessive attirance qu'il avait à ne pas attirer l'attention des autres.

Un malade qui s'excusait de tousser durant la bronchite qui devait l'emporter. Il avait peur de réveiller ses voisins. Au fond je suis le fils d'une absente et d'un inexistant... Elle rêvait d'être ailleurs et lui de n'être que peu. Je les ai beaucoup aimés.

Durant une semaine de l'an 71, je les ai emmenés dans cette maison que j'avais achetée sur les bords de la Loire, huit jours grisâtres et venteux d'un été pourri. C'est là que je les revois le mieux, pour la dernière fois ensemble. Ils étaient devenus doucement vieillards et il me semble que leurs silhouettes s'estompent, un peu lamentables derrière l'allée du parc, formant l'image d'un couple éternellement uni dans ce qu'il a d'attendrissant et de dérisoire. Ils finissent chancelants et me restent inconnus. Une leçon me vient d'eux : ils ne se sont jamais quittés et cette union qui dura si longtemps n'a jamais été pour moi le modèle d'une force mais celui d'une faiblesse.

Ils ont vécu l'un près de l'autre parce qu'ils étaient incapables de survivre seuls. Peu solides séparément, ils offraient, ensemble, suffisamment de surface pour résister aux vents et aux intempéries. Sans doute s'aimaient-ils, ceci n'a jamais été éclairci, mais ils avaient suffisamment besoin l'un de l'autre pour rester unis sans avoir à s'aimer.

Triste tout cela, Povchéri était bien plus drôle, j'ai dû perdre mon humour avec mes cheveux et mes illusions.

Je dois toutefois mentionner, pour finir sur une note poétique, que mon anus se fait remarquer depuis deux jours par une douce et quasi lénifiante amabilité. Ce n'est plus un troufignon, c'est de l'eau de rose.

Le changement de médication serait-il profitable ? Ce serait bien la première fois. Il faut dire que je l'amadoue, que je ne m'assoie qu'avec componction et mesure, j'entretiens avec mon fondement des rapports infiniment courtois dans ces moments-là, ce sont des instants de haute diplomatie, François Ier au camp du Drap d'or.

Ceci contraste évidemment avec la violence des invectives que nous nous adressons dans les cas d'exaspération mutuelle, lui m'expédie des rafales qui me coupent en deux, moi je riposte par des vagues d'injures, j'en suis alors à traiter mon cul de cul... Oublions, la période est aux douceurs.

Si j'ai parfois un cul infernal, j'ai aussi une rondelle onctueuse, bref il possède une face cachée qui fait que je connais mieux cette partie de moi-même que toute autre... Si j'avais connu un seul de mes élèves, une seule de mes maîtresses comme je connais mon cul, je pourrais prétendre avoir percé les profondeurs d'une âme humaine.

Sérieusement, je connais sans doute mieux mon cul que moi-même.

Bref, après avoir souffert d'une non-descente de couilles, voici que je souffre d'une non-fermeture de cul. J'ai donc toujours dans le mitan du corps quelque chose qui cloche.

Il est tard.

L'infirmière du jour était une inconnue. Elle

ressemble à Marilyn Monroe à l'envers : grande brune, plate et laide. Elle a remplacé l'habituelle du vendredi qui, elle, ressemble à l'arrivée du train à la gare Saint-Lazare mâtinée de *Radeau de la Méduse*. Je ne peux la voir surgir en tempête dans ma chambre sans penser à un raz de marée sur la Jamaïque ou à la prise de la Smalah d'Abd el-Kader. Cette femme transporte avec elle une bourrasque permanente. Pour clore comme Povchéri, disons que ça barde sur Timara et que ce qui reste de Leeds doit tenir sans trop de peine dans le creux de ma main. Passons. Je serai fidèle au poste demain. Au fond, avec son goût d'Alexandre Dumas, Curwood et Gautier, ce jeune homme adorait les histoires.

Je tenterai de lui conter celles qui ont parsemé ma vie.

Je ne veux pas arriver à le passionner n'étant pas Sigognac, ni à l'émouvoir n'étant pas Cyrano, peut-être à le faire rire... N'ayant pas de petit-fils me voici racontant des histoires à un petit con qui fut moi-même.

Bel exemple de gâtisme forcené.

Bonne nuit Povchéri, endormons-nous tous les trois, mon enfance, mon cul et moi.

Mon cher Povchéri, nous voici donc de nouveau réunis pour quelques moments de cette soirée de printemps de l'an 2003.

Par la fenêtre je distingue un mur de lierre et quatre tilleuls qui sortent de la pelouse. Beaux arbres d'ailleurs, feuilles pleines et costaudes, rembourrées, déversant une fraîcheur épaisse. La pelouse est entretenue et un jardinier aux gestes languides obtient par l'adjonction à la nature de pulvérisations diverses une teinte d'un vert anis à briser les yeux. Un vert de lentilles d'eau dont la purée recouvre une vasque en ruine dans un parc de vieux château. Inutile de dire qu'avoir en ce tout début du XXIe siècle un spectacle pareil sous les yeux se paie (ne crois pas que ce soit une figure de rhétorique) la peau du cul.

Nous sommes dans un monde où le tilleul est rare. Le platane a disparu et quant aux acacias sous lesquels j'ai pu courir en revenant de l'école il y a belle lurette que les divers ingrédients qui se sont introduits dans l'atmosphère ont dû leur faire leur fête et que leur souvenir ne réside plus que dans la mémoire de quelques vieux cons.

Tout cela pour préciser que posséder une chambre ouvrant sur un jardin avec possibilité, les jours de bien-être, d'aller en charentaises jusqu'au banc de pierre et de respirer l'ombre odorante de quatre arbres est un privilège qui n'appartient qu'au vieillard d'argent.

Clinique chic, puisque cernée de verdures entretenues.

On y meurt, dit-on, plus difficilement qu'ailleurs, beaucoup d'efforts sont dépensés pour retarder l'échéance du client qui, crevé, ne paie plus. Le personnel soignant y reçoit une formation psychologique adaptée à la clientèle, en gros on a dû leur apprendre à supporter les jérémiades et grognements de vieux cons friqués et de vieillards emmerdeurs.

La guerre a interrompu tout cela, les filles changent, gueulent et l'on crève dans des draps sales, le doigt rivé sur le bouton d'appel. On y mange de façon aussi variée qu'en l'année 1943 et je termine comme j'ai commencé : dans la purée. La pomme de terre aura donc été le symbole de notre vie à tous deux.

Le chef ouvre des boîtes de déshydratés et me voici très proche de toi, garçon.

Mais tu ne dois pas aimer ce début de page :

aucune histoire n'a encore commencé, il n'y a que de la description, un peu comme le début du *Capitaine Fracasse*, en moins bien évidemment.

Cela va te surprendre mais personne ne doit plus savoir depuis longtemps qui est le baron de Sigognac ni Isabelle, ni Matamore, sache donc, petit garçon de l'an 40, que les petits garçons ne lisent plus depuis longtemps. Voilà déjà une drôle de nouvelle, n'est-ce pas? Pap ne s'est pas moqué de toi et n'a rien inventé : la petite boîte qui amenait le cinéma chez soi a bien existé et elle a chamboulé pas mal de choses au cœur des hommes, et un jour ils se sont aperçus qu'ils n'aimaient plus vraiment les mousquetaires et les dames en robes à paniers et aux épaules frappées de fleurs de lys. Moi-même qui fus toi, j'ai perdu ce goût peu à peu...

Je crois que c'est en te relisant qu'il me revient.

Je n'ai pas eu d'enfants.

Je le regrette seulement depuis quelques jours. Il était temps.

Je le regrette parce que peut-être mon fils t'aurait ressemblé bien que, depuis soixante ans, les gosses n'aient plus de béret, de galoches ni de pèlerine.

Petit garçon noir des pieds à la tête, comment as-tu fait pour rester si joyeux dans un monde si moche?

Donc je n'ai pas eu d'enfants. Une dame a failli m'en faire un, un jour, mais elle s'est vite rattrapée. Elle est revenue bien soulagée et moi aussi. J'avais payé l'opération, elle a offert le champagne du retour. On a trinqué et j'étais heureux... C'était près de la mer, vers l'Italie, je me revois tout fringant, la coupe à la main et le soleil qui entrait, c'est le portrait de moi en sale con.

Celui que j'exècre le plus.

J'avais la trentaine, le ventre plat et la mèche

ondulante, l'ethnologue qui monte. Comme si un ethnologue pouvait monter.

Oui, c'est vrai, j'oubliais l'essentiel et je suis heureux de te l'apprendre. Tu as grandi. Oui, enfin! Et pas facilement, il a fallu attendre la puberté et la poussée est venue, sans bifteck et on a fait son petit mètre 82 en fin de compte. Tu as eu tort de t'en faire si longtemps car, si tu ne l'as pas écrit, je sais que ce fut ta hantise. J'ai aimé ne pas trouver trop de traces de ta crainte de rester nabot.

Tu savais te taire sur l'essentiel mais comme tu as eu peur, petit, comme tu as eu peur...

Je n'arrive pas à te conter des histoires, il est vrai qu'il est difficile d'être à la fois son petit-fils et son propre grand-père, mais le stylo court tout seul et oublie en route les belles aventures... Car il y en eut en fin de compte, je n'ai pas été considéré, à tort mais tout de même, comme l'un des spécialistes des cultures à dominante magique du haut Niger sans avoir vécu quelques moments africains de belle allure : je pense que tu aurais apprécié cet instant où un rouleau de papier cul à double épaisseur à la main et short kaki aux genoux j'ai slalomé sur 250 mètres poursuivi par un rhino dont j'ignorais qu'il eût petit a de l'asthme, petit b les cornes sciées, petit c les pattes arrière entravées, petit d qu'il fût apprivoisé, petit e qu'il répondît au nom de M'hijong, ce qui signifie très précisément gros con en dialecte n'dimbelé, petit f que sa poursuite fût due à sa croyance selon quoi je possédais dans mes poches des graines de pastèque dont il était friand.

Bizarre comme tu m'as donné longtemps cette impression que l'Afrique était le réservoir des grandes forces tragiques et comme j'ai mis longtemps à apprendre qu'elle était essentiellement le lieu des farces et attrapes.

Sans doute ai-je été la première victime de cette plaisanterie à l'échelle d'un continent, pays saugrenu et misérable, dont le rire est la musique première.

J'ai tenté de trouver une âme ambiguë, dramatique et profonde à ces griots de village à la peau ruinée par les années, le sable et la misère qui ne propageaient que des calembours, et dont la philosophie ne repose que dans la naïveté d'un comique de cabaret... J'ai recherché Schopenhauer et Dostoïevski entre Sokoto et Benové, je n'ai rencontré que Fernandel et Georges Feydeau.

Heureux pays et heureux hommes, mais il est vrai que ton Afrique n'était pas la bonne, mon Povchéri. Pas d'importance, s'il fallait rêver la réalité, où irions-nous ?

L'infirmière d'aujourd'hui a fixé mon extrémité postérieure avec une attention soutenue et déclaré avec cet enthousiasme retenu et de commande que l'on ne rencontre que chez les membres de l'enseignement et du corps médical :

– Eh bien mais c'est très bien ça !

Je me suis senti tout fier de l'état actuel de mon rectum comme si j'y étais pour quelque chose.

Je ne suis pas encore arrivé au passage où Chris arrive pour la première fois.

Mon Dieu, quelle tendresse me vient vers toi en cet instant... Ridicule vraiment, le vieux papy au cul en compote et la petite fille made in 43 aux yeux-miroirs.

Drôle tout de même que je n'aie rien éprouvé en cet instant, le destin ne prévient pas, pas de klaxon prémonitoire, pas de sirènes pour alerter de la venue des grandes amours... J'y ai pensé souvent... Mais à demain, Povchéri, on me refile le soir d'étranges pilules qui m'engoncent dans la ouate et voici que le stylo s'amollit, mes doigts passent à travers, pardonne-moi, cela permet à la douleur d'être lointaine, une bête vilaine me taraude tout là-bas, à l'autre bout du monde. Dors, bonhomme, je reviendrai demain et je te conterai peut-être les avatars qui parsèment les vies quelconques... Dors, Povchéri.

Relu ce que j'avais écrit.

Et moi qui reprochais au garçon de ne pas parler de la guerre! Je ne trouve pas un seul rappel du conflit actuel. Il interfère peu dans la vie d'un malade mais tout de même... Difficile toutefois de parler de victoires ou de défaites, les villes ne sont plus prises mais détruites, et puis rien n'est moins spectaculaire que la guerre sous-marine, rien n'est plus monotone que le jaillissement subit des missiles hors de l'eau, tous semblables, parfaitement identiques, rien n'est filmable dans les ténèbres liquides et c'est là pourtant que tout se passe.

La civilisation de toute la fin du siècle dernier avait tendu à transformer le monde en spectacles; écrans partout, caméras permanentes, réseaux multiples : dix-sept chaînes omniprésentes, de quoi tourner la tête à tous les Povchéris de l'univers. Il semble que le but essentiel de l'humanité est de contempler sa propre image et, brusquement, voici que naît la chose la plus spectaculaire qui soit, la plus visuelle comme la plus sonore, la plus bouleversante, cent fois plus qu'une finale de coupe, un match de boxe ou un grand prix : la guerre.

Tout ce qui existe de photographes, reporters, cameramen se rue, et, surprise épouvantée, la Troisième mondiale a une particularité totalement imprévue : elle est invisible.

Suprême et totale impolitesse.

La seule chose que nous ne puissions voir est ce qui nous foudroie.

Plus de fronts de combats, plus de combattants,

tout s'est enterré ou envolé ou immergé, il ne reste plus à filmer que quelques milliards d'humains qu'une lumière instantanée et survoltée volatilise par paquets de mille de temps en temps. Zooms sur ruines, panoramiques sur cadavres, titres dans les journaux : « Sendaï disparaît », « Tairapu explose », etc.

Si je devais planter les petits drapeaux d'autrefois, ce seraient des indications pour éruption de nécropoles. Travail sinistre, je ne tiens pas à tenir le registre des grands cimetières sous le soleil.

Tout cela pour dire quoi ? Oui, que Bagdad est morte avant-hier. Rayée. Je n'y suis jamais allé et cela me permet d'en avoir une idée fausse parfaitement agréable, directement due à un film de l'après-guerre... *Le Voleur de Bagdad*...

L'un des premiers qui nous soient venus d'Amérique, après les tanks du Débarquement et les chewing-gums de la victoire. Une ville de minarets et de murs couleur layette, des coupoles d'or surplombant les ruelles et les caravansérails, chameaux, marchands et voleurs bien sûr, les palais hérissés de minarets, les tapis volants, les danses des femmes voilées et les hommes féroces aux sabres courbes... Tout cela dans l'agencement de deux syllabes.

Bien beau temps que la ville n'était plus que bidonvilles, hangars de fret, usines et cités bétonnées à l'infini mais cela m'importe peu : ce soir mes deux syllabes n'ont plus de sens, on m'a rayé un nom, donc un rêve, et me voici dépossédé d'un fantôme...

Je me dis parfois que l'enfant de dix ans était plus riche que je ne le suis aujourd'hui.

Chaque ogive lancée balaie un pan de mon passé réel ou non : j'ai aussi perdu le Prater et les valses, le parc où tournaient les empereurs à moustaches blondes, les officiers à brandebourgs et les hussards chamarrés, des statues comme à Versailles, blanches sous la rouille d'automne... Adieu, Vienne rasée. On me saccage mes musiques.

Demain, Paris finira en poussière de pierre et c'en sera fini de *Cyrano* et de ses matinées du dimanche, enfin balayés les cadets de Gascogne, les soldats aux lourds estocs et aux mousquets à mèches lentes, c'en sera fini des années passées dans mes différents logis : rue Saint-Louis-en-l'Ile, rue Froidevaux, rue de l'Armée-d'Orient. Une chance d'avoir habité dans des rues dont le nom sonne, il me semble que cela contribue à la précision de ce qui reste dans ma mémoire.

Donc la guerre. Des restrictions mais moindres, pas de jeudis à patates, pas de tickets de rationnement, pas de queues dans les magasins, de ce point de vue rien n'a changé. Apprends donc que finalement, avec ta taille réduite, ton épi sur la tête et tes lunettes de scaphandrier, tu n'étais pas si bête puisque tu obtins ton brevet.

Ce fut à la surprise générale et particulièrement à la tienne propre mais enfin tu l'obtins. Le hasard qui présida au choix de la terminaison de tes participes passés fit bien les choses.

Cela t'ouvrit les portes du secondaire et tu connus simultanément les délices vétustes d'un lycée parisien à la fin des années 40 et les plaisirs que nous accordent parfois les dames lorsqu'elles condescendent à nous prêter leur corps. Ce furent bien sûr des amours tarifées, mais tu devais comprendre très vite que ce n'étaient ni les plus mauvaises ni les moins sincères.

Cela se passa la veille de tes dix-sept ans, ce siècle attaquait son demi-siècle et tu décidas de savoir enfin de quoi il retournait du côté du sexe.

Dimanche après-midi, cheveux coupés mode, tu descends le Sébasto.

Dans le délice des rues latérales jouxtant les anciennes halles, la pute pullule dans l'odeur des fromages.

Tu en as fini avec Drosset le coiffeur d'Alfortville et ses coupes au bol, tu as été près de la gare de la Bastille, chez un coiffeur inconnu, tu en sors avec une tête vaguement iroquoise : les temps nouveaux ont commencé.

Plus d'épi, il a été moissonné avec l'enfance, si ton nez brille déjà d'une séborrhée grasse qui emportera quelques années plus tard tes cheveux, tu as abandonné aussi les costumes denses et trop durables pour le port d'un ensemble plus aérien dont la légèreté a fait grimacer Traîtresse Infâme.

Cravate assortie, tu déambules, tout neuf, avec la démarche élastique que confèrent les semelles de crêpe qui ont plus qu'avantageusement remplacé celles de bois.

Tu passes rapidement au milieu des femmes, en tâchant de donner à ton œil cette nuance de dédain vaguement agacé que doivent à ton avis posséder les hommes habitués aux prostituées depuis leur première couche-culotte.

Rue des Prêcheurs, rue de la Grande-Truanderie, rues Palestro, du Roi-de-Sicile, j'ai à cette époque arpenté Paris dont les rues se divisaient alors en deux catégories : celles aux filles et celles sans. Inutile de dire que je ne mettais jamais les pieds dans les deuxièmes.

Le drame était que les femmes sur le pas des portes se tenaient en groupe, et je n'osais pas choisir l'une plutôt que les autres, il aurait égalcment fallu interrompre les papotages.

Au long de ce premier jour, l'empeigne de ma chaussure brûlait mon talon. L'envie me tenaillait, j'ignorais tout, j'avais deviné au cours de quelques divagations nocturnes que l'amour était à la fois chose aigrelette et explosive...

Et puis j'avais l'âge où elles sont toutes belles, avec déjà une préférence pour les rembourrées un peu mousmés, les femmes lourdes dont je n'imaginais que splendeurs... Une passion naissante pour les sultanes.

Et là dans ces rues, au milieu des charcutiers volaillers bouchers, dans le fracas des camions, les entassements de cageots et les monceaux de tomates, avec la nuit qui tombait, j'allais d'odalisque en bayadère, toutes superbes, toutes possibles... J'avais mes billets dans ma poche, je m'étais renseigné sur les prix, j'avais le compte, il faudrait bien en profiter, en avoir pour son argent. J'ai toujours été rapiat.

Je repassais par les mêmes endroits, changeant de trottoir, toujours avec cet air désintéressé qui ne devait tromper personne.

Les filles fumaient, riaient et avec la nuit et les lampadaires leurs lèvres devenaient noires, tandis que mes orteils fumaient dans mes chaussures.

Finalement l'une d'elles m'a appelé.

J'ai toujours eu beaucoup de mal à faire les premiers pas. Je pense aujourd'hui que, de loin et de très loin, ce devait être la plus laide de toutes.

Je me souviens encore en être resté étonné.

Peut-être aucune femme n'avait-elle jamais exercé sur un homme une telle absence d'attrait. Elle avait cet air parfaitement plat et raisonnable que l'on trouvait aux créatures de derrière les guichets, au temps des Postes et de la Sécurité sociale.

Je ne parle pas de la différence d'âge, par simple galanterie.

Je me trouvais non seulement devant la plus laide mais devant la plus ancienne. Je n'ai rencontré que bien plus tard et en Afrique, dans les quartiers chauds de Bangui, sur les docks le long du Congo, une créature aussi antique pratiquant le même métier.

Est-ce le fait que cette femme eût pu être la grand-mère que je n'avais pas eue, est-ce que son absence de sex-appeal rassura quelque chose en moi ou est-ce simplement le fait que j'en avais plein les bottes, je décidai de suivre la vieillarde avec la pensée vague qu'à son âge elle prendrait peut-être moins cher. Je me souviens encore que la préposée à la chambre chargée de changer les serviettes qui devait pourtant en voir de toutes les couleurs eut l'air étonnée au vu de la disparité de notre couple.

Ici commence un grand embarras.

On m'avait toujours inculqué, à l'instar de certaines tribus, le respect des anciens.

Je contemplai un instant l'aïeule, et la pensée me vint que jamais au grand jamais je n'aurais l'audace de faire ce que font les amants à une si vénérable personne.

D'autant plus que je ne savais pas très exactement ce que les amants faisaient.

La seule chose dont j'étais sûr, c'est qu'ils ne le faisaient pas aux vieilles dames.

J'ai revu en quelques secondes toutes ces jeunes filles merveilleuses et bombées offertes à tous que j'avais croisées par centaines durant la journée et jamais je ne me suis autant traité d'imbécile. Pourquoi avoir choisi la pire ? De plus, une autre crainte me venait : que pensait-elle, elle, de voir dans sa chambre un garçon si jeune ? Sans doute était-elle habituée aux patriarches, aux respectables et usés célibataires, elle pouvait penser en me voyant que j'étais atteint de quelque étrange perversion, de quelque bizarre anomalie m'obligeant impérativement à ne monter que des dames usagées. Horribles minutes.

De plus j'avais pensé à ce moment durant bien

des jours, j'avais économisé, sou par sou, pour pouvoir enfin perdre ma vertu, et l'envie m'a pris de me carapater, vierge comme devant, mais j'avais déjà payé la chambre, mon instinct auvergnat me fit remarquer que je n'aurais plus assez pour m'en offrir une autre et c'est avec une lenteur infinie que je commençais à défaire le nœud de ma cravate lorsqu'un geste m'arrêta.

– Lève le pantalon, ça suffit.

Un homme sans pantalon n'a pas l'air malin mais un homme sans pantalon avec cravate atteint des sommets. J'obéis avec cette facilité larvaire que j'ai à obtempérer aux ordres, et je restai planté là, devant la dame au milieu de cette chambre que je ne revois plus mais dont je devine la tristesse.

Pauvre Povchéri. Jamais je n'ai dû autant mériter ce nom. C'était donc cela, la vie!

On rêvait d'amour toute une jeunesse, on se nourrissait dans *Ciné-Revue* de visages de rêve... on imaginait des cousines en socquettes courant dans des parcs centenaires, on refaisait en songe des serments éperdus à des personnes bouclées et juvéniles dont la taille tenait dans un anneau, il me venait aux oreilles des rires flûtés, des tendresses chuchotées, je respirais des parfums de cheveux, de fleurs des champs et de savonnette, je sentais sur mes lèvres des lèvres intimidées, douces et puériles... je donnais ma vie pour un regard, un quart de mot, un demi-geste, j'étais aux temps des amours éternelles et indicibles, j'avais vibré pour Roxane, Milady de Winter puis avec l'arrivée des Américains pour Gene Tierney et Linda Darnell, les femmes étaient de soie et de tendre quiétude, elles avaient attendu leurs pères, leurs frères, leurs fiancés, leurs maris, j'avais déposé en elles toute l'intelligence et la douce saveur du monde. Une femme était alors pour moi la quintessence de tous les jardins de l'univers, fraîcheur des fleurs, Grace

Kelly et pureté, œil de cristal et noblesse d'âme, Ingrid Bergman pointant à l'horizon résumait pour moi toutes ces vertus, mais, la tête pleine de romances, c'est les fesses à l'air et les bras ballants que je me trouvais devant une sexagénaire assise tirant sur une Gauloise sans filtre, sur un bidet à glouglous.

C'était l'amour en 48.

Je me demande comment j'ai pu m'en remettre. Je ne m'en suis sans doute jamais remis.

Curieusement, cette dame comprit mon embarras et, bien que professionnellement pressée d'en finir, me posa pour détendre l'atmosphère une question sur mes études.

Après avoir rêvé de suaves murmures et de délicatesses chuchotées, je me lançai, pour gagner du temps avant l'assaut final, sur les mérites comparés de l'enseignement classique avec grec et latin et du moderne avec physique-chimie option sciences naturelles, mieux adapté au monde moderne qui allait naître.

J'enchaînai avec quelques variations sur l'intérêt à choisir l'anglais première langue et l'espagnol deuxième et non l'inverse, ajoutai simplement que l'allemand n'était pas inutile non plus, que le lycée Charlemagne était moins bien considéré que Condorcet qui lui-même était loin derrière Louis-le-Grand mais se classait entre Turgot et Claude-Bernard, tandis que...

– Dis donc, bonhomme, t'es venu pour causer ou quoi ?

C'est le rouge au front et dissertant encore sur les avantages et inconvénients des établissements parisiens que je me sentis empoigné et quasi propulsé sur un lit à sommier gémissant.

Et c'est ainsi que je connus, si j'ose m'exprimer ainsi, l'amour.

Je ne crois pas d'ailleurs que cela installa en moi

un immense traumatisme, mieux vaut mal commencer que mal finir.

Il faut cependant préciser, concernant mon cas personnel, que j'ai certainement mal commencé mais encore plus certainement très mal fini.

Qu'importe, mon cher Povchéri, il y a eu un intervalle entre les deux et nous en connûmes de bien belles, nous les avons aimées, parfois bien parfois mal, la plupart du temps les deux à la fois, comme aiment les hommes... Je t'en parlerai, elles furent fidèles, infidèles, jolies, laides, drôles et stupides, glaciales et chaleureuses, closes ou déployées... Ne crois pas qu'il y en eut beaucoup, bien loin de là. A présent que leurs silhouettes s'éloignent, je peux en distinguer trois au moins, je te raconterai, allons, cela valut la peine de toute façon, il y a eu les courages et les lâchetés, les rires et les larmes, tout le grand tralala, qu'est-ce que tu crois, on a bien vécu tous les deux, je n'ai pas toujours eu l'arrière-train sanglé dans l'hydrophile.

Mais est-ce là, vraiment, une histoire à raconter à un enfant? Certainement non, mais à un enfant mort c'est possible, et tu es mort, Povchéri.

Que reste-t-il de toi en moi en ces moments? Il est près de deux heures du matin, l'évocation de cette première femme m'a rendu prolixe.

Elle fut gentille, d'ailleurs. Je pense aujourd'hui qu'elle avait peut-être un petit-fils, un grand dadais embringué comme moi dans sa puberté tardive, son acné et ses principes, et elle m'a bien facilité les choses... Je l'ai revue évidemment, elle est restée quelques longues années fidèle au poste. C'était une entrée étroite dans un renfoncement de la rue du Cygne, coincée entre deux entrepôts de légumes, on y sentait l'odeur mouillée des salades : un parfum de jardin au cœur de Paris. Le plus drôle est qu'elle me reconnaissait et me faisait un bonjour gentil de loin... Jamais elle ne m'a rappelé, elle avait bien compris qu'à présent je m'étais enhardi, que j'allais en voir de plus jeunes, de plus pulpeuses et que chez elle je n'avais fait que m'égarer. Je rends hommage cinquante-cinq ans plus tard à la vieille professionnelle, j'ai fréquenté ce que les cinéastes de l'époque appelaient les ruelles du désir pendant quelques années, nous nous sommes salués tout ce temps, du coin de l'œil ou du bout des doigts. Discrétion oblige, mais ni elle ni moi n'y avons manqué.

Tout compte fait, je n'ai peut-être pas si mal démarré, quelque chose a fait, un instant bref et rapide, que dans la lumière de l'ampoule jaune et brumeuse qui pendait du plafond ce ne fut pas si sordide que cela eût pu l'être.

On pourrait croire que l'histoire se termine là et que tout est dit sur ce premier contact. C'est mal me connaître. Ce serait mal connaître l'époque.

Nous étions sortis de la guerre, Pasteur avait combattu la variole, la tuberculose semblait en perte de vitesse, et les différentes pestes, lèpres et autres saloperies avaient émigré dans le temps ou dans l'espace, il restait cependant deux grandes catastrophes totalement invaincues et parfaitement rayonnantes : la poliomyélite et la chaude-pisse.

Les deux fléaux de l'après-guerre, mis à la mode l'un par Roosevelt qui avait eu le premier, l'autre par les GI's qu'il avait envoyés nous refiler le second.

En tout cas, tout jeune garçon copulant en ces époques fertiles en bacilles et gonocoques plongeait après le coït dans l'angoisse la plus pure.

Je me souviens que, sitôt rhabillé, je m'élançai en flèche dans la pissotière la plus proche et contemplai, le cœur dans la gorge, l'extrémité de mon gland.

Rien.

C'était peut-être le pire. Un sexe ne parle pas, le mien me parut pourtant dangereusement muet.

Je lui trouvai une drôle de tête. Il faut préciser que je ne l'avais jamais beaucoup examiné auparavant, je connaissais donc assez mal sa physionomie. Les choses allaient bien changer.

Dans les semaines qui suivirent il fut mon principal objet de contemplation. Une heure entière ne s'écoulait pas sans que je me précipitasse en quelque lieu isolé pour vérifier le maintien de sa bonne mine. (Le soir je bâclais mes devoirs et restai en contemplation devant l'objet, attendant de voir sourdre les liquides impurs qui dissoudraient ma moelle épinière et tout mon être gangrené.)

Je me relevais la nuit, les instants où je ne pouvais vérifier son état étaient interminables. Des bruits couraient de types devenus aveugles ou atteints de gonflements gigantesques d'organes.

Je me voyais, moi dont on n'a pas oublié les retards hormonaux, muni d'appendice géant, concombre d'enfer, melon de pus, potiron de vermine, bringuebalant ma double infortune dans des pantalons spéciaux, rivé à une brouette soutenant mes monstrueux attributs... J'en ris aujourd'hui mais que de suées...

Car, inévitablement, à force de ne penser qu'à ça, je m'inventais des picotements, des friselis, il me semblait que je violaçais du gland, que les dimensions se racornissaient ou prenaient de l'ampleur. Je jurai de rester chaste pour éviter ces tortures. Doux oiseaux de la jeunesse... Tu parles, des semaines à s'ausculter méat et testicules, il y avait de quoi réduire une vision du monde... J'ai eu l'adolescence angoissée, penchée sur mon prépuce, ce n'est pas une attitude très épanouissante... Peut-être est-ce pour cela que je me suis voûté assez vite, une génération en scoliose... Pas vraiment le bon temps...

Ouf! quelle tirade.

Peut-être un point commun entre les deux Pov-chéris de chaque bout de la route : ce sont des bavards du stylo. Grande difficulté à cesser de se répandre.

Je dois arrêter cependant. Il me faut être en forme demain. Encore une séance. Cela veut dire des jours difficiles. Je suis parvenu ce soir grâce à toi à les oublier.

Je n'arrive point à savoir s'ils sont sincères lorsqu'ils me parlent de guérison.

En tout cas, il était bon ce soir de se reposer contre l'enfant de 43. Aurais-je besoin de lui ? Je croyais ne plus avoir besoin de moi depuis longtemps.

Calme absolu. Autrefois il y avait un bruissement lointain dans Paris, il a disparu. Le cœur ne doit plus battre, les pulsations ont cessé. Nous sommes muets. Déjà.

Exaltation optimiste.

Garnier a claqué des dents et produit un bruit de succion désagréable. C'est un signe qui ne trompe pas : il est content.

Lorsqu'il se trouve devant une tumeur qui décroît il a toujours l'air de sucer un esquimau.

Il a levé un doigt doctoral et proféré :

– Vous n'êtes pas encore sorti.

Je m'en doutais. Je me doutais aussi que la suite allait être plus agréable.

– Mais je ne désespère pas de vous voir dehors.

Comme nous sommes, hélas, assez intimes, je lui ai fait remarquer que je serais ravi de n'avoir plus à le voir du tout. Je crains d'être tout de même obligé de le supporter encore quelque temps.

Donc, mon cher Povchéri, une bonne nouvelle : nous allons mieux.

Oublions donc maladie et guerre et parlons de nous, et comme promis de la première femme que nous avons fréquentée.

Elle s'appelait Arlette, portait des bottes de caoutchouc, avançait dans la vie avec les poches déformées par des livres d'anthropologie comparée, ramenant constamment de la pointe de son nez à son front des lunettes glissantes, et nous en fûmes totalement et immédiatement fous.

Je sens que tu t'étonnes, que tu trouves cette passion inexplicable. Laisse-moi te conter la situation.

Le bac est passé. Pap est devenu sous-chef de bureau et la décision est prise : je continuerai mes études. La seule idée de ne pas entrer à la SNCF me comble de plaisir et, fidèle à ma visite au musée des Colonies de la porte Dorée, je décide de tenter l'ethnologie puisque l'ethnologie me tente.

C'était parti.

Là s'ouvre tout un univers. Lambris, boiseries, éclairage verdâtre des bibliothèques où froissement de bonbons et toux retenues produisent l'effet d'explosions nucléaires. Amphithéâtres poussiéreux dont les balustres et les plafonds m'évoquent encore une Comédie-Française surannée où la scène est remplacée par une estrade sur laquelle ne se tient qu'un seul acteur : le prof.

Vitrines de musées, mensurations de crânes moisissants, objets voilés de la gaze grise que dépose le temps, volumes aux reliures lourdes... Qui n'a pas lu les ouvrages des ethnographes, explorateurs, socio-anthropologues du début du XXe siècle ignore ce qu'est la stupidité dans ce qu'elle peut avoir de plus exacerbé.

J'ai plongé dans ce monde studieux et désuet avec délice, il y avait dans tout cela un air vieillot et compassé qui devait me convenir... Tout cela était tellement inoffensif et inutile. J'avais quelques copains, dans les bistrots autour de la Sorbonne ou du Trocadéro, nous discutions culte des morts et rites de passage chez les nomades de la rive droite du haut Niger et du bas Congo, nous ne nous apercevions pas que nous ne parlions que sur des paroles, sur des mots et sur des morts, que le haut Niger n'avait sans doute plus de nomades, que les tribus avaient dû s'installer dans les faubourgs des capitales, dormant près des docks et des silos, qu'elles avaient remplacé le culte des morts par le Coca-Cola et les rites de passage par le ciné du samedi soir... Au fond nous nous moquions que ce dont nous parlions fût réel, il suffisait que notre discours fût cohérent et logique, nous pensions qu'ainsi il se devait d'être vrai. Nous ne nous rendions pas compte que le culte des morts c'était nous qui l'entretenions par notre culte des livres.

Et, au milieu de tout ce fatras, dans ce galimatias de thèses, théories, querelles d'écoles, systèmes et synthèses abstraites, passaient des femmes.

C'était un temps où en fin de compte nous trouvions surprenant et magnifique que des filles fussent savantes.

Nous ne l'aurions jamais dit, nous pourfendions tout réactionnaire qui eût osé prétendre qu'elles ne fussent pas nos égales mais l'une des raisons essentielles qui me jeta moralement aux pieds d'Arlette c'est qu'elle n'ignorait rien de Lévy-Bruhl, Durkheim et autres vieilles gloires de l'Institut.

Je la rencontrai en camping.

C'était la mode à cette époque de s'enfoncer, le sac au dos, dans la forêt de Fontainebleau et de planter la tente. Un de mes amis, Gaston, emmena avec lui sa cousine Arlette. Je succombai dans la seconde.

Il faut dire que, sorti des putes de la rue Saint-Denis, les filles étaient intouchables.

On ne va pas batifoler avec une créature qui compulse des in-quarto avec un stylo dans chaque main sous les hauts plafonds de Sainte-Geneviève.

Nous nous étions déjà aperçus sur les bancs d'un amphithéâtre.

J'avais alors la barbe et fumais la pipe, je devais penser que cela ferait encore plus étudiant avec une touche d'explorateur. Est-ce ce côté démodé qui lui plut ? Nous terminâmes notre discussion sur les thèses de Gurvitch concernant la mentalité magique des primitifs la main dans la main.

La nuit était tombée.

Gaston ronflait dans son duvet. Je n'osais tenter le baiser qui faisait un peu futile à côté de ces conversations élaborées. Je poussai cependant l'audace jusqu'à lui proposer un rendez-vous le mardi suivant dans un café du Luxembourg. Elle accepta : l'heure de ses cours lui permettait cette folle escapade.

Je passe sur le nombre incalculable de cafés que nous prîmes ensemble dans les mois qui suivirent. Je dois devoir à cette période une bonne partie de la tachycardie qui devait me terrasser dans les années 90.

Je ne compterai pas le nombre de fois où je lui pris la main.

C'était un temps où l'on pétrissait des années durant les doigts des jeunes filles.

Cette période de ma vie peut se résumer simplement ; j'avais ou bien un stylo entre le pouce et l'index ou bien ses doigts s'entrelaçaient aux miens.

Pas plus manuel qu'un intellectuel. Le corps d'Arlette s'arrêtait à son poignet. Elle était une main et une tête. Une tête à lunettes glissantes.

J'avais sa paume contre ma paume, en marchant, en parlant, au cinéma, au café, debout, assis, elle était ma sœur siamoise, nous vivions soudés par les pognes.

Pas question de coucher, c'étaient là manières extra-universitaires, donc hors de propos. Je retrouvais donc les drôleries rigolotes du quartier des Halles pour la gaudriole et tenais la main d'Arlette pour le sérieux.

Je suis persuadé, aujourd'hui, qu'elle fut jolie, une beauté pâle pour banc de faculté. La mode était à la queue de cheval dégageant une nuque gracile, ses chevilles étaient minces et ses doigts déliés, je peux en parler en connaisseur, il me semble encore en sentir la forme entre les miens.

Nous marchions à travers le Quartier latin : rue Saint-Jacques, rue des Ecoles, rue Champollion, rue Racine, boulevard Saint-Michel... Ma vie avait deux axes : rive droite et rive gauche, les Halles et la Faculté, Arlette et les putes. Le sexe et la menotte. Où était l'amour ? Incomplet partout bien sûr et je ne m'y retrouvais pas. M'y suis-je jamais retrouvé ? Mais j'aimais Arlette, on a bien droit à son amour platonique, non ? On n'en est pas plus bête pour autant.

Nous nous sommes embrassés quelquefois sous un porche l'hiver. Près du Collège de France il y avait autrefois des portes accueillantes.

La première fois, ce fut en sortant d'une conférence de Lévi-Strauss. Notre enthousiasme était tel à son endroit, notre communion si parfaite que nous y sommes allés d'un gros bisou. Il avait dû nous falloir une sacrée excitation intellectuelle pour aller jusque-là. Merci Lévi-Strauss. On est sortis tout chancelants de notre audacieux contact, les jambes coupées et le cœur en chamade on s'est sentis bien osés !

De vrais vicieux, des affamés de la luxure... On a

eu du mal à se regarder après. On avait peur d'entrevoir en chacun de nous la bête qui sommeille, le démon des sens déchaînés. On a pourtant recommencé, longtemps après, deux mois peut-être, le temps de récupérer. Et en plein jour cette fois, au printemps, un dimanche après-midi, sur les quais de la Seine, vers le pont d'Austerlitz. Je ne sais ce qui m'a pris, un élan imprévisible et sauvage, quelque chose de semblable sans doute à ce qui a fait bondir l'homme de Néanderthal ou l'Australopithèque sur la femelle entr'aperçue, en tout cas je lui ai roulé une galoche infernale. On a dû s'asseoir pour se remettre. Je me suis excusé de mon indignité. Elle a dû tout de même m'en vouloir car elle ne m'a redonné ses doigts à serrer qu'une bonne heure après ce regrettable incident.

Et puis ce furent les examens, pas question de faiblesse en ces périodes cérébrales, nous avons révisé au jardin du Luxembourg, nos deux mains toujours vissées l'une à l'autre... A la fin de la journée elles se dessoudaient avec peine... Un jour nous resterions reliés, greffés. Elle rafla tous les diplômes, moi un peu moins. Au cours de l'été, je fus moniteur d'une colonie de vacances et rencontrai Fernande, monitrice également. Le moins que l'on puisse dire est qu'elle n'avait pas besoin qu'on lui tienne la main longtemps.

Je garde Fernande pour une autre fois...

Qui aurait pu oublier la dévoreuse d'hommes? Fernande la ventouse, Fernande l'anti-Arlette... Arlette que je revis fort peu à la rentrée, elle avait lu tant de livres, passé tant d'examens, qu'elle avait brûlé les étapes, entassé les licences, sa nuque me parut trop gracile pour soutenir un front lourd de savoir.

Elle partit en décembre pour un voyage d'études en Erythrée. Elle avait obtenu une bourse, elle allait tenir la main aux rois nègres.

J'ai souvent revu son nom au bas d'articles dans des revues de sciences humaines, elle préside des comités, elle a participé à des manuels, des dictionnaires, l'amour s'en va, l'amour s'en va madame, il est parti depuis longtemps. Sortie d'Arlette. Voici une femme dont j'avais connu tous les doigts un par un, ce n'est pas si mal, qui peut se vanter d'en connaître davantage ?

Elle reste pour moi inséparable d'un décor et d'une mentalité... Paris des années 50, vieux profs, vieux livres, vieux lieux, vieilles lunes... Où aurions-nous été pêcher l'idée que l'amour était joie ?

Ce monde trop sérieux ne connaissait pas le rêve et ignorait le cul, peut-être par sagesse, certainement par peur... Ce furent les derniers temps de la retenue, Fernande surgissait et allait submerger le monde... Adieu Arlette à la paume moite, un peu de l'humain disparaît avec toi et...

Pardon, Povchéri, j'ai toujours cette tendance à l'emphase et au coup de clairon, c'est un restant des facultés, il n'est pas bon que les écoliers écoutent trop longtemps les histoires d'étudiants...

Demain nous retrouverons l'ouragan Fernande, ou autre chose... Ces calmants me calment trop... Adieu littérature.

Lima n'existe plus. Ni Cuzco ni Huancavelica, ni cette piste qui traversait les Andes jusqu'aux cités de l'Empire inca. J'y suis allé autrefois. Ce pays paraissait hanté par les dieux... Des Indiens râblés et alcooliques dormaient dans les enfers simultanés des neiges et du soleil. Des femmes en chapeau melon et robe d'opérette savoyarde poussaient des lamas dans les déserts des hauts plateaux... Pourquoi tout cela est-il anéanti depuis la nuit dernière?... J'écoutais le vent passer sur les montagnes, tout était vide et splendide, à qui cet anéantissement pourra-t-il profiter? Quel stratège de génie a décidé de raser les pics escarpés où dorment les dieux du Soleil?

Mon pauvre enfant, comme tes bombardements sur Trappes ou Villacoublay me paraissent dérisoires, pardon, mais les hommes d'alors savaient qu'ils reconstruiraient, que malgré les bombes, un jour, Dresde, Berlin, Londres, Dunkerque, Stalingrad seraient de nouveau debout... Rien de tel aujourd'hui... Adieu Lima, ville de la brume, il y avait au coin de deux rues un café couleur de vieille prune où l'on servait un pisco à réveiller les morts, le patron avait sous ses moustaches de vieux phoque un sourire de candeur.

Un voyage, un de plus, deux mois dans une tribu indienne perchée à flanc de volcan, les nerfs brûlés par l'alcool de bois, les hommes jouaient au football à 4 000 mètres sous le voisinage d'un soleil énorme. Tout cela n'est plus... D'ailleurs, cette guerre apporte dans notre conception de la mort une nouveauté de taille : il y a quelques années encore, le bonheur ou le désespoir du moribond était qu'après lui les choses continueraient. Suivant les tempéraments, l'idée que les écrans de télévision continueraient à déverser leurs tombereaux d'images, que les terrasses surgiraient dans l'ombre des marronniers de l'été, que viendraient d'autres livres, d'autres saisons, d'autres crépuscules sur la mer, tout cela était insupportable ou merveilleux à celui qui descendait du train en marche. Aujourd'hui les choses sont différentes : nous mourons tous, en chœur, je ne laisserai pas le monde intact derrière moi, nous disparaissons ensemble.

Personnellement cela me convient assez, je l'avoue en tout égoïsme.

Cela me permettra de dire qu'en gros j'aurai

tout connu, vaguement, maladroitement, mais tout. Terminées les civilisations nouvelles, les inventions bouleversantes. Je quitte les lieux en me disant qu'ils ne seront plus habités par de nouveaux Rembrandt dont j'aurais manqué les toiles, par de nouveaux Shakespeare dont je n'aurais pas vu les pièces, par de nouveaux Rimbaud dont je n'aurais pas lu les vers... On ferme.

Tout n'a pas été dit, écrit, sculpté, chanté, sans doute pas, tant pis, le rideau se baisse et cette guerre mortelle est la victoire de Povchéri. Je meurs vieux, j'ai profité de tout ce qui précédait, rien ne me succédera. L'idéal !

Ne m'écoute pas trop, saute ce passage car il est triste, mais j'aimais le Pérou, j'ai écrit autrefois un livre sur ces Indiens des hauts plateaux qui ne croyaient plus ni aux dieux ni aux hommes et qui aujourd'hui dorment sous leurs montagnes effondrées... Passons.

Mais voici que je n'ai plus envie de parler de Fernande. Et puis la dernière nuit n'a pas été bonne. Je sais que cela est normal, je suis prévenu. Lorsque l'on fait attention à elles, les douleurs changent, elles deviennent plus sombres, plus lumineuses, comme la palette d'un peintre... A chacun sa spécialité, certains jouent du piano, du burin, moi je joue du cancer...

Virtuose pour concerto anal.

Pardon, garçon, de n'être pas gai. Je vais me replonger dans ta vie. Continuer la lecture... Je me souviens de ce qui est venu par la suite... tu vas me donner les détails, tout va revivre... Te voici mon radeau ce soir, j'ai besoin de m'appuyer sur moi-même pour continuer la route.

Pourquoi n'écrivais-tu pas plus gros, animal, même avec lunettes superposées je n'aime pas à décrypter tes pattes de mouche.

Dans la chambre se trouve une glace sur le mur

du fond. Je me devine plus que je ne me distingue, mais je me dis que tu serais peut-être intéressé de savoir à quoi tu ressembles aujourd'hui.

Pas brillant.

D'abord je dois être beaucoup plus proche de toi que tu ne le crois car, après avoir grandi, j'ai rapetissé. Retour à la case départ. Rebelle à toute gymnastique, l'exercice du stylo ne m'a guère musclé. Je dois t'avouer que je suis toujours incapable d'effectuer le moindre grimper de corde.

C'est tout de même incroyable de se dire que l'on n'a pas effectué le moindre progrès en soixante ans.

J'aurais dû m'appliquer mieux, j'y serais sans doute arrivé, seulement voilà : on s'arrête à de petites choses, on étudie le squelette de l'homme de Sumatra, on plonge dans les théories, les hypothèses et le carbone 14, on démontre, on analyse et on soutient, on devient honoris causa et membre honoraire et on se retrouve aussi con qu'autrefois devant une corde lisse. Je dois dire pour ma défense que je ne me suis jamais trouvé devant l'une d'elles pendant toutes ces années, j'en suis pourtant conscient, cela n'est pas une excuse.

Bon, voici déjà un point de ressemblance entre nous : nous ne savons toujours pas grimper.

Toujours les lunettes. Les focales et les montures ont changé mais ce sont toujours bien elles.

J'eus dans les années 70 un épisode lentilles, dû sans doute au retour d'âge ou au démon de midi.

Il fallait chaque matin s'exorbiter l'œil, se remonter la paupière comme un rideau de fer, s'extirper la cornée pour arriver à se coller devant une minuscule membrane transparente qui t'aurait fait rêver avec tes dix ans, car il est vrai que vivre sans lunettes c'est déjà changer un peu de tête.

J'ai vécu ainsi quelques mois délunetté mais en

lentilles. Mon premier incident eut lieu dans le métro à l'heure de pointe où une brave dame me balança sur la nuque un coup d'abat-jour à la station Hôtel-de-Ville.

Le choc fit jaillir la lentille de mon œil droit. Etant donné la foule et ses piétinements, inutile de tenter de se mettre à quatre pattes et de chercher sur le sol, de plus comment chercher puisque ce qui nous permet de voir a disparu et que par définition nous ne le verrons pas. L'expérience m'a appris qu'avoir des lentilles nécessitait sur soi la présence de lunettes rapidement chaussées pour retrouver les lentilles perdues. Je ne retrouvai évidemment pas ma lentille ni ma station, car si être sans lentilles ne permet pas de voir, la présence d'une seule transforme le monde en une sorte de fantasmagorie zigzagante et contournée. Je rentrai au radar après avoir percuté quelques passants attardés.

Mon deuxième avatar se situe dans un salon de thé du boulevard Saint-Germain où je me trouvais avec une étudiante dont je devais surveiller la thèse.

La vérité oblige à dire que sa thèse sur les activités ludiques des Bambaras n'était pas le seul sujet de mon intérêt pour elle. Son tour de poitrine m'avait dès le premier moment ouvert des horizons extra-anthropologiques et, cette fois, sans qu'il fût besoin d'un coup d'abat-jour, ma lentille gauche tomba, sans doute poussée hors de mon orbite par l'involontaire intensité de mes regards admiratifs.

Je continuai la conversation comme si de rien n'était, tout en palpant frénétiquement mes genoux, la nappe, faisant tomber une serviette pour ratisser la moquette dans l'espoir de retrouver la minuscule.

Peine perdue. La jeune personne semblait étonnée de ma nervosité subite.

Je décidai alors d'avouer la cause de mon trouble. J'appelai la jeune serveuse; bientôt trois personnes passaient sol et fauteuil au peigne fin, rien n'y fit. J'achevai de boire mon crème et sentis un corps étranger glisser entre mes amygdales : j'avais avalé le but de mes recherches.

Répugnant à la récupération hasardeuse du lendemain matin, je revins aux lunettes, elles ne m'ont plus quitté.

Quant aux cheveux, ils auront été pour moi, comme pour toi, une cause épouvantable de tracas. Toi parce qu'ils se dressaient, verticaux et conquérants, moi parce qu'ils sont partis. Ils partirent très vite, ils commencèrent par les tempes, gagnèrent sur l'occipital, clairsemèrent le frontal, j'ai tenté de tricher, de ramener ceux de gauche vers la droite, ceux de droite vers la gauche, ceux de devant derrière et ceux de derrière devant, de jouer de l'entrecroisement, du volume, de la frange...

Curieuse espèce humaine, elle aura triomphé de la peste, du choléra, de la tuberculose, et de milliards de cataclysmes compliqués, et elle disparaît en emportant invaincus le rhume de cerveau et la calvitie.

J'ai offert longtemps le profil droit à mes interlocuteurs, c'est ainsi que je me présente sur la plupart des photos de cette époque. C'était le côté le moins dégarni.

Cela m'a conféré durant quelques années un air altier de grand volatile perché dans les roseaux. Les gens devaient croire à un torticolis permanent, à la poliomyélite, à Dieu sait quoi... Il devait falloir user de surprise pour faire le tour...

Dire que j'en ai pris mon parti serait exagéré. Lorsque ce crétin de Garnier m'examine, je regarde toujours cette opulente chevelure blonde que j'aurais souhaitée pour moi et je sens sourdre une légère exaspération. Je l'aime bien, mais l'agacement qu'il crée en moi est sans doute dû en partie à cette luxuriance capillaire qui frise l'indécence.

Je mourrai donc avec une coquetterie atténuée mais présente.

Tu vois bien que l'on n'est jamais content : cet épi qui te fit des heures si sombres, voilà que je le regrette aujourd'hui, nous sommes bien versatiles.

Parlons habillement : je constate que tes débuts furent difficiles. Je ne puis t'être d'aucune consolation : la suite ne devait pas s'améliorer.

Traîtresse Infâme disait de certaines femmes qu'elles avaient des têtes à chapeau, je devais, moi, ne pas avoir de corps à vêtements.

J'ai toujours la tête, les deux bras, les deux jambes et le torse que tu m'as si gentiment légués, je suis donc bâti comme tout le monde, pourtant, je ne sais par quelle aberration du sort, qui tient proprement de la magie, aucune veste, aucun pantalon, costume, chemise, pardessus, pull-over ne m'est jamais allé.

J'ai quelquefois aperçu dans des vitrines des choses prometteuses, pleines d'élégance et de chic. Il suffit que j'entre à l'intérieur pour que, tel un prestidigitateur, je transforme le tout en une masse informe.

Sur moi les couleurs passent, les tissus se fripent instantanément, la laine se feutre, le coton se fane, la soie agonise, les velours se meurent. Je suis un tueur d'habits. J'ai essayé parfois de les domestiquer, de m'entêter à les porter, ce ne fut jamais avec succès.

Aux alentours de la cinquantaine (on voit que j'aurai lutté longtemps), je suis entré dans une ville de province dont le nom m'échappe, chez un marchand d'articles de jardinage. On y vendait de la moissonneuse-batteuse-lieuse aux oignons de tulipe. Je me suis rendu d'un pas ferme au rayon habillement et j'ai acheté six pantalons larges et côtelés, douze chemises à carreaux d'une robustesse sans exemple, six brodequins à bout rond et double semelle, deux vestes huilées, deux matelassées, cela fait vingt ans que je m'habille avec.

Je détonne moins au milieu des labours que dans les petits salons du Collège de France les soirs de réception, mais j'ai réglé ce problème définitivement. Cela m'a même valu un certain temps une réputation d'original.

Un journaliste m'a demandé un jour pourquoi je m'habillais ainsi. Je lui ai fourni une raison d'ordre philosophique et humanitaire. Si je lui avais dit que je ne pouvais pas me vêtir autrement, il n'aurait sans doute pas voulu me croire.

Eh bien tu vois, on a fini par bavarder.

Pourtant cela commençait mal ce soir, et puis, une parole en attirant une autre, le bavardage ne s'arrête plus.

Je vais continuer à te lire. J'ai envie de tout connaître d'un coup, de me jeter sur le cahier et de l'épuiser jusqu'à la dernière ligne.

Je ne le ferai pas.

Etre vieux a de très faibles privilèges, celui de savoir être économe de ses plaisirs en est un. Ne dévorons pas le gâteau d'une seule bouchée. Demain nous n'aurions plus rien, et les gâteaux, ces temps derniers, sont devenus bien rares.

Il me faut savourer en connaisseur, revivre chaque instant, il sera bon de respirer pour la seconde fois l'odeur des jours vécus...

Je me tais. Vieux bavard ridicule, laisse remonter le temps... A l'âge où Povchéri écrit les lignes que je vais lire, les romanciers inventent des machines pour revenir en arrière, peut-être ont-ils cru que cela serait possible... un jour grâce aux techniques... Eh bien, mes bonnes gens, nous n'avons pas trouvé le truc, nous ne gagnerons plus le passé... la seule solution, la seule machine, c'est moi qui la possède, pas de leviers, pas de cadrans, pas de boutons. Juste un cahier d'écolier.

ÉTÉ 1943

J'AI onze ans. Aujourd'hui.

Je savais qu'ils m'achèteraient quelque chose, je savais que ce serait un livre parce que c'est ce que j'aime le plus mais je ne savais pas quoi. Ils m'ont pris *Belliou-la-Fumée* parce que c'est dans le Grand Nord et un bouquin sur Charlemagne parce que j'aime bien l'Histoire.

Il y a des dessins avec des combats, Roland et Durendal évidemment, celle-là je la connais, on le voit qui sonne de l'olifant.

Et puis j'ai un pistolet : un Solido avec des amorces.

Il a pas la forme d'un vrai, on voit que le barillet ne tourne pas, ça ne fait rien, les jouets c'est comme ça.

Je vais dormir avec lui sous l'oreiller.

Elle m'a enlevé les amorces, elle croit que je vais mettre le feu aux draps. Donc j'ai eu mes cadeaux et on a mangé comme d'habitude sauf qu'à la fin elle a fait un clafoutis. C'est avec du pain et du lait écrémé, on met à la poêle et on rajoute tout ce qui traîne, ça devient bon. C'est le clafoutis, on a des trucs dégueulasses dans le garde-manger depuis dix ans, personne en veut, on les met dans le clafoutis et ça devient aussitôt bon et on se dispute pour le manger. Le type qui a inventé le clafoutis devait être un génie avec plein de restes pourris et un jour il a trouvé ce truc. C'est peut-être Léonard de Vinci. Ou Catal. Je passerais ma vie à manger du clafoutis. Après la guerre, j'en ferai des repas entiers. Donc j'ai onze ans.

Plus tard je ne sais pas ce que je ferai.

On me le demandait toujours, avant. Qu'est-ce que tu feras quand tu seras grand? Je voulais pas avoir l'air con alors je disais n'importe quoi :

– Gendarme.

– Pour le costume?

– Oui, pour le costume.

Ils rigolaient et ça finissait toujours par la phrase : « C'est bien un garçon. » Qu'est-ce qu'ils voulaient que je sois? Ou alors épicier. Je disais souvent épicier. Je vois plus pourquoi. Toute ma vie à peser des haricots secs avec la pelle spéciale. Incroyable.

Quand je voulais faire mon intéressant, je disais dompteur, c'était quand même plus pittoresque. « Tu dois aimer les animaux alors, les dompteurs aiment beaucoup les animaux. » Tu parles, avec de grands coups de fouet dans la gueule...

En tout cas je n'ai jamais eu la moindre idée.

Je me demande si Pap voulait rentrer dans les Chemins de fer quand il était petit, ça m'étonnerait.

Et Traîtresse Infâme, qu'est-ce qu'elle voulait faire, Traîtresse Infâme? Je lui ai demandé. Elle dit qu'elle ne se rappelle pas. Je lui dis cherche, essaie.

J'ai pas que ça à faire mon Povchéri.

Très bien.

On est au mois d'août. La moitié est faite, ça a filé. C'est marrant les jours, ils coulent les uns dans les autres et tout d'un coup on arrive à la fin. Enfin c'est pas la fin, c'est la moitié.

Il a plu deux jours il y a deux jours et puis il refait chaud pire qu'avant.

La nuit je dors nu sauf que maintenant j'aurai le Solido sous l'oreiller.

A part ça ils jouent toujours pas *Cyrano de Bergerac* le dimanche et pour *Le Capitaine Fracasse* ça ne doit plus se jouer parce qu'il y a une autre affiche à la place, l'histoire d'un baron je ne sais pas comment qui vole sur un boulet de canon. C'est des Allemands qui jouent. Tant pis. *Le Capitaine Fracasse*, je peux me le faire autant de fois que je veux, même pas la peine d'aller au cinéma.

Bon je reprends parce qu'il vient de se passer quelque chose. Il y a eu un déménagement dans la maison, des nouveaux qui sont arrivés au second, sur la gauche, le même appartement que nous et, tout à l'heure, on avait à peine fini le clafoutis, on sonne.

C'est Traîtresse Infâme qui va ouvrir et je l'entends qui cause, c'est pas avec le Goulier, c'est pas avec le Protineau, c'est pas avec Bedot le communiste, elle revient dans la cuisine et me dit :

– C'est la petite fille du second qui demande si tu veux jouer avec elle.

Je me suis vu mal, j'ai imaginé des poupées, des voitures, toutes leurs saloperies à mourir d'ennui, j'ai dit non.

Traîtresse Infâme me dit :

– Va la voir, au moins.

J'y suis allé, emmerdé comme tout, et j'ai vu que c'était pas une petite fille, elle avait bien onze ans aussi.

Elle m'a dit :

– Tu viens jouer ?

J'ai dit :

– Où ça ?

Et elle a dit :

– Dans la rue.

J'ai dit d'accord.

Elle est pas mal.

On n'a pas joué, on a été jusqu'à la rue des Tilleuls et on s'est assis sur le trottoir.

C'est calme par là, c'est comme à la campagne, les types doivent arroser leur jardin de pavillon parce que ça sent le mouillé. Elle est de pas loin : elle vient de Montgeron. Je sais pas pourquoi, j'ai pensé que j'avais un mois devant moi avant qu'elle sache que j'avais mes couilles sous le menton. Il y aura toujours un bon copain pour lui apprendre la bonne nouvelle.

A part ça, rien de spécial, c'est une fille, c'est tout.

Demain on jouera. Ça m'étonnerait qu'elle sache faire de l'épée. Ce serait trop beau, elle peut faire Milady évidemment, mais si elle sait comme elle finit, ça m'étonnerait qu'elle accepte.

Elle va aller à la même école que moi en octobre, côté filles évidemment.

Je lui ai dit :

– Tes parents, ils sont pour les Allemands ou pour les Américains ?

– Ils sont pour les Américains.

Elle m'a dit :

– Et toi t'es pour qui ?

J'ai dit pour les Américains aussi mais je sais pas exactement pourquoi. J'aimais bien leurs films de corsaires et les cow-boys... Les Allemands, ils sont bien plus cons de ce côté-là, et puis c'est quand même eux qui nous ont envahis. Cela dit, dans le métro ils sont sympas et Goulier explique que c'est pour qu'on soit tous unis en Europe mais c'est des conneries. Depuis qu'ils sont là, faut quand même se coltiner deux cents bornes pour aller chercher les patates. A un moment elle a dit :

– Ils tuent les juifs.

Goulier dit que c'est faux, qu'ils les mettent à l'écart parce qu'ils sont vraiment chiants quand ils sont libres, ils prennent tout et ils ont tout le pognon parce qu'ils ont les banques. Pap est assez d'accord là-dessus. Moi j'en sais rien, j'en connais pas.

Je vais éteindre, j'ai mon Solido dans le lit.

On jouera demain, elle a pas parlé de poupée, de landau, de toutes ces saloperies.

Pourvu que ça dure.

Elle est un peu plus grande que moi mais pas des masses.

Pas encore de poumons.

C'est encore un coup à la puberté.

Quand elle regarde, on voit le paysage en tout petit dans ses yeux, un tout petit paysage qui rigole. Je sais plus quoi écrire mais j'arrive pas à dormir. Peut-être qu'elle voudra jouer Milady. Pas Bonacieux parce que je l'aime pas, c'est la seule chose que je reproche à d'Artagnan, je sais pas comment il a pu tomber amoureux d'une conne pareille, toujours à faire sa mijaurée, toujours sucrée et à pépier partout, finalement elle meurt à la fin. Ouf. Milady, c'est quand même autre chose. Elle meurt aussi mais c'est pas pareil. Pap a dit exactement que ça chiait dans le Pacifique. On a pas mis de drapeaux par là, il y a trop d'îles, alors on peut pas savoir à qui elles sont. On ne s'occupe que du front de l'Est, mais en ce moment c'est le Pacifique, alors on ne bouge pas les drapeaux et on croit qu'il ne se passe rien.

Elle a les cheveux courts pour une fille.

J'ai vu *Le Capitaine Fracasse*.

Alors ça c'est la meilleure. A deux heures on sonne. Ça n'arrête pas de sonner en ce moment.

C'était la fille. Elle s'appelle Chris entre paren-

thèses. Pas Christ, Chris, comme les Américains.
C'est Christiane évidemment mais c'est sa mère
qui l'appelle Chris.

Elle dit :

– Je vais à Paris avec ma mère, viens avec nous,
on va se balader... tout ça.

Traîtresse Infâme arrive, elle dit c'est gentil mais
il ne faut pas qu'il dérange. Pourquoi je dérange-
rais ? C'est la meilleure, je suis pas un wagon de
charbon, je suis pas encombrant.

Bon alors voilà la mère qui monte, bonjour
madame, bonjour madame, très heureuse, enchan-
tée, tout le tralala et tout d'un coup Traîtresse
Infâme dit :

– Eh bien va mettre ton costume puisque cette
dame veut bien t'emmener.

Comment ça elle veut bien m'emmener ? J'ai
rien demandé, moi. Bon enfin passons et je dis :

– Je mets pas la veste, il fait chaud.

Rire des dames. Parce qu'à partir de vingt degrés
dans la carapace on maigrit à l'intérieur, déjà le
pantalon ça m'a fait ça. On a les jambes qui
suent.

Je reviens.

– Alors tu remercieras bien cette dame.

– Quelle dame ?

– Mme Imbert, a dit Mme Imbert.

Pourquoi elle l'appelait « cette dame » alors
qu'elle était là ? Elle devrait dire « la dame ».

On est arrivés quand même à partir et Traîtresse
Infâme m'a filé des sous pour le train avec un
mouchoir pour la morvelle.

Dans le train ça a commencé.

– Tu as un gros pantalon.

– C'est du tissu spécial.

– Spécial quoi ?

– Spécial résistance.

La dame a ri et elle a regardé autour d'elle pour

voir s'il y avait des Allemands parce que forcément quand on parle de Résistance... Je l'avais pas fait exprès.

Elle fait très chic comme femme, elle a la même coiffure que maman le dimanche, mais elle, elle l'a toute la semaine.

Elle a pas de couleur sur les jambes pour faire croire mais elle a du rouge à lèvres, elle m'a demandé si j'aimais lire, alors là ça a pas traîné, je lui ai raconté *Les Chercheurs d'or* en entier et un bout important des *Trois Mousquetaires*. Je parlais tellement que je me suis pas aperçu qu'on était descendus du train. On a été à la Bastille à pied, il fallait qu'elle aille acheter des chaussures puisqu'elle avait des bons, avant d'arriver j'avais fini *Les Trois Mousquetaires* et j'attaquais *Vingt ans après* lorsque j'ai vu *Le Capitaine Fracasse* au cinéma qui est sur la place devant la colonne. J'ai aussi raconté *Le Capitaine Fracasse* et on est entrés pour les souliers, elle en a pris avec des lanières, on voit l'orteil qui dépasse et j'ai vu qu'elle avait l'ongle peint en rouge, elle est sortie et elle a fait un sourire comme s'il y avait eu plein de ciel dedans et elle a dit, je me souviens exactement de l'intonation :

– Eh bien, si on allait le voir, ce *Capitaine Fracasse*?

Oh! le con.

Ça m'a fait un truc dans l'estomac comme lorsqu'il y a une alerte mais dans l'autre sens.

J'ai dit que j'avais pas les sous.

Elle a dit qu'elle m'invitait. Chris avait l'air contente, mais moins que moi. Elle a même dit une chose incroyable :

– Avec toi on va toujours au cinéma.

C'est la meilleure! Et elle se plaint en plus!

On est rentrés, c'était presque vide, il faisait frais, j'étais comme je peux pas dire, j'étais entre les deux et c'est incroyable ce que la mère sent bon. Elle sent mieux que la fille. Je veux pas dire que la fille sent mauvais, mais la mère sent encore meilleur et puis ça a été les actualités, les troupes victorieuses et des bonnes femmes en maillot de bain sur des estrades, et Pétain qui signait des papiers avec des types qui lui passent le stylo, il y a eu du foot aussi le Racing a perdu, et des bateaux qui tiraient au canon et Ladoumègue avec son 1 500 mètres. Bon allez hop, terminé.

Et après ça a été *Le Capitaine Fracasse*.

C'est comme dans le livre, ils y sont tous, Sigognac, le fumier de Vallombreuse, le Matamore qui meurt sous la neige, les bonnes femmes avec les robes à traîne qui traînent et le duel formidable, ils disent des vers en se battant, le château, tout.

Je suis sorti j'en flageolais, je l'aurais bien vu deux fois, trente fois même.

Elle m'a demandé si ça m'avait plu, j'ai failli exploser.

Dehors il faisait au moins 50 degrés mais je m'en foutais bien, elle nous a encore payé une limonade à la saccharine dans le café devant la gare, celui où Pap dit que c'est plus cher qu'ailleurs.

Je crois qu'elle s'en fout, elle a même pas de porte-monnaie, elle sort les billets de son sac.

On a bu et je lui ai demandé ce que faisait son mari. Je sais pas pourquoi mais j'en avais envie depuis qu'elle m'avait fait le sourire plein de ciel. Elle m'a dit qu'il était loin pour son travail.

Tant mieux c'est pas demain qu'il retourne.

J'étais tellement content que j'avais oublié mon pantalon, je veux dire que j'avais oublié la mocheté de mon pantalon.

C'est Chris qui a remis la conversation dessus :
– Tu as pas chaud avec ça ?

J'ai dit non, mais attendez de voir la veste. Ça a fait rire Mme Imbert. Elle rit très léger mais beaucoup, elle a un rire du fond du cœur et j'ai pensé qu'à partir de maintenant mon travail ce serait de la faire rire toujours.

Je leur ai raconté les patates, elle s'amusait tellement que dans le train les gens se retournaient, j'ai continué avec Duploux, les Goulier, pour les couilles je n'ai rien dit évidemment.

Quand on est arrivés sur son palier elle m'a demandé comment je m'appelais et j'ai dit Joseph. Elle m'a serré la main avec son sourire d'été et j'ai dit merci.

Quand je suis rentré chez moi, Traîtresse Infâme a dit :

– Tu as bien dit merci au moins ?

Et j'ai dit :

– Non et en plus j'ai vu *Le Capitaine Fracasse*. Elle me croyait pas au début, elle a soufflé et elle a dit :

– Mon Povchéri !

Juste le plus beau jour de ma vie. Pap est rentré, je leur ai raconté et il a dit :

– Ce sont des gens qui doivent avoir de l'argent.

Quand il dit ça, on a l'impression que c'est louche, qu'ils sont pas comme nous. Des sortes de gangsters.

Ce soir Chris est passée me prendre et on est allés à l'avenue des Tilleuls, le même endroit qu'hier, on a discuté, elle m'a dit qu'elle avait pleuré en partant parce que là-bas elle avait toutes ses copines. Je lui ai demandé comment s'appelait sa mère. Monique. Et puis l'idée m'est venue d'un coup, sans que je calcule.

J'allais lui faire un cadeau.

Elle m'avait payé le ciné, la limonade, c'était normal. Ça m'a rendu joyeux d'avoir cette idée-là, il me restait plus qu'à trouver le pognon. De toute façon, pour une femme comme elle il fallait un bijou, y avait pas à chercher. Et des bijoux je sais où il y en a, c'est chez la mercière. Elle vend des boutons, mais aussi des bijoux : des broches, des trucs comme ça.

C'est drôle quand même, je croyais que ça allait être des vacances comme celles de l'année dernière et comme celles d'avant et puis tout d'un coup ça change. J'ai même pas complètement fini *Bellioula-Fumée*, pourtant c'est bien, c'est le Grand Nord, mais non. La plus belle journée de ma vie.

Pourtant j'avais mon pantalon.

Otto von Prinz poussa la porte de la grange du canon de son Luger. C'était le chef des SS. Le plus terrible, il avait torturé plein de Français pendant des années. Dehors la tempête cassait tous les arbres. La fermière leva le nez au-dessus de sa marmite de soupe glacée.

– Où est la *vame* ? dit Otto von Prinz.

– Quoi ? répondit la fermière.

– La *vame* ? Où est la *vame* ? redemanda Otto von Prinz avec son accent.

La fermière de Grangermont était bête comme ses pommes de terre, à force de vivre dedans.

– Ah ! tu ne comprends pas ! s'exclama Otto von Prinz.

Il appuya sur la détente et le Luger cracha cinq fois. Perforée, la fermière imbécile s'écroula morte, la tête dans sa soupe.

– Ah, la femme ! comprit-elle enfin.

Trop tard ! Le corps secoué de spasmes violents, elle mourut tandis que le sang coulait partout jusque sur les poules qui couraient dans tous les sens.

– Je suis là, dit une voix derrière lui, retourne-toi, misérable.

Otto von Prinz se retourna et vit Monica la Résistante. Elle avait un sourire qu'elle faisait avec ses lèvres framboise, elle était bien coiffée et portait des chaussures à lanières avec des talons hauts et puis une robe, évidemment, avec des fleurs grises et à peine bleues, et elle avait de la peinture rouge sur les orteils.

Otto von Prinz poussa un hurlement de joie terrible.

– Tu es prise cette fois, traîtresse infâme!

Sa main cachée derrière son dos brandit le fouet et cingla la malheureuse qui tomba à genoux dans le sang de la fermière imbécile.

– Je vais te torturer, dit Otto von Prinz qui sortit des pinces.

Malgré son courage, Monica poussa un sanglot énorme, rien ne pouvait plus la sauver de son ennemi, le cruel Otto von Prinz dit le grand tortureur SS.

– Je ne parlerai pas, dit-elle, tandis que les larmes coulaient sur son beau visage fait pour le rire joyeux.

– C'est ce que nous allons voir, dit Otto von Prinz. J'ai déjà tué ta fille, à ton tour maintenant.

Et alors on vit la pince très coupante du tortureur approcher de l'œil bleu de la femme jeune.

– Je vais te l'enlever, hurla Otto von Prinz. Et puis l'autre avec et ainsi tu ne pourras plus dire ce que tu as vu aux maquisards puisque tu ne verras plus rien.

Il allait faire comme il l'avait dit et déjà la pointe de la pince effleurait l'œil de Monica lorsque, avec un grand fracas dans la fenêtre qui éclate, quelqu'un s'élance silencieusement dans la pièce, vêtu d'un costume léger.

Ouf. La suite demain. C'est moi qui arrive et on va se battre avec Otto von Prinz. Il faut qu'on sente que c'est moi parce que si je dis que je pèse 32 kilos, que je suis tout blanc et que j'ai des lunettes, ça n'ira pas.

Je l'ai vue hier.

J'allais aux commissions et je me suis arrêté au second. C'est elle qui m'a ouvert. Elle avait un pantalon. C'est rare quand même, surtout à la maison, et elle était peignée, pas comme l'autre jour mais encore très bien.

Même à l'intérieur de sa maison elle est bien peignée.

Elle n'avait pas de rouge à lèvres mais c'était pas grave, et elle m'a dit bonjour Joseph.

J'ai eu envie de lui dire tout de suite que j'écrivais un livre où elle jouait dedans mais ça faisait trop, alors je lui ai dit le prétexte que j'avais trouvé : j'allais aux commissions et si elle voulait je pouvais lui faire les siennes moi ça ne me dérangeait pas puisque de toute façon je passais devant sa porte à l'aller comme au retour. Elle m'a dit que ce n'était pas la peine, qu'elle avait ce qui lui fallait pour le moment alors je lui ai dit que quand elle voulait je pouvais y aller, ça ne me dérangeait pas, elle a dit d'accord merci Joseph c'est gentil.

A ce moment-là Chris est arrivée et ça a été foutu parce qu'elle a dit :

– On joue ?

J'ai dit que je devais faire les commissions et que je ne pouvais pas. Alors on s'est dit au revoir et elle a fermé la porte.

C'est en faisant la queue chez l'épicier que j'ai eu l'idée du roman de la Résistance. J'avais déjà envie de l'écrire et la queue n'avançait pas, enfin dès le retour j'ai commencé au brouillon l'affaire d'Otto von Prinz.

Ça fait un peu long à écrire mais je trouve que ça fait bien allemand. J'aime bien quand il tue la fermière avec son Luger et que Monica est derrière lui. Ce que j'aimerais, c'est faire un duel mais pour ça on vit pas dans la bonne époque.

Donc le héros va tuer le SS et puis après il va partir avec Monica et courir plein de dangers pour la ramener à son mari mais quand elle est presque arrivée elle dit :

– C'est mon mari qui m'a vendue à Otto von Prinz, il veut se débarrasser de moi, etc.

Je ne sais pas encore comment ça se finit mais on verra. J'aime bien faire les accents, quand il demande : « Où est la *vame*? » ça fait assez réaliste.

En plus j'ai trois pages de devoirs de vacances à faire, avec plein de baignoires dedans j'en suis sûr.

Depuis qu'elles sont arrivées, je suis plus content qu'avant. Avant j'étais content tranquille, maintenant je suis content énervé. C'est mieux.

Chris est encore venue me chercher et on a été jusque sur les bords de la Seine près du pont suspendu, on a parlé un peu de tout, j'ai demandé si sa mère aimait les bijoux parce que sinon c'est pas la peine, et elle les aime, elle en a une boîte pleine, a dit Chris. Eh bien ça lui en fera un de plus.

Et puis j'ai parlé de devoirs de vacances. Elle n'en fait pas mais elle est assez forte pour les baignoires. On va voir ça. Je vais recopier le problème sur un papier et elle le fera ce soir. Ce serait impec.

Elle m'a dit aussi :

– C'est vrai que tu t'appelles Povchéri?

C'est la boulangère qui l'a cafté. J'ai dit :

– Le dis pas à ta mère.

– Pourquoi?

– Ça fait con.

Elle a rigolé, elle lui ressemble un peu quand elle

rigole. On est rentrés, il y avait Protineau qui courait dans l'escalier en disant :

– Ça y est, ils ont débarqué !

Ça m'a fait chaud d'un coup, j'ai cru que ça y était, qu'à la fin de la semaine ils arrivaient avec les biftecks, les films de cow-boys, les voitures, après il a dit que ce n'était pas en France qu'ils arrivaient mais en Sicile.

Je trouve ça con parce qu'ils vont délivrer un pays qui est contre eux (la Sicile c'est en bas de l'Italie) et que c'est quand même ici qu'on les attend le mieux. Enfin c'est vrai parce que c'est marqué dans *Le Petit Parisien*. Pap achète *Paris-Soir*, des fois, pas toujours, il dit que les journaux c'est tout pareil mais que c'est le moins collaborateur.

Moi je ne lis pas les journaux, je regarde le dessin de Guérin, c'est tout, c'est toujours une blague sur les restrictions.

Chris a frappé chez elle et elle a dit à sa mère que les Américains débarquaient en Sicile, je la voyais bien à ce moment-là, dans la lumière du couloir avec la lumière qui faisait comme de la mousse autour de sa tête, et tout de suite j'ai pensé à Michèle Alfa, c'est l'actrice qui joue dans *Le Secret de Madame Clapain* et qui est sur la couverture de *La Semaine*, elle lui ressemble complètement, avec les yeux, la bouche, tout, sauf que Michèle Alfa sourit pas du tout et c'est mieux de sourire.

Ils ont vraiment débarqué, c'était marqué dans tous les journaux, même dans *L'Œuvre*. Ils ont débarqué il y a longtemps d'ailleurs, nous on sait toujours après ces choses-là parce qu'il y a la censure. Du coup on a planté un nouveau drapeau en Sicile, à Messine, tout à fait dans le bas.

– Ils sont encerclés, a dit Pap.

Demain je commence à voler pour acheter le bijou.

Je trouve qu'elle ressemble vraiment à Michèle Alfa. Je vais découper la couverture.

J'y arriverai jamais rien qu'en piquant la monnaie. D'abord Traîtresse Infâme a toujours son sac fermé et Pap a bien des pièces dans sa poche mais pas beaucoup et si j'en prends trop il va s'en apercevoir. Je peux vendre de mes bouquins à la marchande, ceux que j'aime le moins. Faudrait que j'aie une combine de marché noir.

Aller à Grangermont tout seul et faire du trafic avec les patates.

Ou alors voler carrément le bijou.

La marchande est un peu vieille mais pas assez. Il faudrait qu'elle soit un peu aveugle ou quelque chose comme ça.

Enfin j'espère que personne ne lira jamais ce que j'écris parce que alors ça ferait pas un pli.

Si on était deux ça irait, il y en a un qui achète des boutons pendant que l'autre pique la broche et ça y est.

Parce que c'est une broche le cadeau, d'abord parce que les bagues faut les essayer avant, c'est pas sûr que ça entre, les bracelets pareil, les boucles d'oreilles c'est moche, alors la broche c'est le mieux et il y en a une bien dans la vitrine, ça fait comme une fleur, c'est de couleur blanche, un peu transparent, comme le manche d'un parapluie, la même matière. A mon avis c'est costaud, ça doit durer. C'est ce qu'il faut parce qu'un bijou c'est pour la vie à moins qu'on le perde mais à celui-là il y a un gros système pour fermer, comme une épingle qui coulisse, ça fait cadenas, donc pas de risque, une broche comme ça c'est jusqu'à la mort.

Ça vaut 35 francs.

Je pourrais casser la vitre la nuit avec un pavé et l'emporter, comme Bibi Fricotin dans *Bibi Fricotin et les forçats du bagne*. Mais expliquez-moi et d'une comment je pourrais sortir la nuit sans réveiller personne, et de deux même si j'y arrivais qu'est-ce que je fais avec un pavé contre un rideau de fer? J'ai toujours détesté Bibi Fricotin.

On peut même dire, où est-ce que je vais trouver un pavé? Et de trois.

Donc pas question de voler de nuit. Ou alors je pique des timbres à Pap, mais du premier coup d'œil il le sait, il connaît par cœur tout ce qu'il a.

J'ai oublié ce que j'allais dire parce que j'ai eu l'idée.

C'est comme si la broche était dans ma main.

Plus grand je serai bandit, je suis sûr que c'est facile et j'ai vu dans un film il y a longtemps, c'était avant la guerre, qu'ils ont des costumes très beaux avec des guêtres, des cravates, des voitures énormes et ils se promènent dans des endroits blancs avec des femmes en blanc aussi pour aller avec les murs, et ils ont les cheveux collés avec du cirage noir et une fleur à leur veste devant la poitrine.

Bon, je m'arrête parce qu'il faut que je mette tout au point, il y a une question de chronomètre, l'heure, tout ça impeccable.

Seulement il faut que ça marche dès le premier coup évidemment, le gangster c'est pas comme à l'école, il peut pas redoubler.

Mais si je calcule bien, demain j'ai la broche. A cette heure-là, je l'ai, même avant, vers midi, et Monique l'aura vers deux heures. J'irai lui proposer des commissions ou n'importe quoi et je lui donne. Evidemment c'est à moi de faire le paquet, il reste du papier pour les guirlandes de Noël qui fera bien. Ça peut pas manquer. Demain j'ai la broche.

Je l'ai pas.

Pourtant c'était impeccable. Je sais pas encore pourquoi ça a foiré. Une vraie connerie.

Il faut que j'explique le coup. Je suis entré plusieurs fois dans ce magasin avec Traîtresse Infâme pour acheter des trucs, et hier soir je me suis rappelé que derrière la boutique il y a la cuisine, c'est sur la droite, ça fait un couloir entre les boîtes en carton pleines de bobines.

Donc voilà le plan : j'arrive, je lui demande des boutons pour une culotte parce que avant, j'ai préparé l'excuse : j'ai coupé les fils aux ciseaux et je montre que j'en ai perdu un et que Maman m'a dit de venir. Elle farfouille dans ses tiroirs et alors je dis :

– Ça sent le brûlé dans votre cuisine.

J'ai oublié de dire que la scène se passe juste avant midi, à l'heure où les femmes font cuire. Elle dit :

– Merde, en es-tu sûr ?

Je redis oui en reniflant avec force et elle court dans la cuisine et pendant ce temps je pique la broche, elle revient et elle dit :

– Tu t'es trompé.

– Il me semblait, ou c'est peut-être dehors.

Elle trouve mon bouton, je paie et je m'en vais.

Impeccable.

Alors maintenant je raconte exactement ce qui s'est passé. J'arrive à midi juste. Elle est là avec sa tête que j'aime pas trop parce qu'elle a l'air de souffrir quand elle rigole. Elle rigole pas d'ailleurs, elle écarte la bouche pour le sourire et ça lui crée une souffrance. Ça fait ding dong après que je ferme la porte et je lui raconte mon histoire de bouton. Elle regarde à peine et elle dit :

– J'en ai pas des comme ça.

J'avais un plan de rechange et je dis ça ne fait rien, j'en voudrais un qui ressemble.

Et alors elle fouille dans ses boîtes comme prévu.

J'entendais mon cœur, c'était comme un bombardement sur Villacoublay. Allez j'y vais et je dis :

– Oh! ça sent le brûlé dans votre cuisine!

Je voyais la broche à deux mètres, comme de l'ivoire avec des taches comme sur les manches des parapluies. Magnifique.

Elle dit :

– Hein?

J'ai senti le bombardement qui pétait partout dans mon cœur et j'arrivais pas bien à parler à cause de la salive sèche, mais c'est comme Cyrano pour Roxane je suis prêt à tout et je redis :

– Ça sent le brûlé dans votre cuisine, ça sent drôlement!

Et alors vous savez pas ce qu'elle dit? Elle dit :

– Non.

Calme. Elle se retourne même pas.

Je pense à Cyrano et je dis que ça pue le brûlé, qu'il y a le feu quelque part, que son dîner flambe et elle dit :

– A midi j'ai de la salade et du pain d'épice, alors ça risque pas de flamber.

J'ai encore répété que ça puait quand même et que je l'aurais prévenue, mais elle m'a juste tendu un bouton et en fin de compte j'ai dû lui refiler 5 centimes et je suis sorti sans la broche.

Ça peut brûler chez elle jusqu'au plafond, elle s'en fout complètement, la vache. En plus, comme je l'ai dit, c'est un coup qui ne sert qu'une fois.

J'aurais dû y aller le soir, peut-être qu'elle se fait de la soupe.

Finalement j'ai décidé de lui faire qu'un dessin, un mousquetaire avec une dame dans le fond, et la broche je la dessinerai sur le devant de la dame, entre les poumons comme ça elle en aura une quand même. Dessinée seulement, c'est mieux que rien. Peut-être je mettrai le mousquetaire à genoux devant la dame et je vais les faire ressemblants mais pas trop parce qu'elle comprendrait d'un coup et que quand même il y a la différence d'âge. Dans cinq ans il y aura toujours la même mais c'est différent parce qu'un garçon de dix ans et un de quinze c'est pas la même chose, et qu'une femme de trente et une de trente-cinq c'est exactement pareil, donc dans un sens je vais la rattraper au fur et à mesure des années. Ça me rend content de le penser.

Je crois que c'est de profil que je saurai le mieux le faire.

Côté débarquement ça continue à débarquer mais on n'a pas beaucoup bougé les drapeaux. Ce soir on a eu du radis noir. Pap dit que ça change.

Ça change mais c'est fort.

Demain on retourne aux patates. Avant ça me plaisait assez, maintenant ça m'ennuie. J'irai quand même mais je préférerais rester là. Je me demande ce qu'elle fait toute la journée. Chris dit qu'elle lit. Enfin j'irai mais j'en ai marre du Loir-et-Cher. Dernier renseignement du jour, Chris n'y connaît rien du tout en baignoires, elle est même plus nulle que moi pour les problèmes; j'ai même pas continué l'histoire d'Otto von Prinz le tortu-reur des SS, c'est cette histoire de broche qui m'a gâché la journée.

Il fait toujours beau. Il fait chaud même le soir. Ce que j'aime bien, l'été, c'est remonter les escaliers et courir jusqu'à la cuisine, il fait toujours un peu plus froid dans une cuisine, à cause du carrelage peut-être, je fonce au robinet, je bois de grands verres d'eau et Maman dit :

– Ne bois pas tant, tu es en nage.

Tous les étés elle dit ça. L'eau est trop tiède, ça ne fait rien. Je repars à fond de train jouer dehors... C'est comme si j'avais avalé de l'ombre.

J'ai pas le temps d'écrire parce qu'elle vient à la maison et alors il faut que je range ma chambre. Quand je dis elle c'est Monique, je dis ça pour qu'on comprenne en lisant.

Ça s'est fait il y a deux jours, c'est Traîtresse Infâme qui a dit, elle lui a payé *Le Capitaine Fracasse* et tout ça, on devrait quand même, c'est une voisine, elle est toute seule, etc. Elle a même dit que sans mari elle pouvait pas aller au ravitaillement, etc. Et Pap a dit :

– D'accord on l'invite samedi à la place des collabos.

Ils sont fâchés en ce moment à cause du débarquement.

Ça va être des crêpes encore. Ça m'a fait honte mais tant pis.

Traîtresse Infâme m'a dit :

– Tu vas ranger ta chambre.

Parce que évidemment elle va lui faire visiter tout l'appartement, en détail comme pour les Goulier la première fois. « Alors voilà la chambre, ça c'est le couloir », etc. Comme si les autres voyaient pas ce que c'est.

Surtout qu'ils ont exactement le même au-dessous, alors ils doivent être au courant.

Pour les waters elle montre simplement la porte, et elle dit :

– Je ne vous montre pas, c'est les waters.

Je ne vois pas pourquoi elle fait ça, il y a quand même pas de la merde partout. Enfin c'est comme ça, elle aime bien de temps en temps faire sa distinguée.

Donc elle va venir ici et je sais qu'après ça ne sera plus comme avant. Le couloir ça va, je trouve qu'il fait chic, étroit mais chic.

La cuisine c'est petit mais ça va encore, et puis une cuisine c'est pareil partout sauf que pour la nôtre il y a le cas particulier de la cuisinière. C'est une grande de la campagne avec le dessus de fonte noire. Quand elle marche, je me mouille les mains et je les secoue dessus, ça fait un bruit de mitrailleuse et il y a plein de petites billes qui roulent dans tous les sens. Elle tire bien mais quand on ouvre, le four bloque la porte et on peut plus entrer dans la pièce, on n'ouvrira pas le four c'est tout.

Après il y a la salle à manger, là ça commence à faire moche parce qu'ils ont choisi un papier avec des grappes de raisin et des bananes et ça donne envie de vomir.

Quand on est arrivé, c'étaient des rayures, je me souviens qu'ils trouvaient que ça faisait vieux et ils ont collé le papier avec des fruits, Pap disait que les grappes c'était tout de même plus gai que les raies. En plus c'est pas des vrais fruits parce qu'ils sont dessinés un peu carrés. « Stylisés », a dit Pap. Stylisés, ça veut dire que le type qui dessine fait carré ce qui est rond, je suppose qu'il fait pareil pour l'inverse. Donc c'est un mur plein de raisins carrés et de bananes rectangulaires, je parle pas des feuilles dessous qui font des grands triangles et tout ça c'est rouge et jaune parce que le type a dû se dire que c'est l'automne. Avec la lumière du soir, ça fait mal aux yeux. Et vous savez pourquoi ils ont choisi ce papier ? Pour aller avec le buffet parce que au-dessus des colonnes il y a aussi des grappes. Sculptées dans le bois, mais pas carrées, enfin du moment qu'ils ont vu les grappes ils se sont dit que ça ferait bien. Une « harmonie », comme dit Pap. Une harmonie stylisée. Il y a juste les bananes qui sont en trop. Ça lui plaira pas, je connais pas ses goûts mais elle aurait pas acheté un papier pareil, je suis sûr qu'elle va trouver que ça fait trop chargé. Même moi, j'ai l'habitude eh bien parfois j'ai l'impression que tout ça va sortir des murs et dégringoler dans la pièce, qu'on va être enseveli et qu'on va bouffer des tonnes de bananes jusqu'à la fin de nos jours.

Et puis après il y a ma chambre.

Alors là, c'est le pire de tout.

C'est vrai, quand je suis arrivé ici j'étais petit, en gros j'avais cinq ans, alors évidemment Traîtresse Infâme a voulu une chambre d'enfant parce que j'en étais un et pour elle une chambre d'enfant c'est une chambre avec des cons de moutons qui courent partout, du plafond jusqu'au plancher. Entre les moutons il y a les maisons simplifiées comme des jouets et tout est bleu, même les moutons, un bleu faible, comme les layettes. Il y a des moutons coupés en deux parce qu'ils sont assez gros et ils tenaient pas entiers dans le rouleau, mais Pap en posant le papier a pas bien mis les rouleaux juste en face alors il y a des endroits où les moutons sont à moitié : il y en a qui se baladent sans la partie arrière et des parties arrières qui se baladent sans le reste du mouton, c'est décalé, mais le pire c'est leur tête.

Ils ont de vraies têtes de cons.

J'arrive pas à croire qu'ils peuvent avoir l'air aussi con en vrai. Ils ont des rubans autour du cou en plus, bref c'est une chambre pourrie.

Et puis il y a le plumard. Parce que forcément comme je pousse pas, j'ai toujours le même depuis l'arrivée : un lit peint en bleu avec de l'osier sur les côtés pour pas que les gosses tombent. Enfin pas de l'osier, c'est tressé comme pour des chaises de cuisine. Un lit pour bébé quoi, le modèle juste après le berceau. Bien sûr je tiens presque plus dedans, mais en pliant un peu les jambes j'y arrive quand même et ça fait deux ans qu'ils disent on va te le changer, on va te le changer. En fait ça doit faire une dépense, alors comme je pousse pas ils doivent penser que c'est pas urgent. Vraiment la chambre de nourrisson. Heureusement qu'il y a les livres sur l'étagère qui font un peu plus vieux mais quelqu'un qui entre là-dedans, qui regarde les moutons décalés, le plumard à nourrisson et qui voit les bouquins, il se demande qui c'est qui peut les lire, et il se dit que c'est un gosse en avance sur son âge.

Evidemment je vais ranger, parce que j'ai toujours des chaussettes sur le lit, des bouquins, des vieux illustrés, le Meccano éparpillé pour faire croire que je joue avec, etc. Ça, c'est un coup de Pap, il croit que le Meccano c'est le fin du fin, il explique qu'il en a toujours voulu un, alors j'y ai eu droit à la Noël d'avant la guerre et depuis il croit que je continue à faire ces conneries de grues, de camions, de moulins, il regrette la guerre parce qu'on n'en trouve plus, lorsqu'elle sera finie il m'achètera les boîtes plus grandes. Il dit qu'on peut faire avec des pelleteuses, des engins grands comme la table. C'est la seule chose qui m'empêche de souhaiter la victoire des Américains et en fin de compte les Allemands ne sont pas si mal que ça puisqu'ils ont confisqué tous les Meccanos. Alors pour pas décevoir, de temps en temps je le sors, je flanque tout par terre et il est content mais aujourd'hui, je le range dans la commode.

Je n'ai pas parlé de la commode encore, ça vaut mieux pas. Elle est bleue aussi, comme le papier peint, un bleu qui brille.

Donc Mme Imbert vient ce soir avec sa fille.

Maman prépare, il y a encore deux heures avant qu'elles arrivent. Je sais pas bien comment je vais m'habiller, c'est le problème. Je peux pas mettre le costume, je vais bouillir au bout de cinq minutes, ça m'embête de mettre une de mes chemises parce qu'elles ont toutes les manches courtes et on voit que j'ai pas de muscles sur les bras. Il me faudrait aussi un truc avec des épaulettes pour faire plus développé de la poitrine mais je ne vois pas comment je vais faire. Et puis j'ai les cheveux trop courts, et raides avec un plumet sur le dessus. Même quand je l'aplatis avec de l'eau, tout d'un coup, paf, il remonte comme un ressort. Je déteste ce coiffeur, c'est comme pour le costume mais à l'envers : il faut que ça fasse de l'usage donc couper court pour que ça dure longtemps. Traîtresse Infâme dit que ça repousse vite, c'est faux, ça pousse pas plus que moi et juste au moment où ça commence un peu, allez hop, chez le coiffeur. Le plus triste, c'est que malgré que je sois presque tondu, j'ai toujours mon épi, il coupe tout autour sauf le plumet, il pense peut-être que ça fait joli, comme les dragons de Napoléon.

Alors évidemment avec le crâne rasé, mon épi tout droit, mes lunettes, mes bras sans muscles et tout blanc et maigre et petit, tout ça au milieu des bananes rouges et carrées, ça m'étonnerait qu'elle tombe pas à la renverse à la première minute.

Si elle résiste, elle réchappera pas à la première crêpe.

J'ai encore le temps de lui dire de ne pas venir. Et puis merde, je vais ranger. En plus j'ai pas fini le dessin, j'arrive pas à faire le menton. Les yeux, le nez, ça va, c'est quand je descends après que ça déconne, même en me souvenant bien et en regardant la photo de Michèle Alfa, j'y arrive pas. Le reste est bien, le costume avec les manches gonflées, la traîne, les dentelles, tout très bien, mais c'est le menton, et l'emmerdement c'est qu'à force de gommer j'ai presque fait un trou dans le papier et ça fait sale, tout usé, on dirait une barbe, ça représente un mousquetaire à genoux devant un autre mousquetaire habillé en femme. J'ai jamais su vraiment faire les mentons. Bon, allez, je range.

Je pars à la campagne avec elles.

Avec elles avec un *s*.

J'arrive pas à dormir alors j'écris, il est peut-être minuit. Ou cinq heures du matin. Il est tard, je ne dormirai plus de toute ma vie.

Je suis énervé, complètement. Ça me déborde de joie de partout.

J'y suis jamais allé. Ça s'appelle Saint-Firmin et c'est loin, ça ne fait rien.

Et puis comme j'ai dit, quand je les ai vus hésiter, avec Pap aux Chemins de fer réseau PLM, je paie pas le train, bon enfin il faut que je raconte dans l'ordre sinon c'est foutu on comprend pas.

Donc elles arrivent et c'est Traîtresse Infâme qui ouvre. Je sais pas si c'est parce qu'il faisait un peu de soleil mais ça lui a fait les yeux verts dès l'arrivée.

Je crois que c'est comme l'aquarelle à l'école quand on mélange le bleu et le jaune, là c'était son bleu d'œil normal avec le jaune du soleil qui sortait de la fenêtre comme de l'or. Parce que le soir ça fait vraiment de l'or et quand même il y a eu une chose drôle quand elle est arrivée c'est qu'il n'y a eu qu'elle de dorée, comme si elle avait fauché tous les rayons d'un coup et qu'elle les ait gardés pour elle.

On s'est installés et elle a rien dit pour les bananes, elle a même dit que ça faisait joli mais ça, c'est la politesse.

Après ils ont parlé des enfants. Comme si on n'était pas là, l'école, la santé, et puis les crêpes sont arrivées, encore plus élastiques que d'habitude et c'est là que Chris a dit :

— Pourquoi tu sues comme ça ?

J'ai fait celui qui n'a pas entendu mais tout le monde avait saisi et Pap a dit :

— C'est vrai que tu es tout rouge.

Et j'ai pas eu le temps de parier qu'elle allait me mettre la main sur le front que Traîtresse Infâme m'a mis la main sur le front et m'a dit :

— Tu ne me fais pas de la fièvre, toi ?

Parce que quand j'ai de la fièvre elle croit que c'est pour elle que je le fais. Et alors après ça a été la honte totale parce que Traîtresse Infâme a passé sa main par-dessus ma chemise et là ça a été vraiment la traîtrise infâme, elle a vu un bout de laine qui dépassait de la manche, elle a tiré et elle a dit :

— Pourquoi tu as mis ton pull-over en dessous, mon Povchéri ?

J'avais pas mis mon pull-over en dessous, j'en avais mis deux, l'un sur l'autre, ça me faisait quand même plus costaud.

Heureusement Traîtresse Infâme en a vu qu'un et j'ai dit :

— J'avais un peu froid.

Tout le monde a rigolé sauf Mme Imbert, et là ça a été dur parce qu'elle était devant moi et maintenant elle avait carrément des yeux en or comme deux soleils, des yeux comme le doré du rideau de la Comédie-Française avant *Cyrano de Bergerac* et j'ai vu dedans qu'elle savait que c'était pour elle que j'avais fait ça, pour faire mon avantageux. Le pire de tout, c'est qu'on peut pas se suicider en bouffant des crêpes quoique si surtout avec celles-là, enfin le résultat c'est que je suis allé enlever mes deux pull-overs et j'ai remis ma chemise et jamais je n'ai été aussi fluet que quand je me suis rassis et c'est là qu'elle a dit qu'elle partait à la campagne et qu'elle pouvait m'emmener. Peut-être qu'elle a vu que je voulais être plus gros et comme à la campagne tout le monde grossit elle s'est dit allez je l'emmène. C'est pas vrai je veux pas être gros, je voudrais être un peu plus gros pour elle, pour faire plus vieux mais c'est tout.

J'ai cru m'évanouir surtout que Traîtresse Infâme a dit non, que c'était du dérangement, des frais, du tintouin, comme si j'étais un rouleau compresseur et que dès que j'arrive tout est en ruine partout mais Monique a continué à sourire et a dit :

— Pas du tout, il jouera avec Chris et il y a du bon air.

Alors là j'ai repris espoir et j'ai même su qu'elle avait gagné parce que je sais que, pour eux, le bon air c'est sacré. Même à Grangermont pour les patates, Pap me dit toujours :

— Respire ! Respire à fond, c'est du bon air !

Il m'a expliqué que le bon air nettoie à l'intérieur, c'est comme de l'eau de Javel mais sans eau et ça sent différemment, ça nettoie. Ça purifie exactement, alors quand ils ont compris que j'allais me purifier à la campagne, j'ai vu qu'ils commençaient à céder et puis Chris a dit :

— Oh oui, c'est bien on pourra jouer.

Alors ils ont tous ri. Je vois pas pourquoi d'ailleurs, parce que c'est pas ça que je trouve le plus rigolo mais enfin ça a dû jouer dans la décision finale et c'est là que j'ai dit que, puisque j'étais fils de cheminot, je payais pas le train et ça a été gagné.

Après on a pris le café, enfin c'est pas du café évidemment, c'est de l'orge avec le restant du paquet de chicorée que Traîtresse Infâme garde pour les visites et ce qui m'a soufflé c'est quand

Monique a fumé. Elle a sorti une boîte, elle l'a ouverte, elle a offert à Pap et à Traîtresse Infâme et elle en a pris une, et elle a fumé comme les femmes des films d'avant la guerre. Elle est très chic et j'ai décidé à ce moment-là de recommencer le dessin.

Elles sont parties et Pap a dit qu'il allait retenir les places dans le train pour mercredi parce qu'il n'y a plus beaucoup de trains et c'est bondé, comme pour Grangermont, et je resterai quinze jours. Ça fait longtemps. Elle m'a serré la main en dernier et je lui ai dit merci avant que Traîtresse Infâme me dise de le dire comme ça elle est restée le bec dans l'eau.

En se couchant j'ai entendu Pap qui disait :

– J'espère que ce sont pas des juifs qui se cachent.

Et Traîtresse Infâme a dit :

– Imbert, c'est pas juif.

Il a répondu qu'il y avait beaucoup de faux papiers, après je n'ai plus compris mais j'entendais qu'ils parlaient toujours derrière la cloison.

A mon avis elle n'est pas juive. Papa dit qu'ils ont des têtes comme tout le monde donc on peut pas savoir, mais je crois que Monique Imbert c'est son vrai nom, ça lui va bien. Evidemment ils ont de l'argent mais il n'y a pas que les juifs qui en ont, les protestants aussi. Pap et Traîtresse Infâme, il n'y a rien à faire, ils arrivent pas à en avoir. Pourtant ils travaillent mais je crois qu'ils n'en auront jamais. Je ne sais pas pourquoi je dis ça je le sens, ils peuvent faire n'importe quoi, c'est l'argent qui ne les aime pas.

Je pars mercredi et pas besoin de grand-mère, j'ai pas eu le temps de demander comment c'était, mais je parie que c'est une grande maison au soleil avec de l'herbe tout autour, un peu comme dans le livre de lecture du cours élémentaire première année.

Du coup, j'ai réussi le menton. Enfin non, je ne l'ai pas réussi, je lui ai monté le col. Avec la dentelle et les cheveux qui bouclent, on ne le voit plus. C'est impeccable, c'est vraiment elle. Avec la peinture on verra même pas que c'est sali par la gomme. Impeccable.

Ça me bat toujours le cœur. Peut-être je vais mourir. Ce serait con, juste avant un départ à la campagne. Et là-bas je pourrai la voir tout le temps. Par exemple je réfléchis que je ne l'ai jamais vue le matin et peut-être le matin elle a la couleur des yeux pas pareille. Peut-être.

Si je grandis peut-être que dans cinq ans je pourrai lui dire de quitter son mari.

Elle n'en parle jamais, ce soir elle en a parlé juste un peu entre deux crêpes. Il faut dire que c'est long à mâcher, alors elle n'a peut-être pas eu le temps mais je ne crois pas.

Il fait complètement nuit dehors. Et pendant les guerres il fait toujours plus nuit parce qu'il n'y a aucune lumière qui brille. J'ai entrebâillé un peu et j'ai senti l'air. C'est pas de l'air pur mais c'était frais. Un air de banlieue et j'ai pensé que ce qui était bien c'est qu'on respirait le même tous les deux... Moi par exemple, j'avais respiré une bouffée à une fenêtre cette nuit et bien sûr je n'ai pas tout gardé, je l'ai expiré comme dit le prof de gymnastique Hordelet-qui-fait-du-lait et c'est peut-être le même qu'elle a respiré un peu plus tard dans son lit à l'étage au-dessous. C'est possible. On vit dans le même air et je ne sais pas pourquoi, ça me fait du bonheur de le savoir.

On a les billets, les autorisations, tout, ça ne peut plus manquer d'arriver.

En plus, pas de débarquement. Parfait.

Parce qu'il faut y penser à ça aussi : on prépare tout bien, les valises, tout ça et crac! voilà les Américains qui arrivent. Ça foutrait tout par terre.

Pap a regardé sur la carte où c'était et il a dit que ce n'était pas une région bombardée, il n'y a pas d'usines ou de triages dans le coin. Donc tout va bien.

Traîtresse Infâme a dit :

– Peut-être tu vas manger des œufs frais.

S'il y a des poules il doit y avoir des œufs, cette bonne blague. Si je peux j'en ramènerai dans la valise.

Elle m'a mis plein d'affaires dedans, surtout des socquettes et des slips. Elle croit que je vais changer tous les jours. Le slip j'en change quand il y a le cachet de la poste dans le fond. Et encore pas toujours.

Enfin l'essentiel, c'est ne pas sentir parce qu'en dehors de mes qualités physiques, si en plus je me mets à puer, je vais finir par ne plus lui plaire. Donc j'ai promis que je prendrais des bains et que je changerais de slip avant d'avoir le cachet de la poste.

Hier soir je lui ai donné le dessin. J'ai un peu loupé les ombres et le bleu du pantalon a un peu débordé mais ça a eu l'air de lui plaire. Elle a regardé avec son sourire et elle a dit en montrant la dame :

– C'est moi?

J'ai dit oui. Alors elle a dit :

– Et le mousquetaire à genoux, qui c'est?

J'ai dit :

– C'est d'Artagnan.

Evidemment j'allais pas lui dire que c'était moi, cette bonne blague, elle m'aurait demandé ce que je faisais là. Alors elle a dit une chose qui m'a frappé, elle a dit :

– Il te ressemble.

J'ai pas répondu parce que j'étais stupéfié. J'avais fait ce type avec la moustache relevée, la barbichette, les cheveux onduleux et même à genoux on voit qu'il est grand, et moi comme je l'ai déjà dit j'ai les lunettes, l'épi et pas de moustache vu mon âge, eh bien elle a compris quand même et j'ai senti que le feu aux joues me venait, pire que quand j'ai les deux pull-overs sous la chemise. Donc j'allais partir et alors elle s'est baissée et elle m'a embrassé pour le dessin.

Je me débarbouillerai plus de ma vie. Voilà.

En allant au lait écrémé, j'ai rencontré Roumian, c'est un de la classe à Boudreau. Il était rentré, il avait dû grandir d'un mètre et tout noir de soleil et sa voix a changé, elle saute, je me suis même demandé si c'était lui. Je lui ai dit que moi aussi je partais à la campagne et il a dit :

– Grouille-toi avant l'école.

J'ai quand même regardé sur le calendrier en rentrant et ça m'a assis : on est le 15 août. Je m'en fous, je pars après-demain et quand on sera là-bas, peut-être il y aura le débarquement pour de vrai ou ils bombarderont l'école ou les Allemands vont tout brûler, on ne sait pas.

Peut-être quand je reviendrai je serai aussi grand que Roumian, comme ça j'irai mieux avec Monique et on croira que Chris est notre fille. Avec l'air pur je vais pousser.

La nuit je me réveille et je compte les heures. On part par la gare de Lyon et on change à Limoges, après c'est une micheline. Et après encore on n'est pas arrivés, il faut trouver une voiture, Chris est moins énervée que moi évidemment et quand je lui demande comment on va faire, elle répond :

– Maman se débrouille toujours.

C'est bien d'avoir une femme qui se débrouille.

Dans deux jours, j'y suis. J'emporte *Belliou-la-Fumée* parce qu'avec tout ça je l'ai pas encore fini.

Je me rappelle que l'année dernière je lisais un livre par jour. Ça a changé.

J'ai vu aussi les programmes sur *Le Petit Parisien*. Ils jouent *Cyrano* dimanche. Je ne serai pas là. Pap l'a échappé belle.

J'ai envie de prendre un couteau parce qu'à la campagne on ne sait jamais : les serpents, les herbes à tailler, on peut en avoir besoin, mais pas la peine d'insister, Traîtresse Infâme voudra jamais que j'en emporte un.

Donc je finis tout le cahier de devoirs en vitesse pour être tranquille et voilà Traîtresse Infâme qui sort de la cuisine et elle dit :

– Tu sais que tu vas cet après-midi chez Drosset.

D'abord et d'une je le savais pas et de deux je préfère mourir. Il va encore me dégager la nuque et ça me fait une tête de pois chiche. Je dis non.

Elle dit :

– Comment non ? Tu dis non, à présent ?

Je demande pourquoi j'irais et elle répond que c'est parce que je pars en vacances et je réréponds que je vois pas pourquoi il faut avoir la tête tondue pour voyager et elle rereréponds qu'on ne voyage pas les cheveux sales, je lui rererereréponds que c'est pas parce qu'ils sont courts qu'ils sont propres et là j'ai pris la baffe. En plein dans la gueule de Povchéri.

C'est parce qu'elle est énervée.

Jamais elle me tape. Elle m'a tapé parce qu'elle est un peu embêtée que je m'en aille.

Et puis je pars avec une autre femme, il faut la comprendre.

Il faut que je fasse attention de ne pas avoir l'air

trop content de la quitter parce que c'est vrai que c'est vexant, on est tous les trois et puis tout d'un coup ils seront plus que tous les deux et moi je m'en vais tout heureux... Forcément ils se disent que je suis pas bien ici. Ce serait bête qu'ils soient tristes... Et puis je reviendrai de toute façon.

Enfin l'essentiel de tout ça, c'est que je me suis retrouvé chez Drosset, le roi de la coupe américaine. Un jour je lui ai demandé ce que c'était que la coupe américaine, et il a dit :

– Bien dégagé, deux doigts au-dessus des oreilles.

C'est un bon coiffeur. Pap dit que de tous les coiffeurs qu'il a connus c'est celui qui enlève le plus de cheveux sur une tête.

C'est un vieux magasin vers la mairie, avec des sièges qui basculent comme chez le dentiste, des glaces piquetées et des réclames de brillantine d'avant-guerre. On voit des types tout lisses, pas du tout la coupe américaine, qui tendent des roses à des dames, et ils ont des reflets dans leurs cheveux, elles peuvent se regarder dedans... On s'assoit derrière en attendant son tour et il y a toujours des vieux magazines : *Signal* et *La Semaine*. J'aime bien regarder les photos, on entend le bruit des ciseaux pendant ce temps, il les fait cliqueter tout le temps, même quand il ne coupe pas, et après il envoie de la lotion en appuyant sur une poire et ça sent la citronnade partout. C'est surtout des vieux qui viennent, les retraités du PLM, évidemment ils sont vieux alors ils s'en foutent d'avoir la coupe américaine.

En arrivant, je lui dis bonjour et tout de suite j'ai ajouté :

– Maman a dit pas trop court.

J'ai vu que ça l'a vexé, tant pis. Il m'a dit que si je sortais de chez lui comme je viens d'y entrer c'est pas la peine de venir. J'ai quand même dit :

– C'est Maman qui l'a dit parce que trop court je m'enrhume.

Il a rien ajouté et il a commencé à agiter ses ciseaux et j'ai fermé les yeux parce que je ne voulais pas voir dans la glace ce qu'il allait me faire.

C'est un vieux type, il doit coiffer depuis cinquante ans alors évidemment il s'en fout, si je lui dis je veux être coiffé comme Pierre-Richard Wilm, avec le cran devant, il va même pas savoir de qui je parle. On a parlé un peu de la guerre pendant qu'il me passait la tondeuse et après il a dit :

– Je fais la barbe aussi ?

La première fois que je suis venu j'avais cinq ans et il mettait un petit banc sur le fauteuil et il m'a dit la même chose et à chaque fois il le répète, c'est sa plaisanterie. Pas de quoi se tordre de rire.

Quand il m'a passé son pschitt-pschitt de citronnade, je me suis regardé avec les lunettes et il a passé le miroir derrière moi pour que je puisse constater le résultat des bombardements, eh bien il n'y avait pas de doute, j'avais la coupe américaine. L'ennui chez Drosset, c'est que je ne vois rien, forcément puisque je lève mes lunettes, je vois un brouillard avec une boule dedans qui est moi et des mains qui s'agitent autour et c'est quand c'est fini que je vois le cataclysme avec précision.

Il fait toujours très beau, c'est un bel été. Cette nuit j'ai entendu un grondement, loin loin loin, les sirènes n'ont pas sonné, ça bombardait avec des bombes lourdes, j'en suis sûr.

Protineau dit que sur Berlin c'est sans arrêt, et les bombes sont aussi grosses que l'avion, et quand ça tombe ça incendie tout, les gens brûlent dans les abris. A mon avis ils vont signer la paix maintenant, peut-être que quand je reviendrai de la campagne tout sera fini. On aura de tout et le cinéma sera revenu. Traîtresse Infâme dit que jamais plus ça sera comme avant, c'est pas possible que les magasins redeviennent pleins et qu'on puisse acheter tout ce qu'on veut sans cartes et sans tickets... On verra. Ce que j'espère, c'est qu'ils bombardent pas la ligne de chemin de fer jusqu'à Limoges ou un coup des maquisards qui déboulonnent les rails... On n'est jamais tranquille.

L'épi est debout, merci. Dès que la citronnade a séché, clac! tout droit, tout cartonné, le hussard de la garde. La prochaine fois que j'écrirai, ce sera de là-bas, avec les œufs, les poules, les vaches et le bon air. Peut-être je vais grandir d'un coup et alors on se mariera. Quand j'ai sommeil je dis des bêtises.

ÉTÉ 2003

Je ne crois pas que ce soit pessimisme sénile de vieillard mais je pense que la quantité de bonheur parfait qu'éprouve un homme dans sa vie doit se compter en journées.

Et, parmi ces journées, il y eut ce dimanche d'été 43 où je vis *Le Capitaine Fracasse*. Il y avait par-dessus nos sourires une certaine qualité de lumière et de soleil que l'on ne trouve que dans les grandes villes grises et désertes.

J'ai retrouvé plusieurs fois cette impression d'élargissement souriant de l'univers. Il semble que les décors qui nous entourent s'agrandissent, que les couleurs s'accentuent, et nous nous trouvons emballés dans une accélération soudaine de la vie. Ce sont les seuls moments que nous devrions nous attacher à revivre : tout le reste est fadeur et habitude.

J'eus avec Monique mon premier amour. Je ne me suis pas facilité les choses.

J'ai joué la différence d'âge dès le départ. Je la revois assez bien, elle avait cette facilité d'expression et d'évolution qui caractérise les femmes jolies.

La beauté est une sorte de simplicité dans les traits : pas de complications, la laideur, c'est du superflu (nez trop long), ou de l'insuffisance (menton trop court). Monique avait la justesse de l'équilibre qui vous entraîne à croire qu'il n'est rien au monde de plus facile que d'être beau.

Elle en retirait une joie permanente et naturelle. Je fus sans doute fasciné par le calme enjoué qui se dégageait d'elle. J'étais un clown minuscule et à lunettes qui, avec cet instinct très sûr qui ne le quitterait jamais, tombait déjà amoureux d'une femme qui ne lui convenait pas. Ma vie fut donc meublée de folles inquiétudes.

Permets-moi donc, mon cher Povchéri, puisque tu viens de me parler de Monique, de te conter Marceline.

La bataille fait rage dans les plaines du Bengale. Les troupes indiennes cernent les sources du Gange et la radio parlait ce soir de 65 000 morts. Qu'en pense la déesse Ganga? Accueillera-t-elle en son sein les âmes des glorieux défenseurs de ses eaux sacrées? J'ai le souvenir du clapotement dans les criques boueuses de bateaux surchargés dans le soir cuivré de Bénarès. C'était la paix alors, et jamais elle ne fut plus palpable que dans ces aurores et ces crépuscules sur les berges de la ville aux temples d'or. Je n'en ai pas assez profité.

Je vais finir par ne plus rien écouter, par ne plus lire un seul journal. Etripez-vous mes gaillards, cassez la planète, elle pouvait être un jouet magnifique, elle n'est déjà plus qu'une masse martyrisée, encore un petit effort et tout sera terminé. Je m'en fous, je n'ai plus de larmes et puis voulez-vous que je vous dise, mes chers frères humains? Vous êtes trop cons.

Marceline donc.

C'est dans ma soixante-deuxième année que Baudrillot m'invita à passer des vacances en Bretagne.

Je me suis toujours bien entendu avec Baudrillot, professeur d'anatomie dans plusieurs universités américaines, dont Harvard, il s'est définitivement fixé dans le golfe du Morbihan par amour des crêpes au sarrasin et du muscadet.

Ce qui a toujours été bizarre avec Baudrillot, c'est que nous nous sommes toujours demandé pourquoi nous n'étions pas d'inséparables amis alors que nous passions toujours d'excellents moments ensemble. Le fait est là : comme il existe des amours manquées, il doit y avoir des amitiés qui ne réussissent pas.

En tout cas je me retrouvai cet été-là et pour quinze jours au bord de l'Atlantique.

Baudrillot avait un côté patriarche, il aimait s'entourer de ses enfants, petits-enfants, petits-cousins, collatéraux, et il y avait toujours à table une foultitude de gens dont les liens de parenté se perdaient pour moi dans les méandres de l'inintérêt.

Et c'est ainsi que, cette année-là, la petite-fille de Baudrillot, rondelette mutine à l'œil bleuté amena avec elle sa meilleure amie du moment, Marceline, alors âgée de dix-sept printemps.

Je ne sus son âge réel que longtemps après, car, est-ce la pureté de son regard, la grâce enfantine de son maintien ? Elle paraissait en avoir quatorze.

Relevant d'une bronchite qui m'avait secoué pendant l'hiver précédent, moi qui en avais soixante-deux, j'avais l'air d'en posséder quatre-vingts.

Situés ainsi à des années-lumière l'un de l'autre, je participai avec elle à quelques pique-niques et promenades en barque où nous bavardâmes à cœur ouvert.

Je la trouvai charmante et dorlotai ce sentiment étrange et douloureusement agréable des choses impossibles, vu les immensités de temps qui nous séparaient. Si j'avais été un Povchéri de l'année 50, ma cour eût été pressante et mon cœur totalement pris... La soixantaine sonnée, je me contenterais de me faire les vacances nostalgiques.

C'est ce que je crus jusqu'à un soir de grand orage où, en regagnant ma chambre, je traversai un sombre couloir de granit.

Elle me plaqua au mur en trois quarts aile et entreprit de m'escalader. J'ai omis de dire qu'elle était de petite taille.

Etant parvenue à ses fins elle entama une série de léchages de joues, mordillages d'oreilles, susurrements, gazouillis et reptations qui me laissa terrorisé.

Surpris dans cette position, Baudrillot me foutrait dehors.

Des titres jaillirent dans mon esprit : « En proie au démon de midi, l'ethnologue sexagénaire séduit une fillette », « Ballet rose dans le Morbihan », « Le retraité et l'écolière », « Elle n'était pas sa petite-fille, elle devient sa maîtresse ». J'ai toujours eu une grande facilité à imaginer le pire sous forme journalistique.

Je me dégageai et nous continuâmes la conversation dans ma chambre par chuchotements tragiques, chacun à une extrémité du lit.

Il ressortit de tout cela qu'elle s'était fait déjà une bonne demi-douzaine de jouvenceaux dont un Gitan dans une voiture, qu'elle prenait la pilule depuis toujours, qu'elle ne supportait plus les jeunes conneaux, que je lui avais tapé dans l'œil et qu'elle ne demandait qu'une chose : qu'elle puisse de temps en temps me voir, boire un verre, discuter, tout cela sans me gêner, que ça ne me coûtait rien et que si je refusais je ferais son malheur jusqu'à la fin des temps. Idiot jusqu'au bout des ongles, j'acceptai.

Je me fis en prenant cette décision immensément plaisir.

Je réussis à la faire sortir en catimini et m'endormis en souriant, imaginant la douceur de ces futures entrevues parisiennes. Les gens penseraient à un vieil oncle sortant sa nièce, voire un couple grand-père et petite-fille, le tour serait joué.

Crétinisme absolu.

L'histoire qui allait suivre allait durer quatre ans, elle me vaudrait les plus grandes suées de ma carrière, une réputation en loques, des inimitiés évidentes, beaucoup d'envieux et toutes les joyeusetés qui président au déroulement d'un quasi dernier amour.

Suite demain, Marceline-Povchéri, second épisode.

Un mardi s'achève.

Le mardi est le jour de Mlle Tromard. Mlle Tromard possède un chignon gris, des lunettes cerclées, un regard perçant et une bouche qui n'a jamais su rire, elle est sèche, célibataire et sans appas, j'ai entretenu avec elle des rapports d'une froideur polaire jusqu'au jour où, par le plus grand des hasards, j'ai découvert qu'elle avait été championne de catch du Maine-et-Loire.

Le plus redoutable physique de gouvernante qui se puisse rencontrer, et voilà que j'apprenais que Mlle Tromard, si digne et si pincée, avait voltigé de corde en corde et connu les délices du bras de fer et de la double Nelson.

Le mardi suivant, alors qu'elle m'enfonçait avec dextérité une aiguille dans la fesse droite, je l'interrogeai sur son ancien métier. Je perçus son haut-le-corps et je crus l'avoir blessée en lui rappelant sa vie passée. C'était une erreur. Sans un mot elle alla chercher son press-book et me le tendit en rougissant.

C'est ainsi que j'appris que, durant près de dix

133

années, la digne Mlle Tromard avait écumé tous les rings du Centre-Ouest où elle exerçait sous l'étonnant sobriquet de « L'Etrangleuse du Val-de-Loire ».

Quelques photos la montraient triomphante et échevelée dans un maillot en faux léopard. Les articles vantaient tous la louable combativité et la technique exemplaire de Mlle Tromard.

Je lui posai quelques questions sur cet étrange métier et nous sommes depuis ce temps devenus intimes.

Elle m'a confié que, malgré l'âge, elle pouvait encore enchaîner trois sauts périlleux et effectuer cinquante tractions d'affilée. Elle me demanda d'être assez discret sur ce sujet, le monde médical qui était le sien ayant tendance à considérer son ancienne activité comme peu avouable. Je lui promis le secret et lui assurai que, la tête sur le billot, je n'avouerais jamais que sous le masque serein de l'infirmière se cachait le visage exalté de l'étrangleuse.

J'ai dormi. Ni bien ni mal. Il m'a semblé que la douleur changeait de visage, c'est devenu moins agaçant, plus apprivoisable, une sorte de chat familier dont on se dit qu'il faudrait lui rogner les griffes...

J'ai rêvé de la maison d'autrefois, dans cette banlieue près de la Seine... Je montais les escaliers... Je passais devant la porte de Chris... Nous habitions au troisième à droite... Je sonnais et Traîtresse Infâme m'ouvrait. Elle m'aidait à enlever ma pèlerine avec toujours cet air de penser à autre chose. Je crois que tout était laid alors : la ville, ces berges à usines, les cheminées, les tas de mâchefer, l'écluse et les maraîchers qui commençaient au ras des fabriques, les salades humides derrière les grillages... Après c'étaient la gare et les fumées des trains... Je me souviens de balades au-delà des dernières rues... Cela faisait comme des collines minables pleines d'orties et de sommiers : la zone.

Mais je t'avais promis Marceline et voici que je m'égare dans les faubourgs... Revenons à la petite.

Amoureux comme un vieux fou évidemment, avec l'impression non seulement que cette fois c'était la bonne (ce devait faire vingt-cinq fois que j'en étais persuadé), mais surtout que c'était la dernière... Ah! elle arrivait bien, Marceline, juste au moment où je m'étais rangé, juste comme, à l'instar de Mlle Tromard, je quittais le grand ring des amours...

Ne pouvant résister à l'ineffable joie de succomber, bourrelé de remords, aux tentations suprêmes, je devins le très vieil amant d'une très jeune fille.

Je parle en termes d'âge car, en matière d'expérience, le rapport fut dès le départ inversé.

Tout cela se passait chez moi bien entendu, et pendant quelques mois nous vécûmes quasi maritalement. Les regards de la concierge se firent plus sévères, cela ne prêtait pas trop à conséquence.

Seulement il n'était pas question de vivre cloîtrés. Il fallait sortir, et marcher dans la rue devint un supplice.

J'ai toujours, par faiblesse et lâcheté, prêté grande importance aux regards des autres.

Or il fut un moment, paranoïa aidant, où j'eus l'impression que tout le monde se retournait sur nous, que les femmes ricanaient, j'entrevoyais des clins d'œil lubriques, des sourires entendus, des murmures libidineux : le barbon et le tendron, le couple maudit. Bientôt les autobus s'arrêtèrent pour nous voir passer, les gens se mirent aux fenêtres, sur le pas des portes, je rêvais de voyage dans des déserts sableux, d'îles inhabitées, de pics inaccessibles...

Marceline se foutait de moi, de mes terreurs... Elle me menaçait de venir en jupette socquettes couettes et cartable, je la suppliais au restaurant de ne pas m'appeler chéri. Elle m'emmena plusieurs fois dans des endroits horribles, pleins de jeunes... Elle se penchait vers moi radieuse et disait :

– Tu vois comme ils sont cons ?

Ils étaient peut-être cons mais ils étaient superbes, cheveux vifs, peaux huilées, bronzés, baraqués, pas une carie, pas une ride, en pleine vie... J'en suais d'envie dans ma vieille carcasse... Parfois elle se suspendait à mon bras et me mit plusieurs fois la main aux fesses en pleine rue, je hennissais de terreur pure, attendant de voir surgir à cet instant précis le collègue sirupeux à la langue de vipère, un haut responsable à la Recherche, une notabilité influente qui briserait une carrière pourtant terminée.

Et, malgré ces trouilles abominables, je ne supportais pas d'aller quelque part sans elle. En aventurier porteur de toutes les témérités, je l'emmenais même à des cocktails à la Maison des sciences humaines... Je n'avais plus un poil de sec, je tentais de m'introduire dans l'œil toute la candeur dont j'étais capable, peut-être allait-on croire qu'elle était ma filleule, une petite-fille naturelle, que nous vivions une amitié platonique, que je sortais la fille de mes voisins de palier... Pendant ce temps, elle tourbillonnait en jupe fendue et talons-vertige au milieu d'un parterre bariolé, elle avait toujours énormément de succès et se goinfrait de petits fours... Je la voyais entre les têtes chenues, elle riait, elle éclaboussait l'univers de son charme, de son champagne, de sa lumière... Je l'adorais et tremblais dans ma vieille culotte de jardinier. Un jour, au grand amphithéâtre de la Sorbonne, pour une remise de prix, après avoir subjugué une trentaine de sociologues vermoulus, elle m'entraîna devant une grande glace près de l'escalier et se colla contre moi dans une position hollywoodienne en me faisant remarquer que jamais elle n'avait vu deux êtres aussi mal assortis.

– Je suis jeune, petite et belle, tu es vieux, grand et laid, je suis sensuelle et attirante, tu es un froussard répugnant, sais-tu pourquoi je t'aime?

– Pour ma vive intelligence et peut-être pour mon argent, dis-je.

– Non, parce que tu es tellement mal habillé et moche que personne ne voudra jamais de toi et ça me permet d'être la seule au monde à te posséder.

Me sentant d'humeur badine, je rétorquai à cela quelques obscénités bien frappées dont il était d'usage que nous usions en de semblables circonstances, j'étais en train de lui décrire les turgescences d'un membre violacé pénétrant dans les diaprures chatoyantes et émoustillées de son sexe béant lorsqu'on me frappa sur l'épaule et que le président de la séance, M. Carton-Lamprade, s'excusant de m'interrompre, me rappela que j'avais promis de prononcer quelques mots. Je crus ce jour-là que l'amoncellement de mes turpitudes allait me valoir d'être banni du rang de mes semblables.

Que de folies... Je pense aujourd'hui que l'on prêta bien moins attention à moi que je ne le crus, je n'étais pas après tout un personnage si considérable... Cela se passait dans les années 90, les temps avaient changé, les langues marchaient toujours mais elles rencontraient des oreilles moins attentives... Marceline finit d'ailleurs par me communiquer son contagieux je-m'en-foutisme.

Bizarre tout de même, des générations nous séparaient et je ne fus jamais peut-être aussi à l'aise avec une femme. Nous avons beaucoup ri, j'accentuais mon côté gâteux maladroit et elle amplifiait son comportement maternellement raisonnable... Pendant ces quatre années, elle dut mettre trois fois les pieds à la faculté où elle était censée poursuivre une plus qu'hypothétique licence d'anglais; des parents fortunés et bretons étaient entretenus dans cette espérance et en échange lui expédiaient des mandats répétés avec lesquels elle m'offrait le cinéma et des restaurants gastronomiques... A dix-neuf ans, Marceline savait différencier un gevray-chambertin d'un pomerol et devinait l'année en prime.

J'ai grossi à cette époque. Nous expérimentions les foies gras et les magrets, nous avions une passion commune pour la cuisine pesante. Cela se situait avant mon cholestérol, c'est en partie à elle que je le dois également.

Nous voyageâmes. Cela m'arrangeait : Rome, Londres ou Venise, je pouvais espérer ne rencontrer personne de connaissance. Nous fîmes les trois. Mais elle voulait l'Afrique, connaître cette partie du globe où j'avais vécu pour étudier mes braves Kaleris, je finis par l'emmener.

Elle imitait extraordinairement Michel Simon, c'était à s'y tromper. Je ne sais pas pourquoi cela me revient tout à coup. C'est à Rome qu'elle m'en fit la démonstration, devant la fontaine de Trevi.

Merci pour tout, Marceline, je ne méritais pas si bien que toi... Nous avons connu la descente du soir, en septembre, sur les dorures de la place Saint-Marc, l'aube à Rome dans les grisailles contorsionnées d'un ciel d'orage sur le Palatin, les printemps parisiens guillerets et primesautiers, la monotonie tragique des fleuves africains... J'ai aimé ton corps juvénile et chatoyant, malgré ou peut-être à cause de mon âge avancé, je ne crachai pas sur la gaudriole, et voici qu'aujourd'hui je me souviens surtout de cet instant étonnant et fugace où devant les blanches statues de la fontaine tu pris la voix rocailleuse et crachotante de l'acteur. Jamais je ne t'ai autant aimée qu'en cette minute, ce ne fut ni au cœur de la nuit la plus douce, ni au détour d'un serment, mais là sur cette rambarde de pierre où tu faisais l'imbécile... J'ai toujours privilégié chez les êtres humains leur capacité à faire le clown.

Je vois et je sens que Povchéri s'attriste. Pourquoi est-elle partie? Oui, bien sûr, pourquoi? Sans doute pour rien, simplement parce qu'un jour les choses deviennent moins aiguës et moins drôles entre les êtres... J'ai dû m'user à force de terreur, être ridicule quelques instants de trop... Une année elle a suivi les cours : j'ai compris que c'était la fin. Je n'ai pas su la suite, sans doute l'un de ces jeunes superbes aux paupières lisses qu'elle a dû trouver un peu moins con que les autres... Va savoir...

Et puis j'avais soixante-dix ans et j'ai pensé un jour que j'avais dételé sans m'en apercevoir.

S'il fallait que l'on sache vraiment pourquoi les choses finissent, où irions-nous?

Elle m'a donné beaucoup, mine de rien, je ne lui ai rien donné, mine de beaucoup... Enfin si, peut-être, des petites choses mais on ne sait jamais ce que l'on transmet, ce que vous prennent les gens, ce qui leur servira peut-être...

Où es-tu, Marceline, dans la débâcle? Heureux tout de même de ne pas te revoir, je ne suis plus très regardable.

Dormons.

Je me méfie des choses qui me font du bien.

Je les trouve douteuses et en général le revers de leur médaille n'est pas piqué des vers.

Ainsi, au cours d'une légère insomnie de la nuit dernière qui a dû durer une demi-douzaine d'heures, je me demandai si l'écriture de ce qu'il faut bien appeler un nouveau journal intime motivée par la lecture d'un ancien était une bonne chose ou si elle ne l'était qu'en apparence.

J'y consacre peu de temps chaque jour, mais il est vrai que dans la journée les souvenirs me reviennent par vagues, plein de grands pans d'autrefois viennent envahir ma chambre...

J'ai d'ailleurs pratiquement cessé de lire les projets de thèses que je reçois en pagaille. Curieux cela, le monde croule, les thèses continuent. Est-ce une si bonne chose de reprendre la plume ? Ai-je donc si peu de futur que le passé occupe tout mon présent ?

J'ai tendance à croire que tout ce qui m'éloigne de ce que Rabelais appelait le boyau culier est bon à prendre. Il vaut mieux s'occuper de ses anciennes amours que de ses fesses, c'est de toute façon une dimension différente même si les secondes ne sont pas si éloignées que l'on croit des premières.

Ainsi, malgré l'apparence, ces derniers jours ne se sont pas déroulés dans cette clinique, je les ai passés avec Marceline... Je n'ai pas perdu au change.

Cela m'amène d'ailleurs à effectuer de bizarres mises au point.

Je m'aperçois en effet qu'au fond je suis un hargneux...

Je me rends compte, peut-être le sent-on à travers les lignes écrites hier, que je lui en ai voulu...

Je n'allais pas espérer qu'elle fût jusqu'à la fin une compagne, je ne vois pas pourquoi elle aurait joué ce rôle de maîtresse-infirmière, elle n'était pas faite pour cela, pas plus que moi pour le lui demander.

Malgré cela je lui en ai voulu d'être partie alors qu'il lui était impossible de rester. J'ai même fait pire. J'ai quitté la France longtemps, j'ai déménagé à mon retour, je me suis débrouillé pour qu'elle ne puisse obtenir mon adresse et l'ai considérée comme une moins-que-rien de ne pas l'avoir trouvée.

Difficile de s'y retrouver avec ses envies et plus encore avec ses rancunes... En tout cas il est trop tard, madame Marceline, vous voici quasi quadragénaire aujourd'hui, vous êtes un peu vieille pour moi.

En me rappelant ces années passées avec toi, un air me revient.

Les jours de notre vie sont scandés de chansons.

Bien que diplômé au-delà de toute pudeur et nanti de titres à faire craquer les portefeuilles, ma réputation de sérieux ne m'a jamais empêché d'avoir un gros penchant pour la chansonnette.

Monique fredonnait Tino durant l'été 43.

Il m'est arrivé avec Arlette d'écouter studieusement du Brassens... C'est fou ce que ce type aux apparences libertaires et à la truculence faussement joviale a pu avoir comme succès chez l'adolescent petit-bourgeois adepte des facultés...

Des airs, des paroles passent, il en reste bien peu au fond de nos mémoires, je repêche ce soir une chanson italienne, six notes haut perchées qui tournicotaient sans cesse cet été-là entre le Trastevere et la Piazza del Popolo. D'où vient que m'en surgissent deux larmichettes?

Aurais-je été, resterais-je plus sensible à la musique que je ne le crus?

Bizarre qu'en cet instant où la romance se balance dans ma tête, quatre phrases idiotes, où il est question de lune sur la lagune, j'aie cette émotion ridicule qui brouille les lignes sous mes yeux.

Tout Rome sifflait, c'était une fête de quartier, il y avait des haut-parleurs aux carrefours juste devant l'hôtel, et l'orchestre rentrait dans la chambre et balançait à la volée cette rengaine idiote où il était question d'amours loupées.

Gros succès. Un tube d'été, comme l'on disait alors, mais il y avait un charme, un moment suspendu, une reprise d'opéra à la Puccini avec un grand sanglot soudain dans les cordes, comme un grand pot de tristesse déversé. Qui chantait cela? Le nom m'échappe. L'air entrait et traînait sur les draps ensoleillés où brillaient des miettes de croissants. Devant, c'étaient les tuiles rousses et tu fumais la première du matin, une blonde à peine bleue, la meilleure, paraît-il.

Je n'ai jamais fumé autre chose que la pipe, j'ai arrêté pour Arlette, j'avais l'impression que la bouffarde faisait partie de la panoplie des vieux messieurs. J'ai tenté de rajeunir en supprimant le tabac, tout cela paraît aujourd'hui tellement ridicule que j'ai dû vraiment être plein d'amour pour toi, merdeuse... J'ai eu bien d'autres réveils, ma mignonne, un peu dans toutes les villes du monde et des femmes aussi étaient à mes côtés et le soleil était là aussi et peut-être d'autres musiques, tellement d'autres que je confonds aujourd'hui les noms et les visages mais ne crâne pas trop, fillette, si tu es la seule dont je me souvienne ce n'est pas parce que tu fus la meilleure mais bien la dernière, question de place, c'est tout...

C'est vrai que j'aimerais aujourd'hui entendre la chanson...

Perdreau est venu. C'est le dernier à se déplacer pour me voir. Nos entretiens sont d'une infatigable monotonie.

— Comment va ton cul?

– Doucement. Et tes rognons?

– En perce.

Perdreau souffre de calculs rénaux avec polypes, adhérences et toutes sortes de complications. Nous avons fait deux expéditions ensemble en 58 et 64. Nos rapports ont suivi une évolution curieuse, au début nous nous exprimions en termes choisis voire délicats. Plus nous sommes devenus intimes, plus nous fûmes grossiers.

Personne n'osait nous inviter ensemble.

Phénomène étrange, il m'avoua un jour ne s'exprimer ainsi qu'avec moi, je lui révélai que c'était réciproque.

Nous n'avons jamais su si l'amitié nous avait amenés à la grossièreté du langage ou si la grossièreté du langage nous apportait l'amitié. Nos thèses diffèrent sur ce point.

Il m'invita chez lui au lendemain du retour de notre première expédition. Il habitait alors boulevard Gouvion-Saint-Cyr un superbe immeuble près du Bois. Je sonnai à l'Interphone et, dès que je l'entendis décrocher, je lâchai avec fermeté la formule suivante :

– Tu vas l'ouvrir ta lourde, espèce de tête de con?

Il y eut un silence et une voix féminine répondit :

– Certainement, monsieur.

Nous avions passé plus de trois mois ensemble à arpenter le plateau de Banchi, il ne m'avait jamais dit être marié. Lorsque je lui en demandai la raison, il prétendit que cela lui était complètement sorti de la tête.

La soirée fut fort étrange, lorsqu'il m'adressait la parole c'était en employant de façon accentuée les qualificatifs d'« enfoiré », « connard » et autres, puis se tournant de temps en temps vers son épouse, il la vouvoyait en lui adressant des formules du genre : « Oserais-je vous demander, Benoîte, de vouloir bien m'avancer la poivrière ? »

Perdreau s'est par la suite spécialisé dans l'étude des persistances de la culture coloniale portugaise chez les Hindous animistes de la région de Goa. Il écrivit là-dessus deux livres définitifs qui, de son propre aveu, représentaient l'exemple même de l'œuvre dont l'inutilité et l'inintérêt étaient absolus.

Il devint aussi secrétaire à l'Académie des sciences et passa le reste de sa vie à écrire un dictionnaire d'argot monumental.

Il est mon cadet, c'est la seule chose que j'aie à lui reprocher et le dernier ami qui me reste.

Nous avons parlé de la guerre. Il espère en une trêve possible, m'assure que les discussions sont en cours, et cela au plus haut niveau pour un partage plus équitable de la carte de ce que les experts en stratégie spatiale appellent le quart supérieur gauche stratosphérique (QSGS). Bref, une nouvelle distribution des planètes qui se jouerait sur le tapis vert ou bleu et qui n'obéirait pas à la loi plus qu'ancienne du premier occupant.

Je lui ai dit que l'expression « discussions au plus haut niveau » m'avait toujours paru devoir engendrer d'immenses déceptions et qu'aujourd'hui le problème était davantage du ressort du commandant de patrouilleur que du chef d'Etat, si important fût-il. A suivre s'il y a suite.

Toujours ce calme, ce jardin et ces quatre moineaux qui se débrouillent dès l'aurore pour faire un vacarme.

Je vois le banc de la fenêtre et j'ai décidé d'en faire mon objectif.

Je me donne un mois. Dans un mois je serai assis dessus.

Aller et retour en solitaire.

La traversée à la voile de l'Atlantique est de la

petite bière à côté de cette expédition. Un petit môme en béret et pèlerine est assis dessus et balance ses pieds dans le vide. Il est là depuis soixante ans. Il est temps que j'aille le rejoindre. Ce sera fait. Dans un mois.

Plus très envie de lire. J'ai pensé un moment reprendre *Les Trois Mousquetaires*, j'ai retrouvé dans l'armoire mon édition d'enfant. Athos a un air pincé et un maintien de prince, la pointe de sa rapière repose sur sa botte, Aramis est enseveli sous les ruchés et les dentelles et frise sa moustache, l'illustrateur a beaucoup moins soigné Porthos qui apparaît plus soufflé que florissant. Quant à d'Artagnan, une erreur de perspective le fait paraître plus petit que la reine de France. La belle Anne d'Autriche est bien sévère, elle ressemble à Mlle Tromard, elle serre sur son cœur les ferrets de diamants enfin retrouvés. Page suivante, Louis XIII a la bouche ouverte. C'est le signe de sa stupéfaction. A l'inverse, Richelieu qui se tient près de lui reste impassible. Bien évidemment c'est lui le patron. Dumas était décidément un grand écrivain.

Envie d'être dehors, Paris est à trente mètres, je ne les franchirai peut-être jamais... Envie d'appeler au secours pour que l'on me sorte d'ici... Le petit garçon du banc m'aiderait peut-être... J'aimerais revoir quelques coins, peu nombreux...

La visite de Perdreau m'a crevé. Je ne me savais pas si fragile. A demain.

Résisté en ce mercredi à une grande tentation.

J'ai derrière mon carreau assisté aux cérémonies de la visite. Quelques malades, mes frères, stationnaient dès 14 heures sur le fameux banc, objet de mon désir. Parents et amis sont venus les rejoindre et se sont livrés au jeu de « Tu as meilleure mine que la dernière fois ».

J'ai failli raconter ces rencontres d'après-midi à l'hôpital. Dieu merci j'ai résisté car j'ai pensé à Povchéri.

Qu'avait-il à faire de ces moments de vie si ternes, si retenus dans les gestes et les voix? Il y avait chez les visiteurs un côté devoir à accomplir qui me les aurait fait presque haïr. Il faut aller voir Pépé à la clinique. Ils préféreraient regarder un film, un match, dormir, mais non, impossible, il y a Pépé et son larynx brûlé, Mémé et sa thyroïde en charpie... Parlons d'autre chose.

Voici donc un dimanche achevé.

Les visiteurs sont partis.

Je vois sur la pelouse vibrer le ruban d'un cadeau... Un emballage de goûter d'enfant, relief d'une absence de fête.

Regardé les informations et un vieux film, quatrième rediffusion d'*E.T.*, immense succès des années 80. Nous nous esbaudissions alors sur la technique, les truquages... Il reste un plat fadasse qui ne fait même plus tourner la tête à un enfant... Comment peut-on aimer des choses si passagères?

Préliminaires à une rencontre entre belligérants déclarés. En supposant qu'ils trouvent un accord, cela ne règle pas le problème des autres...

La loi n'a jamais empêché le bandit de grand chemin.

Nous avions tout prévu au temps de ma jeunesse, l'Etat monstrueux et omniprésent était le danger numéro un... Si seulement ils existaient encore, ces bons gros Etats envahissants... Cela éviterait cet émiettement des forces : corps d'armée régionaux, milices de groupe industriel de 140 000 hommes, partis politiques possesseurs de force tous azimuts... Comme c'était bon, Povchéri, d'expliquer Marengo et Trafalgar. Coalitions de pays, guerres franco-italienne, anglo-russe, sino-japonaise : l'ennemi parle une langue différente, vit derrière des frontières délimitées... L'Histoire était simple alors. Lorsqu'elle a cessé de l'être, elle est devenue mortelle.

Une planète éclatée, libanisée où naissent de nouveaux drapeaux : ceux des vieilles provinces, des groupes bancaires internationaux, bannières de religions se voulant universelles et conquérantes, guerres saintes et informatisées, l'ennemi est partout et n'importe qui, un quartier passe à un groupe racial, est repris par les forces de groupes industriels scindés eux-mêmes en plusieurs armées rivales... Comme tout cela s'est accéléré, bonhomme... Je ne veux pas me plaindre, mais je t'avoue n'avoir vraiment aucun goût pour les films en forme d'apocalypse... Je ne crois pas trop aux formules, tout de même j'aurais bien aimé achever le voyage dans la paix du corps et du cœur...

Je relis tes dernières lignes...

Tu vas donc partir, ça y est, c'est décidé... Les vacances 43... Tu commences bien; avec deux femmes dont une que tu aimes. Il me semble ressentir encore la vibration de ton exaltation du moment, petit maigriot gonflé aux pull-overs, voleur d'occasion par galanterie excessive.

C'était le temps où le monde tenait dans un sourire de jeune femme.

Il y avait là des trésors... Je n'ai jamais cessé d'y être sensible... Je vais même t'avouer que j'attends parfois le samedi, jour de Mme Mathouin, pour me faire encore quelques rêves jolis... Elle a le charme frêle des dames malheureuses au lit. C'est une chose qui t'échappe encore mais que tu comprendras vite... C'est une femme pâlissante, un peu floue, on dirait toujours qu'elle n'existe qu'en photo, prise par un photographe amateur qui a tenté de capter le sourire, trop indéfinissable pour se laisser appréhender. Hélène fut ainsi... Deux mots sur Hélène.

Hélène était blonde, fine, évanescente, je la vois en jupe de toile et cheveux dénoués dans un matin brumeux de bord de mer breton. Un regard d'océan diaphane qui laissait soupçonner une âme douce et profonde... Grands fonds éclatants d'intelligence et d'infinie compréhension, au coin des lèvres une fossette dissymétrique dans laquelle se condensaient tout l'esprit, la tolérance, la gentillesse du monde. Une sainte souriante, adorable et transparente...

C'était en... Je ne sais plus très bien. J'avais dix-huit ans peut-être... Je musardais sur les longues plages des Côtes-du-Nord, muni d'un sac à bigorneaux, plus par contenance que par mission précise.

Nous nous croisions chaque jour. A chaque fois plus déliée, plus délicate, plus divine, plus dansante. On supposait son parfum rien qu'à la voir : herbes fraîches, fleurs des champs et eau de source, le ton de sa voix devait être gazouillis de ruisselet.

Je l'accostai un soir, le cœur à cent cinquante coups minute alors que le soleil rasant huilait ses épaules flexibles. Je reçus le sourire d'émail en plein plexus.

Jeanne d'Arc, Marie Curie, Linda Darnell, sainte Geneviève, Danielle Darrieux, tout ça d'un coup livré... J'ânonnai quelque banalité sur les difficultés de la pêche aux bigorneaux.

J'entends encore sa réponse :

– Bigorneaux, mon cul. Faut attendre marée basse pour les piquer.

Traîtresse Infâme, bien que de façon évidemment distraite, m'avait seriné quelques remarques du genre : « Ne juge pas trop vite les gens sur leur

148

mine... » Cela était resté évidemment lettre morte, mais je dois dire que jamais charnelle enveloppe ne me donna idée aussi fausse de son contenu.

Hélène était une vulgaire.

La pire qui fût.

On pensait à la voir qu'elle lisait le Livre des Saints ou quelque traité de morale appliquée alternant avec les poèmes d'Ovide, alors qu'elle se délectait aux récits complets de romans-photos « où qu'y a moins à lire », intitulés *Natalia et l'amour vénitien, J'ai dix-sept ans, La Robe couleur d'automne, Les Amants de Syracuse, Quand tout s'en va*, etc. Elle me les racontait en s'emberlificotant dans les détails, étant dans l'incapacité intellectuelle de les résumer. La fin était particulièrement éprouvante, car, après avoir fini son récit, elle restait songeuse quelques instants et ne manquait jamais d'ajouter avec un air d'infinie sagesse :

– C'était chié comme bouquin.

J'ai encore sa voix dans l'oreille. Quelle exigence devait être la mienne pour expliquer ma déception, j'en touchais au désespoir, je voulais alors qu'un accord parfait présidât à l'âme et au corps, il fallait que l'un fût le reflet exact de l'autre, sinon il y avait désordre et tromperie sur la marchandise, l'Univers n'obéissait donc pas à des lois raisonnables. C'est peut-être ce soir-là, sur ce sable mouillé où montaient des bulles glauques, que j'ai dû entrevoir que la réalité comportait sa part de chaos : un esprit misérable et vulgaire avait usurpé une enveloppe inadéquate. La vie comportait de ces escroqueries...

Je remarquai aussi qu'il n'est rien de plus vexant que de prendre un grand coup de bâton sur l'amour naissant mais endiablé que l'on porte à une femme. Je serais sans doute moins regardant aujourd'hui, aujourd'hui il n'y a plus d'amour.

Dernière heure : un satellite de communication et de guidage touché par une grenade spatiale, cela signifie que les quatre cinquièmes des ogives à longue portée ont perdu toute orientation et toute chance d'atteindre leur but. Le résultat est simple : arrêt momentané des hostilités dans l'hémisphère Nord ou, plus sûrement, possibilité de recevoir sur la gueule, à Paris, un engin destiné à atteindre une base de tir de surface à Novossibirsk ou Taïwan.

Oublions.

Pour ce faire il ne reste que toi, gamin, demain je pars avec Monique et Chris. Traîtresse Infâme est un peu triste, Pap un peu inquiet et moi je ne dormirai pas durant cette nuit de départ. Mon premier voyage, mon premier amour, tout était premier à cette époque-là. Rien de plus normal : tout est dernier aujourd'hui.

J'entends la pluie. Le bruit des gouttes est toujours triste sur l'herbe.

Parfois en automne je regarde l'allée : sous les quatre tilleuls les feuilles s'égouttent longuement, bien après que l'ondée a cessé, cela fait un tam-tam liquide sur les mousses. Je pense parfois que ce paysage est en accord avec moi, c'est un spectacle pour vieux et pour malades, nous ne méritons rien d'autre.

Qu'aurions-nous fait de si bien pour mourir heureux ?

La gouttière passe le long de ma fenêtre et c'est un tintamarre continu... Je suis gâté.

J'ai mal ce soir.... La vieille douleur, presque antique. Je puis sonner pour la piqûre, mais je tiendrai encore, je me donne un quart d'heure, je peux y arriver.

Je vais lire tiens, je pensais garder la suite pour plus tard, c'est inutile... Je veux quitter ce lit, ces cloisons, me retrouver dans la grande maison; elle sentait la cire, ma vie est là devant moi avec ces quelques feuilles, je vais voir si le passé est plus fort que moi... Ça se déchaîne, j'ai tous les marteaux et toutes les enclumes... Je ne tiendrai pas. Ou pas longtemps. Viens à moi bonhomme, arrive avec l'épi, le costume-cuirasse, ta pèlerine et les lunettes, viens vite... Je ne savais pas que l'on pouvait mourir d'envie d'être serré dans des bras d'enfant... Viens à moi mon mousquetaire, mon ancien et beau cavalier, mon écolier de fin de guerre.

J'appelle cette fois.

Une page. Juste une page, après je sonne... Je pars en voyage, je t'en prie, sois au rendez-vous.

Au secours, Povchéri...

ÉTÉ 1943

Je sais pas par où commencer.

Ça fait trois jours, j'ai pas eu le temps d'écrire tellement il y a eu de choses, ce soir il faut quand même que je raconte.

D'abord je décris où je suis en ce moment.

C'est un vrai château. Avec les murs en bois comme dans les films, avec des types en smoking. Enfin c'est pas des murs en bois, c'est des murs recouverts de bois tout sombre et sculpté, avec de très vieux meubles partout et des tableaux craqués comme des galettes, et pour écrire j'ai un bureau, immense, pire que celui de ce con de Duploux et avec des têtes de bonnes femmes sculptées. Un ministre quoi, Laval. Le plafond est très haut avec des poutres en travers. C'est magnifique. Très très riche. Pour dire la richesse, même l'encrier est sculpté, c'est une bonne femme dorée avec une robe longue qui soulève un vase et l'encre est dedans. J'ose même pas tremper le porte-plume tellement c'est ancien.

Dehors c'est la chaleur terrible, on dirait qu'elle va faire craquer les murs tant le soleil pousse. C'est l'après-midi et elles font la sieste. Moi je ne peux pas, alors j'écris.

Je ne sais pas si j'ai déjà grossi et si le bon air a fait son effet, ce qui est sûr c'est que je ne suis plus blanc parce que j'ai pris des coups de soleil et ça ne rajoute pas à la beauté, c'est-à-dire que j'ai toujours la même tête qu'avant avec épi, lunettes, etc., mais maintenant en rouge.

Monique m'a mis de la crème pour dormir parce que ça me cuisait, donc c'est rouge et en plus je luis.

Il y a des arbres partout.

On dirait qu'ils vont entrer dans la maison. Ça fait frais quand on est dessous. Ce que j'aime c'est cette heure-là, le moment où ça tape le plus et il y a toujours une mouche qui vient de loin, qui se rapproche comme une sirène pendant l'alerte et puis elle s'éloigne mais on l'entend longtemps, peut-être même qu'elle est au-dessus de la colline et on l'entend encore, un bruit minuscule et puis après c'est le silence.

J'ai cru qu'on n'arriverait jamais, le train s'arrêtait tout le temps et quand il roulait il faisait peut-être du 10 à l'heure. On a eu quatre heures de retard, enfin on s'est pas ennuyés, je leur ai joué *Cyrano de Bergerac*, tous les rôles à moi tout seul, ça l'a drôlement fait rire, j'ai fait les duels, le carrosse qui arrive, tout ça à la fois, j'étais crevé à la fin.

Et dès qu'on est arrivés, ça a été magnifique de verdure.

On a roulé dans un camion gazogène et c'était plein de bon air tellement partout que j'ai pensé à Pap, c'était bleu pour le ciel et vert pour la terre et le chauffeur avait un accent péquenot.

On a passé un village, un très très vieux, et puis presque à la sortie j'ai vu la grille, les arbres et la maison presque dessous. Quand j'ai vu ce que c'était, ça m'a rendu presque malade de bonheur.

J'arrive pas encore à croire que je suis là.

Il y a un jardin, c'est pas un jardin, c'est un parc

avec des rochers, de la mousse qui fait qu'on marche élastique, Chris m'a fait visiter, on a cavalé partout et c'était vraiment comme un petit château de mousquetaire.

Jamais j'aurais cru que ça existe.

Il y a la ferme à côté et le premier matin on a eu du vrai lait. C'est dégueulasse. C'est du lait qui pue la vache.

J'ai pas eu d'œufs encore mais j'ai entendu les poules, alors à mon avis ils vont pas tarder. Si c'est comme le lait je préfère autant l'omelette à la caséine.

On s'est promenés dans la campagne tous les jours avec Monique. Elle a des sandales et elle ne se peigne plus. Je veux dire qu'elle ne fait plus sa coiffure en hauteur, elle les laisse tomber et on voit qu'elle a les cheveux très très longs. Pas comme moi.

Elle a une robe avec de gros boutons de haut en bas et parfois quand elle rit au soleil je me demande si je ne vais pas tomber par terre, surtout quand c'est parce que je viens de faire une fine plaisanterie. Elle m'appelle Joseph. J'ai laissé Pov-chéri là-bas.

On est toujours ensemble et alors le pire de tout pour montrer combien ils sont riches, eh bien il y a une bonne femme qui fait la cuisine. Elle fait la vaisselle, tout.

C'est comme la bonne femme de Flaubert avec son perroquet mais en plus souriante et elle s'appelle Mathilde.

Cet après-midi, dès qu'elles sont réveillées on va au torrent, Chris m'a dit qu'on pourra peut-être se baigner parce qu'il y a des trous.

C'est un problème parce que si je mets le maillot elles vont s'apercevoir pour les couilles, on verra, Monique chante souvent, des trucs de Tino Rossi, des chansons d'amour, elle nous les apprend, moi je connais que celle du Maréchal. « Devant-nous-le-Sauveur-de-la-France. » Elle est pas terrible. Je sais aussi un peu une en anglais qui est « Tiperari » mais pas très bien.

Ici il n'y a pas d'Allemands. Ils sont installés à Montlouis qui est à pas mal de kilomètres, Mathilde a dit qu'ils viennent de temps en temps à la ferme et on leur refile plein de saloperies : des vieux œufs, du cochon pourri, tout ce qui traîne, elle dit que ce sont de vieux soldats maintenant, presque des pépés, parce que les jeunes sont morts, alors personne n'a plus peur de leur refiler la saloperie. Je lui ai demandé s'il y avait des résistants. C'était avant-hier et je l'ai aidée à trier les lentilles.

On se met sur le pas de la porte de la cuisine avec les chaises sorties, on est un peu à l'ombre un peu au soleil parce qu'il y a l'arbre qui remue des branches alors ça fait bouger la lumière, on est très bien. Donc on trie et elle me dit que si, il y a des résistants et qu'ils volent tout et que c'est des communistes et qu'ils font du pastis avec leurs fusils de chasse, leurs revolvers et tout ça. J'ai cru qu'elle était pour les Allemands quand elle a dit ça, eh bien non, elle les déteste et elle garde les bons œufs pour les communistes mais elle ne les aime pas non plus, alors celle-là elle est bonne. A la fin je lui ai demandé pour qui elle était et elle a secoué son tablier et elle m'a mené derrière la maison là où la pelouse descend, et de là on voit les collines avec les forêts et le ciel. Elle m'a montré avec son doigt et elle a dit :

– Je suis pour ça, petit. (Elle m'appelle petit. Monique lui dit il s'appelle Joseph, mais elle m'appelle petit.)

Ça veut dire qu'elle est pour la nature et le ciel, et je lui ai demandé si elle n'aimait pas les hommes et elle a dit ah non alors ! ça non alors !

Mathilde m'a dit après que ce n'était pas vrai, elle les aime tous et même les Allemands, mais elle a mauvais caractère alors elle dit le contraire. Enfin on s'entend bien, surtout depuis que je lui trie ses lentilles parce qu'elle fait semblant de rien mais elle m'interroge sur Paris, moi c'est plutôt Alfortville que je connais mais enfin je me débrouille, je lui raconte le métro, le lustre de la Comédie-Française, la gare de Lyon, le musée des Colonies et je vois que ça l'impressionne, quand même à la fin elle dit toujours :

– C'est de la couillonnade tout ça !

Ça veut dire que la conversation est finie et qu'elle va faire la soupe.

Elle est toujours restée là. Elle est née en 70. Sedan, chute de l'Empire, etc. Je lui ai dit ça parce que j'ai un livre d'Histoire là-dessus. Elle ne le savait pas, elle est née ici, une maison dans la colline, alors forcément elle ne savait rien, et pour l'école, elle y allait l'hiver pour se chauffer, alors Napoléon III et Gambetta en ballon et Albert Lebrun, tout ça pour elle ça doit être de la belle couillonnade.

J'ai fait la vaisselle une fois, enfin je l'ai essuyée parce qu'elle ne veut pas qu'on lave et je l'ai questionnée en douce sur Monique et je lui ai demandé où était son mari. Elle a continué à frotter et elle a dit :

– Ah celui-là !...

C'est tout ce qu'elle a dit. Ça veut pas dire grand-chose alors j'ai continué pour savoir mieux :

– Qu'est-ce que ça veut dire : ah celui-là ?

Elle a regardé l'assiette que j'avais à la main et elle a dit :

– Essuie plus fort.

Ça voulait dire qu'elle ne veut rien dire. Très bien.

Elle doit pourtant savoir, parce que Chris m'a dit qu'elle a toujours été la servante ici, donc elle connaît bien tout.

On fait des balades et le mieux ça a été aujourd'hui parce qu'on est partis toute la journée avec le pique-nique : les assiettes en fer, le couteau qui rentre dans la fourchette, les gobelets et les gourdes. On a marché jusqu'à avoir les jambes raides, enfin, les miennes, et on est arrivés dans un paradis mieux que sur les dessins des livres de lecture : c'était comme entre deux montagnes, un pré en pente avec trois arbres penchés et en dessous l'eau coulait sur des rochers.

On a mangé là sur l'herbe, enfin sur la nappe à carreaux et on a rigolé tout le temps, on avait des tomates de Mathilde, on mord dedans avec du sel, un œuf frais dur qu'on s'étouffe avec, une sorte de pâté qu'ils font à la ferme avec ce qui reste du cochon quand ils l'ont donné aux Allemands, et puis des pêches mûres qui m'ont coulé jusque dans le cou, c'était vert de mousse froide partout à cause du ruisseau qui gazouillait pas du tout comme le dit le livre de lecture qui dit que des couillonnades comme dit Mathilde. C'était un ruisseau qui faisait un bruit très fort contre les pierres, c'était bien. Poétique.

Après les pêches, j'ai sorti mes cigarettes.

Alors là je les ai soufflées. J'avais le paquet depuis Paris. Je n'ai même pas écrit que je l'avais acheté pour que ça reste complètement secret, et là je l'ai sorti en plein été.

C'est pas vraiment des cigarettes, elles sont à l'eucalyptus, on peut en avoir comme on veut chez le pharmacien.

C'est Barsoumian qui m'a expliqué comment il fallait faire, on rentre et on demande des cigarettes à l'eucalyptus pour son grand-père qui est asthmatique et ça y est.

J'ai expliqué tout ça à Monique qui a ri beaucoup et elle en a fumé une presque entière. Chris a pas voulu et moi j'en ai pris une. Evidemment, ça sent fort, ça pique, ça fait une fumée de locomotive et plein de petites explosions. Le pire c'est l'odeur, j'aime pas trop mais j'aime bien fumer, comme ça elle sait que je sais le faire.

Après on a levé les sandales et les socquettes, Chris et moi, et on s'est mouillé les pieds jusqu'aux genoux. Elle est restée allongée dans l'herbe avec la lumière partout sur sa robe blanche et sur ses cils transparents et ça m'a fait comme un mal de ventre tellement c'était beau.

J'ai cru que j'allais avoir toutes les couilles qui me descendaient d'un seul coup.

Chris m'appelait pour bloquer les poissons, je l'entendais même pas crier. Cette femme en blanc sur l'herbe avec le soleil je l'oublierai jamais, c'est con que je sois petit, quoi, c'est tout ce qu'on peut dire.

C'est une couillonnade, dirait Mathilde.

Après Chris est remontée avec le bas de sa robe mouillé et elle s'est pas fait gronder. Ça c'est aussi quelque chose que j'admire, elle gronde jamais. Elle m'apprend que gronder c'est jamais la peine. Ça fait qu'après tout le monde devient triste et gêné, et déjà la robe est sèche, alors à quoi ça a servi? On est revenus vers elle et Chris râlait parce qu'elle n'avait pas pu attraper de poisson et on a joué à ce qu'on ferait après la guerre. Chris a dit :

– Un grand bateau pour voyager tout le temps dans les îles avec des cocotiers.

Monique a choisi une maison blanche au bord de la mer avec des oiseaux et moi j'ai dit :

– Venir ici.

Chris a ri et a dit :

– C'est pas la peine que la guerre finisse alors ?
J'ai dit :

– Si, quand même.

Au fond, elle avait raison. Si je reste ici toute ma
vie avec elle, ça m'est égal que ce soit Hitler ou
Roosevelt ou Pétain qui soit le chef.

Après on est rentrés par un autre chemin, on a
pris un pont en bois qui bougeait au-dessus de la
rivière et la forêt était tout autour.

Je comprends qu'il y ait plein de résistants par
ici, ils doivent être totalement introuvables tellement les arbres sont serrés… Ce qui est drôle, c'est
qu'il y a plein de branches, je pourrais faire des
milliards d'épées, droites, pointues, impeccables,
eh bien j'y pense même pas. C'est pas que j'aime
plus les mousquetaires, Fracasse et tous les autres
mais j'ai pas beaucoup de temps. On est arrivés
avec les jambes deux fois plus raides et tout
douloureux dans les mollets, elle, elle n'a pas mal,
c'est une femme très sportive malgré sa minceur.

Mathilde a fait de la soupe avec des morceaux, à
la maison j'aime pas quand il y a des morceaux,
j'aime bien quand c'est écrasé, mais ici j'ai même
pas fait attention, j'en ai repris deux fois et on est
allés se coucher, j'avais les oreilles qui me sifflaient
de fatigue. C'est pour ça que j'ai pas écrit hier, je
serais même pas arrivé à soulever le porte-plume.
La dernière chose que j'ai entendue, c'est sa voix
dans le parc, elle parlait avec Mathilde et le soir
était tombé et les voix quand la nuit vient réson-
nent plus qu'au milieu du jour, et puis tout s'est tu
et c'était le matin.

Il y a une chose formidable ici, c'est qu'il n'y a
personne.

Dans le village quand on y va, sur les routes,
dans les chemins, parfois on voit une vieille au loin
avec un chapeau de paille ou un foulard, c'est tout.
C'est un pays sans humains… On dirait qu'on est

les seuls sur la terre, Monique, Chris et moi, et Mathilde bien sûr.

L'autre jour il est passé une voiture remplie de paille avec des gens dessus, c'étaient deux gros percherons qui tiraient, ils avaient chaud et il y avait des enfants, mais à part ça tout est vide et c'est très bien. Il y a une école pourtant, près de la mairie, sur la place aux platanes. C'est tellement petit que je me demande s'ils peuvent apprendre quelque chose là-dedans.

Je vais lui faire un poème, c'est mieux qu'un dessin, ça fait moins enfant. Je lui mettrai sous sa porte.

J'ai vu sa chambre, c'est un lit avec des rideaux comme Traîtresse Infâme en voudrait, et les rideaux ça va avec la tapisserie, c'est des fleurs. Pas de bananes carrées. Donc je vais lui écrire des vers.

J'ai pas dit encore qu'il y avait une bibliothèque. Pas une bibliothèque comme Pap a, parce que lui quand il dit « la bibliothèque », c'est un meuble avec des vitres et on voit les livres à travers, pas ici, ici la bibliothèque c'est une pièce entière, pas grande mais quand même, et il y a des livres jusqu'au plafond, et pas de Bibliothèques vertes, des reliés très rouges avec les lettres en or comme mon prix de bonne camaraderie que j'avais eu au préparatoire. Il y en a partout. Dedans il y a des poètes, j'ai feuilleté un peu alors je pourrais recopier, mais c'est pas l'idéal parce que peut-être elle reconnaîtrait, alors je vais le faire moi-même au brouillon pendant la nuit.

Pas un truc d'amour ou une couillonnade comme ça, quand même qu'elle sente un peu de quoi il s'agit. Des vers hypocrites quoi : j'en ai fait déjà pas mal mais des histoires de duellistes comme Cyrano; c'est pas très dur, il faut compter les pieds, ça rime et voilà.

Je ne pense pas à Traîtresse Infâme ni à Pap. Je leur ai fait une lettre parce que c'était prévu comme ça et que l'enveloppe était écrite avec le timbre de Pétain collé mais je n'y pense plus. J'ai dit qu'il faisait beau que je jouais bien que je mangeais bien et que je respirais le bon air. Des trucs de gosse.

Forcément que je respire, sinon je serais mort. Et qu'est-ce que je respirerais d'autre que le bon air ? Il n'y a que ça à la campagne. Je vais quand même pas en chercher du mauvais spécialement… Enfin ça leur fera plaisir.

Pourquoi ils n'ont pas de maison à eux ? Comme ici ? Je me demande pourquoi ils sont comme ça depuis le début, toujours un peu pauvres, avec les enveloppes, toujours à chercher le moins cher pendant des heures. Pourtant Pap travaille. Et Monique jamais. Pourtant, c'est elle qui a des sous. C'est pour ça qu'il y a des révoltes politiques, les communistes, tout ça…

On entend les oiseaux. Un chien aussi le soir, il est très loin, dans une ferme, ou alors il s'est perdu et il cavale entre les arbres de la forêt, et à l'aube il va se faire bouffer par la chèvre de M. Seguin. Je dis des conneries exprès, je m'endors et j'ai encore le poème à faire et j'ai raconté beaucoup ce soir et j'ai presque plus d'encre et bonsoir tout le monde.

L'eau chante une chanson avec son doux clairon.
Une femme est assise et s'endort dans la joie
Il fait si beau qu'elle est couverte de rayons
Elle a des boutons rouges au côté droit.

Voilà, c'est comme ça que ça commence. Ça va être très long, c'est la première strophe.

Premier vers, c'est le clairon qui m'énerve. D'abord on chante pas avec un clairon et qu'est-ce qu'on chanterait d'autre qu'une chanson et puis le clairon ça fait pas un bruit de ruisseau, donc je pourrais remplacer par violons mais ça fait pas très beau quand même.

Dans le deuxième vers, elle s'endort assise, ça fait drôle, il faudrait dire qu'elle est appuyée à un tronc d'arbre sinon elle va tomber, ça ferait trop long. Et puis elle s'endort dans la joie, ça fait drôle aussi. Et puis les boutons rouges au côté droit, c'est vrai qu'elle avait une robe avec des boutons rouges, mais si on le sait pas ça fait un peu varicelle. C'est presque comme la récitation du *Dormeur du val*, mais elle doit pas connaître, bon enfin c'est pas très bon mais je vais laisser comme ça et je ferai plus poétique pour la suite.

Aujourd'hui c'est torride de chaleur.

Incroyable.

Mathilde a dit que ça va péter en orage, je ne crois pas. Quand je vois le ciel, presque violet clair, on pense qu'il ne pleuvra jamais plus et que c'est fini pour des millions d'années, les nuages et le gris et le froid et toutes les saloperies. On croit que ça bougera plus jamais, un bleu fixé toujours comme une peinture qui tiendra toute la vie.

On est allés faire les commissions à la ferme et c'est aussi dégueulasse que Grangermont mais plus gai à cause de l'accent, à part ça c'est toujours la même merde.

Monique, ils l'appellent « mademoiselle Monique ». Pourtant ils doivent bien savoir qu'elle est mariée. Je me demande quand même bien ce qu'il fabrique, le mari.

J'ai réfléchi qu'il faudrait que j'arrive à entrer en douce dans la chambre et que j'espionne un peu parce que ça devient mystérieux.

Ce matin, Mathilde m'a montré le haut du toit. Tout est caché par des plantes grimpantes, comme des sortes de fusains, c'était un peu rouge, à peine,

162

juste le bout de la pointe des feuilles et elle a dit :

– C'est l'automne.

J'ai pensé à autre chose : c'est des trucs de paysan, ça ne veut rien dire, et puis elle est très vieille maintenant alors même en plein été c'est toujours un peu l'automne pour elle. Voilà.

Et puis il y a trois gosses qui sont venus à la grille pour jouer.

Alors là, les vrais de vrai. Il faut que je décrive en partant des pieds comme dans les exercices du livre de lecture. D'abord les galoches énormes avec le bout qui relève, comme au cirque et quatre pointures au-dessus, ils doivent se les passer de père en fils et pas de chaussettes. Après les jambes brunes que l'on dirait peintes, et puis le pantalon, la chemise, il y en a même un qui avait une veste par 30 à l'ombre et la tête ronde et tondue mille fois pire que chez Drosset et par-dessus pour finir l'ensemble un béret terrible, tout noir, enfoncé et qui pend quand même sur le côté. Il y avait une fille aussi, pas de béret et pas tondue, mais avec un air tellement bête que ça m'a fatigué rien que de la voir.

On a joué un peu, pas beaucoup, ils voulaient piquer des grenouilles près de la mare et leur souffler dedans avec une paille jusqu'à ce que ça éclate.

– On dit que c'est la DCA, a dit Robert.

C'est le plus grand. On voit tout de suite l'intelligence absolue. Chris a failli vomir et moi j'ai dit on pourrait jouer à autre chose mais il faisait trop chaud alors on s'est assis dans l'herbe et ils ont remué leurs souliers, et on s'embêtait tellement qu'on a parlé de l'école. Ils ont même pas fait Napoléon, la Révolution et tout ce qui s'ensuit. Ils croient peut-être qu'on est encore sous Louis XVI.

Le plus con c'est le plus grand, à un moment donné il a mis la main sur le devant de sa sœur et il m'a dit :

– T'as vu ? Ça pousse !

Et la crétine qui riait. Je trouve ça totalement salaud, c'est vraiment la campagne. Il a continué en parlant de lolos.

Répugnant.

Chris ne disait rien évidemment. C'est bien les filles.

Enfin j'en avais marre, ces types vivent trop avec leurs vaches, alors ils savent plus très bien ce qu'il faut pas dire.

En fin de compte j'ai proposé de jouer à l'épée mais il a fait semblant de ne pas entendre et il a dit une chose énorme et vraiment là j'ai pensé que c'était un vrai malade et que les siennes elles devaient être descendues en quatrième vitesse depuis longtemps, il a dit carrément :

– Tu veux que je te montre son cul à ma sœur ?

« Son cul à ma sœur », même pas causé français.

J'étais sidéré. Surtout que c'était un beau coin derrière la maison, l'endroit où ça fait le plus Moyen Age, avec la tour de l'ancien moulin presque écroulée, dès la première fois ça m'a fait penser à la maison de Cyrano et de Roxane quand ils étaient petits à la campagne.

Alors pour en revenir à ce grand con avec son grand béret, je lui dis « non » et alors là il se dépasse lui-même et il dit :

– Pourquoi tu veux pas le voir le cul à ma sœur ?

J'ai cru que j'allais plus savoir quoi dire tellement j'avais les gouttes qui me coulaient dans le dos et puis c'est vrai que Monique pouvait arriver d'une minute à l'autre et alors là c'était foutu pour la vie si elle m'avait pris en train de regarder le cul tout blanc de cette péquenaude. Je dis tout blanc parce que j'imagine qu'il est blanc, c'est pas parce que je le sais, mais enfin un cul c'est blanc en général.

Bon, enfin j'en avais tellement marre, surtout que Chris ricanait de plus en plus, que je lui ai dit :

– Mais pourquoi tu veux absolument que je voie le cul à ta sœur ?

C'est vrai, à la fin, pourquoi il m'emmerdait avec ça depuis des heures ? Et alors là, il se gratte la tête sous son béret et il dit :

– Parce que c'est 1 franc.

Alors là, c'était la meilleure. Il se fait une tirelire en montrant le cul à sa sœur ! Ça m'a révolté et j'ai dit :

– Et pourquoi tu montres pas le tien ?

Alors il a battu tous ses records et il a dit :

– Dans le village tout le monde préfère celui à ma sœur.

Pas dégoûtés dans le village.

A ce moment-là Monique est arrivée avec les tartines pleines de confiture collante et elle leur en a filé aussi et c'était bien du gaspillage de donner son goûter à des salauds pareils. Elle a demandé :

– Vous jouez bien ?

Elle a parfois de ces questions.

Chris a commencé à rigoler et les trois cons aussi. Tout le monde sauf moi. Alors Monique a dit :

– Joseph, tu peux venir une minute ?

En fait c'était une excuse pour me tirer de là parce qu'elle a vu que je m'embêtais. On s'est baladés sur la route et à un moment elle a dit :

– Qu'est-ce qu'ils voulaient ?

J'ai répondu rien du tout, j'ai vu qu'elle ne me

165

croyait pas. Elle m'a demandé si je ne m'ennuyais pas de mes parents et j'ai dit pas du tout. Après j'ai réfléchi que je n'aurais pas dû le dire si vite parce que ça fait égoïste, le type qui oublie les gens dès qu'il les voit plus, et puis moi je suis ici au soleil, je m'amuse et eux ils sont restés là-bas dans l'appartement et c'est drôlement chaud l'été, il y a le beurre qui fond même si on le met dans l'eau. Il y en a presque pas et en plus il fond alors c'est pas de chance... Ils sont peut-être allés à la Comédie-Française dimanche dernier mais ça m'étonnerait, ils ont dû profiter que j'étais pas là pour ne rien faire. Ils ont dû se réconcilier avec les Goulier et Traîtresse Infâme doit dire de temps en temps : « J'espère qu'il profite de la campagne avec cette dame. » Elle a ses yeux dans le vague et après elle rajoute « Povchéri ». Je l'entends d'ici.

J'ai parlé d'eux avec Monique, je lui ai dit qu'ils étaient toujours un peu pauvres et qu'ils se décidaient jamais quand il fallait acheter un costume. Ça l'a fait rire mais pas trop et après on est arrivés dans un endroit tellement plein de feuilles et d'herbes que l'air sentait le sucré. Après on a parlé de la guerre, elle a dit que ça n'allait plus durer longtemps à présent et je lui ai demandé si alors son mari reviendrait. Elle m'a dit que c'était un peu compliqué et on a parlé d'autre chose et j'ai compris qu'il fallait pas insister et pendant tout ce temps-là j'avais les yeux qui me piquaient de larmes tellement j'étais bien.

J'écris pas le nombre de jours qui reste, je le connais, mais si je l'écris pas je l'oublierai plus facilement. Je me dis qu'elle va retourner avec moi mais on ne sera plus complètement ensemble comme en ce moment.

J'ai demandé à Mathilde si je grandissais, elle a simplement répondu :

– Tu crois pas que tu vas rester tout le temps comme ça ?

Merci du renseignement. J'arrive pas à savoir, on dirait que ma culotte descend moins bas qu'à l'arrivée mais ça dépend de la façon dont je me penche et puis ça le fait surtout à la jambe droite, ce qui indiquerait que je pousse de travers. Enfin j'en sais rien.

Tout ce que je sais c'est que je pèle, la peau s'en va en dentelle : je suis arrivé blanc, j'ai tourné au rouge, ça s'en va et je vais retourner blanc. Personne ne va croire que je suis allé à la campagne. Qu'est-ce que j'ai ce soir à parler du retour ?

J'ai regardé le haut des feuilles de la vigne vierge et c'est vrai que ça fait rouge de plus en plus, une bordure de vermillon délayé avec du sale, une sorte de rouille.

Quand je repense à ce con avec son béret, je n'en reviens pas. Peut-être il a une fortune chez lui, je me demande s'il partage avec sa sœur. Ce serait normal parce qu'après tout c'est elle qui fait tout. Je trouve ça répugnant. C'est le contraire de la poésie.

En parlant de poésie, je recopie le quatrain suivant :

La nuit qui se répand sur la belle montagne
Sent la fleur du jardin, la belle est accoudée
Ses beaux yeux sont au loin ils regardent
[l'Espagne
Et moi qui suis en bas je pleure dans le pré.

Evidemment ça rappelle *Cyrano*, elle est sur son balcon (c'est pas marqué, on devine) et le type est en bas et il est triste. J'aime pas trop « dans le pré » parce que ça fait un peu vache laitière, mais il faut que ça rime et quand même ça s'oriente de plus en plus vers le poème d'amour. Si je lui donne elle va peut-être comprendre tout de suite et elle va se fâcher. C'est un risque.

On verra, je crois pourtant pas que ça la choque.

Ce que j'aime bien c'est « ils regardent l'Espagne ». L'Espagne ça fait joli, c'est un pays qui a un nom de poésie.

J'ai oublié de dire qu'il y avait des lapins et un chat, un gros avec une oreille pointue et l'autre carrée parce qu'il en manque un bout. Mathilde l'appelle Hitler parce qu'il a de la moustache. Ce qui est drôle c'est qu'il entend le contraire de nous, si je fais un cri terrible il ouvre même pas ses yeux en fente, et s'il y a une mouche à l'autre bout de la cuisine il frémit avec tous les poils qui bougent.

Il y avait un chien avant mais il est parti, Mathilde dit tant mieux parce qu'il mangeait trop et qu'il courait après les poules, enfin tout ça c'est des histoires de ferme. Pas très intéressant mais j'ai dit que je raconterais tout.

Peut-être dans des années je ne me rappellerai plus bien et je serai content de lire tous ces renseignements.

Peut-être je serai marié avec elle et je lui montrerai ce cahier. Ça m'a fait drôle rien que d'y penser.

Il y a du vent dehors qui commence. C'est peut-être l'orage dont parle Mathilde.

C'est fini pour un jour encore. Il se passe plein de choses dans ces journées et pourtant elles filent, allez cette fois, j'éteins.

Il a plu cette nuit et ce matin tout est nettoyé brillant. C'est tout neuf dans le soleil, les collines, la prairie et chaque herbe, surtout les fusains bien astiqués.

Elle a mis un pantalon comme les fermières,

mais ce qui est bien c'est qu'elle a pas l'air d'une fermière dedans. Je ne sais pas comment elle fait. Cet après-midi on va aux haricots. C'est Mathilde qui est le chef : c'est assez loin passé le village, dans un jardin en pente. Il paraît qu'il faut cueillir à genoux. Chris m'a dit que c'était terrible, ça fait des paralysies et on peut plus marcher pendant des jours. L'avantage c'est que c'est à l'ombre; parfait pour mes coups de soleil.

J'ai demandé pour le débarquement où ça en était, personne ne sait. Il y en a qui ont la radio dans le village, Mathilde dit qu'on leur cause pas. Je me demande si Pap bouge ses drapeaux.

En tout cas, ici, pas d'alerte. J'y pense même plus.

Ça va me faire drôle quand ça va sonner la première fois.

Je l'ai pas dit mais je mange énormément, d'abord par politesse, pour pas faire celui qui est difficile, Traîtresse Infâme l'avait dit : « Tu manges bien de tout. » Et puis aussi pour grossir évidemment. Ce qui serait marrant, c'est que je grossisse beaucoup et que j'arrive à Grangermont plus gonflé que les péquenots avec des joues comme le drapeau russe, la faucille en moins. Je me demande s'ils avancent aussi ceux-là. Depuis Stalingrad, on dirait qu'ils se reposent. En tout cas c'est l'impression qu'ils donnent.

De là où j'écris je vois Mathilde qui prépare les paniers pour tout à l'heure. Ça va me faire les biceps. Ce qui est bien à la campagne, c'est une pensée qui m'est venue comme ça, c'est qu'il n'y a jamais la guerre.

Les Américains ne vont pas bombarder les vaches et les champs de haricots, c'est sûr. C'est les villes qui se font la guerre. A Berlin il paraît qu'ils se font tous écraser sous les maisons. C'est bien fait. Enfin évidemment il y a les innocents, comme dit Traîtresse Infâme, les enfants qui viennent de naître et ceux qui sont pas d'accord, etc. Mais ça n'est pas possible de faire autrement et ça devient difficile à comprendre.

De toute façon, guerre ou pas guerre, je reviendrai ici.

Dans cinq ans comme je l'ai déjà dit. Je me rappellerai le temps où j'étais petit et où j'écrivais que je reviendrais. Peut-être Mathilde sera encore là bien qu'à mon avis à cet âge-là elle sera morte et Hitler aussi parce qu'il est vieux également et alors je ferai l'amour avec Monique.

Je sais tout là-dessus, pas d'histoire.

Avant je croyais, mais ça fait longtemps, que c'était par le nombril, et des conneries de gosse et puis aussi que le type il faisait pipi dans la bonne femme et que c'est comme ça que ça poussait, bien arrosé comme les géraniums, et vraiment je me demandais comment on pouvait arriver à faire une chose aussi dégueulasse sans parler des draps qui devaient en prendre un coup et même peut-être le matelas pour les types à grande vessie.

Maintenant je sais mieux, quand même je ne suis pas sûr que ça va me plaire.

En tout cas je suis sûr que je vais être gêné parce que personnellement je trouve que ça fait sans-gêne et il faudra que j'essaie avec une autre avant pour ne pas avoir l'air débutant. C'est pas que ça me plaise mais ce serait mieux.

Maintenant, quand j'irai au cinéma après la guerre, je ne verrai plus les films pareil : avant quand ils s'embrassaient ça me cassait les pieds, c'était toujours long et toujours la même chose, bref du temps perdu. On voit la bonne femme qui se rapproche du bonhomme ou les deux ensemble, et puis on voit leurs têtes et elle fait une grimace avec la bouche et on sait ce qui va se passer, ça rate jamais. Edwige Feuillère elle fait toujours ça.

Même dans *Le Capitaine Fracasse* on n'y coupe pas.

Eh bien maintenant je sais que ça m'intéresserait.

C'est pas une question de vice ou de truc dégueulasse comme l'autre con avec son béret et sa sœur, c'est que l'actrice je penserai que c'est elle et le type que c'est moi.

Même sans cinéma j'y pense et ça me fait comme un rêve magnifique. Je change un peu les décors, parfois on est ici dans cette maison ou bien on est dans une tour après le duel et je fonce sur elle avec encore ma rapière et je suis un peu blessé partout et on s'embrasse, ou bien je descends d'avion avec une mitraillette, enfin en général c'est surtout avec l'épée et les anciens costumes. J'ai même commencé une histoire là-dessus parce qu'Otto von Prinz j'aimais pas tellement. Là c'est le duc de Bellefontaine (c'est moi) qui revient dans son château natal à la campagne et il découvre que des bandits de grand chemin ont enlevé sa fiancée; aidé de sa bonne vieille servante il part à leur recherche, évidemment je n'ai pas beaucoup de temps avec les balades, les haricots, la poésie à finir, ça n'avance pas beaucoup.

Il fait tellement beau que même les oiseaux dorment à l'ombre.

Je sens que je m'endors aussi. J'espère qu'après les haricots je ne resterai pas paralysé trop longtemps, à mon avis elle exagère ou c'est parce qu'elle n'a pas assez de muscles comme toutes les filles.

Mathilde a ramassé des escargots ce matin avant qu'on soit levé, il y en a plein le panier à salade, ça bave partout. Elle va nous les faire manger. J'espère le savoir qu'après. Ça fait comme du caoutchouc vivant et mouillé. Je sais bien que Traîtresse Infâme m'a dit de tout manger mais quand même.

Si on me met un tas de merde dans l'assiette je vais pas dire que c'est bon. Enfin on verra.

Ce matin après le café au lait on a parlé de Dieu.

Chris va au caté cette année parce qu'elle veut faire sa communion, à mon avis c'est pour le costume, la robe longue et tout le saint-frusquin, comme dit Mathilde.

Moi je le fais pas parce que Pap n'est pas du tout pour les curés et ce genre de choses. Mais enfin Chris a dit qu'il existait, que c'était sûr, la preuve c'est qu'il a fait la terre avec le ciel, les arbres, toutes ces choses magnifiques que personne d'autre aurait pu faire et patati et patata. Sans oublier le soleil parce qu'il faisait soleil et s'il avait plu elle aurait dit la pluie aussi et les haricots également, alors comment ça se fait qu'il les ait pas faits tout cueillis pour éviter les paralysies des genoux, on ne peut pas discuter avec elle sur cette histoire-là.

Ça faisait rire Monique et j'ai quand même dit qu'il avait peut-être inventé le monde mais qu'il avait aussi inventé les maladies, on ne peut pas dire le contraire, alors elle a commencé toute une histoire en disant que le monde les étoiles la nuit le jour c'était immense et formidable et qu'à côté les maladies c'était trois fois rien, juste une sorte de petit défaut.

Une sorte de petit défaut. On voit bien qu'elle n'a jamais eu la varicelle. Sans parler de la diphtérie et de la tuberculose où il faut aller en sana et tous les gens en meurent.

– Et la guerre? Pourquoi est-ce qu'il y a la guerre?

– La guerre, c'est pas lui qui l'a faite, ce sont les hommes, il n'y est pour rien.

Là elle a cru m'avoir mais je m'y attendais à celle-là.

– Si c'est les hommes qui ont fait la guerre,

pourquoi il a pas fait des hommes qui n'ont pas envie de faire la guerre?

Alors là elle est restée la bouche ouverte et j'ai continué avec les tremblements de terre. S'il est si fort que ça, pourquoi il a fait les tremblements de terre? Et les raz de marée? Et Hitler? Et la peste et même le rhume et les moustiques? Ça sert qu'à piquer, un moustique, alors pourquoi il a fait le moustique? Si c'est lui qui a fait les étoiles et le ciel et chaque feuille d'arbre avec toutes les complications, pourquoi il est allé s'emmerder à fabriquer un moustique qui sert à rien qu'à faire chier le monde?

Je l'ai pas dit comme ça mais elle est quand même restée le bec dans l'eau et elle était tellement en colère que j'ai cru qu'elle allait me jeter le bol, heureusement qu'il y avait Monique. Et alors là elle a commencé à dire n'importe quoi :

– Et alors si c'est pas lui qui a fait les montagnes et la mer et tout, qui c'est?

J'en sais rien, moi, qui c'est, j'ai dit que ça a toujours été comme ça, que ça s'est fait tout seul et elle a dit non, c'est pas possible, pour n'importe quoi il faut qu'il y ait un fabricant, elle a regardé la table et elle a dit pour la faire faut un menuisier donc il faut Dieu pour les montagnes, et alors j'ai dit que ça m'étonnerait parce que c'est drôlement mal fait tout irrégulier avec des creux et des bosses et on voit bien que personne n'a jamais travaillé à ça puisque c'est pas régulier. Enfin quand elle est devenue complètement folle enragée, je lui ai dit bon allez ça va d'accord il existe, pour faire le généreux, et c'est devenu pire et elle est partie en pleurant et je me suis trouvé vraiment comme un con et Monique n'a pas été fâchée quand même, mais après tout c'est son droit de croire au bon Dieu à Chris.

Enfin j'ai fait le con.

Monique l'a ramenée, et elle a continué à tremper ses tartines avec les yeux rouges, et j'ai dit que ça me gênait pas qu'elle croie et que même je pouvais aller à la messe dimanche si elles voulaient et c'est là que Monique a dit :

– Dimanche nous serons partis, Joseph.

Moins d'une semaine.

Et je n'ai pas fini le poème !

Voilà, c'est les plus beaux moments de ma vie et pourtant c'est la guerre et je ne veux plus quitter tout ça. Mathilde dit qu'il pleut en septembre et qu'après le froid vient, je n'arrive pas à croire que cette maison existe dans le gris et le vent. Je n'y arrive pas.

Ça va reprendre, l'école, toute cette dureté, ces cons de profs avec leur orthographe et leurs baignoires percées et le traité de Westphalie et les gros mecs à biscotos dans la cour et l'infirmière à moustache et l'huile de foie de morue et la descente des couilles et les bombes la nuit, les alertes, peut-être on va mourir... Merde, il faut rester, ici avec elle, je serai très grand d'un coup et je la prendrai contre moi comme Pierre-Richard Wilm et je sentirai ses lèvres et on fera des choses un peu répugnantes sous les draps, bon Dieu pourvu que personne lise ce passage.

Des fois j'écris des choses comme ça et après j'ai la trouille. Mais personne ne lira, je préférerais être mort sous les gravats de la maison.

Je ne vais plus penser à ça, il y a tout l'après-midi aux haricots et puis encore quatre jours et on n'en verra jamais le bout. Enfin si, mais dans longtemps.

Je joue à ça quelquefois avant d'aller à l'école : il faut que je me lève à 7 h 35 et je me réveille à 30 et je crois parfois que l'aiguille n'arrivera jamais à franchir les quatre petites barres, ça me semble impossible, on croit que ça ne viendra jamais si on ne le veut pas. En forçant dans sa tête on doit pouvoir arriver à freiner.

C'est l'inverse pendant les cours de Duploux, avec la tête je pousse l'aiguille et c'est elle qui freine, bien sûr tout ça ne sert à rien, mais juste pour dire. Et puis c'est pas une question d'heure, c'est les jours et c'est bien autre chose, c'est vingt-quatre fois plus long. Enorme.

C'est drôle l'après-midi, je suis peut-être le seul à ne pas dormir. Peut-être la dernière nuit je ne dormirai pas, pour bien profiter de toutes les minutes. Ça y est, j'ai entendu bouger dans la cour, on va partir aux haricots. Je reprendrai ce soir.

J'ai bu du vin.

C'est un vieux du village qui nous en a donné sur le chemin du retour et comme on n'avait pas de verres on a bu au goulot et c'était frais, avec la soif on a forcé et Chris n'a pas mangé ce soir parce qu'elle a cassé deux assiettes en mettant la table et qu'elle s'est mise à rigoler et hop au lit. C'était pas sa journée aujourd'hui.

Mathilde et Monique étaient derrière et, quand elles sont arrivées, on avait fini de boire. Le résultat c'est que j'ai eu du mal à ne pas tomber par terre et Mathilde a dit c'est ti pas malheureux de voir ça. Elle n'a rien vu, c'était une façon de parler, et personnellement je n'ai rien cassé mais j'ai trop sommeil pour écrire et si je dégueule, le mieux c'est par la fenêtre en évitant les géraniums parce que si je vais dans les waters on va m'entendre et je ne veux pas qu'elle croie que je suis soûl.

Pas de poème ce soir, avec la fatigue des haricots et le pinard c'est pas possible.

C'est pas fort le vin, avant je croyais que c'était

râpeux et fort, pas du tout, ça coule et c'est froid, je boirais des litres. C'est après que ça déconne.

Le mieux c'est que je descende en douce pour aller vomir tranquille derrière la grange. Si j'ai le temps, c'est ce que je fais, parce que la fois où j'avais été malade, l'année dernière, avec des aubergines trop vieilles, j'avais même pas eu le temps de me lever, c'était sorti en fusée, j'avais repeint tout un mur d'un seul coup, tous les cons de moutons noyés. Et puis après c'est répugnant dans la bouche partout.

Je vais résister.

Je dois pouvoir arrêter l'envie, c'est comme pour l'aiguille, il faut pas qu'elle arrive sur le 5, si je vomis pas je crois en Dieu, malgré les moustiques et les montagnes mal foutues. Je ne sais même pas quelle heure il est...

J'ai pas fini la phrase parce qu'il s'est passé des choses tout de suite après.

Monique est entrée pour voir si j'allais bien parce que Chris elle ça allait pas du tout, elle avait la tête dans le lavabo et de temps en temps elle lançait des rafales comme la DCA et comme j'ouvrais la bouche que j'allais très bien impeccable, pas malade rien du tout, j'ai senti que ça venait et que j'allais tout rendre sur sa robe de chambre. On a couru et crac! juste comme j'arrivais c'est sorti tout d'un coup comme une bombe pourrie.

Je sentais qu'elle avait sa main sur mon front pendant ce temps et ça me faisait chaud et après elle nous a mis une serviette mouillée à Chris et à moi comme des fakirs. J'avais envie de lui dire que tout ça prouvait bien que Dieu existait pas, sinon il aurait pas fait le vomi, mais c'était pas le moment de faire le con encore plus que le matin.

C'est pas ce qui est arrivé de plus grave, enfin je ne sais pas si c'est grave, peut-être que oui.

Monique a dit que je resterais coucher dans la chambre de Chris, comme ça s'il y en a encore un de malade l'autre viendra la prévenir – c'était pratique, et il y a un deuxième lit dans le renfoncement du mur, un grand lit en bois qui fait comme un bateau, rien à voir avec mon berceau à la con, et je me suis couché là avec le dedans de la bouche tout acide et encore un peu mal au ventre et dans le dos et les genoux, mais ça c'était à cause des haricots et c'est vrai qu'avec toute cette histoire j'ai pas eu le temps de raconter, enfin en gros on en a cueilli des tonnes mais on n'est quand même pas paralysés.

Donc je reviens à ce qui est grave.

Pendant qu'on est dans la même chambre et que je m'endors malgré les douleurs, j'entends un bruit mouillé de l'autre côté de la chambre et je me demande si c'est pas Hitler qui est rentré ou quelque chose dans ce genre et j'entends que Chris se mouche. J'y pense plus et voilà que ça recommence et je comprends qu'elle pleure. Alors je m'assois et je l'appelle à voix basse et je ne sais plus très bien ce que je lui dis, voilà ce que ça fait comme dialogue :

– Chris, qu'est-ce que tu as ? Tu es malade ?

Elle répond pas et toujours le bruit mouillé.

– Chris, tu es malade ?

– Non.

Je me souviens, sa voix, comme Hitler quand il miaule, juste un petit bruit très aigu.

– Alors pourquoi tu pleures ?

– Je pleure pas.

– Alors qu'est-ce que tu fais ?

Elle a pas répondu et je savais pas quoi faire, c'était con d'appeler Monique pour rien, d'un autre côté elle pleurait, c'était sûr, je l'entendais bien, et quand même elle pleurait pas pour rien, c'est qu'elle avait mal, elle pouvait pas dire le contraire.

J'ai pensé me lever et aller voir mais alors là j'ai senti la gêne.

Ça faisait trop comme dans les films avec Pierre-Richard Wilm ou Fernand Gravey.

On voit le type qui s'assoit près de la dame qui a la tête sur son oreiller et ils causent un peu et puis crac. Alors là, non alors, c'est des trucs dégueulasses et puis avec les serviettes mouillées ça l'aurait foutu encore plus mal et puis Chris je m'en fous et j'ai que onze ans quand même et alors c'est elle qui a parlé et, au son de la voix, j'ai compris qu'elle s'était assise et elle a parlé.

Là je recopie exactement, parce que je m'en souviens bien et peut-être je l'oublierai jamais de toute ma vie. Il pourra y avoir le débarquement, la fin des tickets, la paix, et j'aurai un métier et de longues couilles et une barbe, je m'en souviendrai encore, et même maintenant j'ai du mal à l'écrire tellement elle avait plein de peine dans la voix, plus de peine pour le dire que j'ai de l'encre pour l'écrire, et même j'arrive pas à tracer tellement ça me gêne, c'est le manque d'habitude peut-être, c'est des mots que l'on pense, moi je ne les dis jamais. Elle les a dits avec sa voix qui sautait parce qu'elle était comme bousculée par les larmes, elle a dit :

– Pourquoi tu ne m'aimes pas moi, plutôt ?

Ça m'a fait un poids dans le ventre pire que le pinard de l'après-midi. J'ai quand même fait celui qui n'avait pas compris.

– Plutôt que qui ?

– Plutôt que Maman.

Ah ! là ! là !

Pire que l'arrêt de Duploux derrière mon dos pendant la dictée.

J'ai pas pu répondre tellement j'ai eu peur et pourtant d'habitude je suis assez bavard comme type, mais là, c'était trop grave. Elle avait tout compris, tout vu, tout su depuis le début. J'ai fait :

– Mais tu deviens fadade !

Fadade c'est un mot de Mathilde, ça nous faisait rire l'autre jour rien que de répéter la syllabe et je pensais que ça ferait du bien à l'atmosphère. Pas du tout. Elle a tapé sur l'oreiller avec son poing, je la voyais pas mais je l'ai entendue et elle a dit :

– Tu crois que je suis aveugle, que je te vois pas faire ?

J'ai décidé à ce moment-là de mentir jusqu'à la mort.

– Faire quoi ?

– Tu la regardes tout le temps, toujours avec elle et les commissions que tu lui fais rien que pour la voir, et le dessin, etc.

Bref elle m'a tout ressorti, elle savait tout, comme la Cinquième Colonne, comme si elle était dans ma tête.

Alors j'ai fait remarquer que je ne pouvais pas aimer Monique parce que et d'une elle était déjà mariée à quelqu'un d'autre et de deux elle était trop vieille pour moi.

Elle m'a dit :

– Menteur.

Lui mettre la gifle n'aurait rien arrangé et puis j'avais quand même la colique qui revenait.

Je lui ai dit que c'était elle la menteuse et alors là ça a plus été un bruit mouillé, c'est devenu un bruit comme si on agitait de l'eau dans une bassine tellement elle pleurait, elle pleurait pas d'ailleurs, elle pleuvait, j'entendais les gouttes.

Elle m'a accusé avec des hoquets très forts que j'étais un menteur, parce que ça se voyait que je l'aimais et que je me foutais bien de l'âge et du mari et qu'elle était sûre que lorsque je serais plus vieux je voulais me marier avec. Alors là elle avait trouvé très très juste, c'était vraiment calculé, exactement ce que je m'étais dit.

Là j'ai eu envie de mourir tellement j'étais emmerdé de tout ce malheur, surtout que j'ai pensé qu'elle allait cafter dès le lendemain mais c'était comme si elle devinait tout, elle a dit :

– Je lui dirai rien, de toute façon elle le sait.

Elle sait rien du tout, comment elle le saurait ? Enfin je lui ai dit pleure pas, arrête de pleurer, etc. et après elle s'est arrêtée mais elle a recommencé son histoire parce qu'elle a demandé pourquoi je l'aimais pas elle.

J'en sais rien moi pourquoi je l'aime pas elle, alors je lui ai dit qu'on était trop jeunes et que de toute façon je n'aimais personne parce que je serais dompteur et je vivrais au milieu des tigres.

J'ai jamais dit autant de conneries de ma vie.

Alors elle a prétendu qu'elle connaissait un dompteur marié. Comme si on pouvait connaître un dompteur facilement !

J'espérais tout le temps qu'elle aurait sommeil et qu'elle se tairait et que je pourrais réfléchir tranquille, en fin de compte à un moment ça m'a fait comme une berceuse de l'entendre et j'ai dormi.

Ce matin au petit déjeuner elle a fait un peu la tête mais, bon, je lui ai mis son beurre sur sa tartine et après ça allait mieux, peut-être elle croit que je vais passer de l'une à l'autre comme ça, facilement, comme si j'étais un déménageur d'amour.

Les filles croient toujours que les garçons ne sont pas fidèles. Si on joue j'ai quand même intérêt à me garer un peu parce que je sens qu'elle voudrait bien qu'on se fasse le bisou.

Pas question.

C'est drôle parce que en arrivant ici j'étais un

type sans femme et aujourd'hui j'en ai deux. Malgré l'épi, la petitesse, les lunettes et le reste.

Je pourrais même dire trois parce que la sœur du crétin au béret c'était dans la poche aussi celle-là. Si j'avais voulu et que j'aie eu 1 franc, j'en rajoutais une à la collection.

Enfin moi pas d'histoire c'est Monique. Si Chris me coince dans un coin ça n'empêchera rien, on peut faire un bisou à l'une et aimer l'autre, ça n'empêche pas et même comme ça ça fait plaisir à tout le monde.

En tout cas pas question que je termine la poésie parce qu'évidemment ce serait une preuve de plus et c'est pas la peine d'envenimer les choses. Ça m'arrange d'ailleurs parce que la troisième strophe était un peu dure à venir, j'avais juste les deux premiers vers.

Les tilleuls du jardin sentent bon la verveine.
Si nous partons d'ici nous n'aurons pas de
[veine.

Le premier ça fait un peu drôle mais enfin le tilleul, la verveine, tout ça c'est de la tisane et ça sent à peu près pareil. C'est après qu'il devait y avoir une déclaration. Un serment. Tans pis.

Il s'est passé tellement de choses cette nuit que la journée a été comme plus lente. C'était une journée comme moi : encore un peu malade, endolorie.

Il a fait plus frais vers le soir et Monique a dit que je devais mettre un gilet. Ça m'a rappelé tout de suite la maison : j'ai vu Maman en train de le détricoter et de le retricoter, j'ai même entendu le bruit des aiguilles, et quand la laine m'a gratté sur les bras j'ai compris que maintenant je serais là-bas très vite. Ce gilet, c'était comme si toute la ban- lieue s'était refermée sur moi, avec les murs et les sirènes et Traîtresse Infâme et Pap et l'école et même tous les bouquins de la Bibliothèque verte avec toutes leurs histoires dedans.

Maintenant, cette campagne avec Mathilde, le chat, les haricots, le bon air, Chris, le soleil et Monique, c'était ça qui n'existait plus.

J'ai lu un livre une fois où le type qui raconte dit je ne sais plus très bien quoi et il finit en disant : « J'ai dit adieu à ma jeunesse. » C'est le genre de formule que j'aime bien, j'essaie d'en trouver des pareilles de temps en temps. Pas des pareilles vraiment mais des phrases qui terminent en faisant plaisir quand on les lit, mais moi je sais que je voudrais tout ramasser : les collines, le pique-nique, le jour où on a trop bu, tous les jeux qu'on a faits, la promenade des soirs tout jaunes et quand on s'est lavé les pieds dans les torrents et tout ça résumé dans les mots serrés d'une phrase qui finit le livre.

Je peux pas dire « adieu à ma jeunesse » puisque c'est déjà inventé et que j'ai quand même que onze ans mais il faudrait que je trouve quelque chose de bien, comme un vers. Je vais chercher. Cet après-midi, on va à la ferme des Roumious chercher des œufs. C'est après les bois, dans la rocaille, ils ont leur maison collée à un bloc de montagnes, ça fait très ancien, il y a quatre kilomètres qui grimpent.

Enfin ces jours-ci ça m'a fait comme une chanson, tout le temps, et peut-être elle va durer et j'en garderai une joie tellement forte que même plus tard il me restera encore quelques gouttes de fond de bonheur.

AUTOMNE 2003

Je suis dans un train. C'est un vieux wagon un peu déglingué. J'ai bloqué la lumière de la veilleuse avec un sac sinon la lumière saute, mais je peux écrire si je mets le papier juste dans l'axe du rayon. Il fait chaud sous les couvertures.

Roulis des express.

Je n'ai pas mal : ils nous ont bourrés de calmants dès la salle d'attente de l'ancienne gare de Lyon. J'en ai recraché pour ne pas dormir tout de suite, je veux profiter du voyage.

Pas si souvent que cela arrive.

Dernière chance.

Il fait nuit noire, en passant devant Alfortville j'ai tenté de percer l'obscurité au-delà de la vitre mais il n'y avait rien, que des masses sombres le long des voies, je n'ai pas vu ce que c'était. Je sais que l'on ne voit pas mon ancienne maison de la gare mais je l'ai sentie... Povchéri devait être là, sur le quai avec son béret et sa pèlerine, remuant sa main en guise d'adieu. Pourquoi d'adieu? Je t'emmène.

Adeline Wormer dort dans l'autre couchette.

Je sais son nom parce que nous avons tous notre étiquette autour du cou. Nous sommes les colis de la dernière guerre.

Elle dort douloureusement. Je sens d'ici l'effort

de chaque seconde pour ne pas se réveiller... Son œil est mouillé juste au coin... Ça va couler tout à l'heure le long de la tempe, dans les cheveux blancs, je surveille la progression de la goutte.

Au-delà de la joue d'Adeline, c'est le noir... Il y a des pas parfois dans le couloir... A la qualité de leur discrétion, je reconnais les infirmières. Peut-être Mlle Tromard. Je l'ai vue courir, toute sanglée, avec des valises, dans la folie du départ...

Garnier est là aussi... Je préfère.

Eh bien voilà, je n'aurai pas atteint mon objectif, m'asseoir sur le banc du parc et renverser la tête pour happer le froid descendu des frondaisons... Peu importe, il y aura d'autres bancs, d'autres arbres et d'autres parcs à Moltabelli si nous y arrivons.

Je n'ai rien emporté, les livres sont restés... Les miens entre autres... Ne plus les avoir près de moi me rend plus jeune : c'est comme si je n'avais rien écrit... J'ai emporté les deux cahiers, l'ancien et le nouveau. Et c'est comme s'il n'y avait rien eu au milieu. Un mioche passé directement au vieillard.

Nous allons crever en Italie. L'endroit en vaut bien un autre, tout pays peut faire un cimetière. J'y suis allé en bien d'autres circonstances... Moltabelli est à l'est de Venise, dans la plaine qui s'étend de l'Adriatique aux premiers contreforts des Alpes vénitiennes. La clinique est superbe, dit-on, un ancien palais désaffecté, Garnier a parlé d'une ancienne résidence des Doges... Pourquoi pas, je n'ai eu nulle panique, nulle crainte, comme si mon corps avait su pouvoir encore effectuer le voyage. Des familles sont venues, et j'ai alors infiniment savouré le bonheur d'être seul : pas de bruit de cris, ni de larmes... Curieuse humanité qui sauve d'abord ce qui lui est inutile. Les enfants, les malades... Ce doit être cela d'ailleurs, l'humanité.

Arrêt.

Je ne sais pas ce qui se passe. J'écris de plus en plus vite. Il y a eu ce gémissement des essieux, la torture du métal qui se plaint et puis ce silence absolu, rien n'est jamais aussi silencieux qu'un train arrêté... Adeline a remué et il y a un chuchotement dans le couloir... Il ne devait pas y avoir d'arrêt avant la frontière...

Voilà, c'est notre tour à présent, j'ai dû écrire il y a quelques jours que notre mort ne serait pas semblable aux autres puisque tout disparaîtrait avec nous; cela restait abstrait dans ma tête, une théorie, inanimée, mais c'est commencé à présent. Les repérages à ondes thermiques ont identifié la masse d'énergie sans particule qui fond sur la capitale. Il n'en restera rien cette fois...

Je ne veux pas penser à cela parce que mes larmes de vieux con vont couler, oh Povchéri on ne jouera plus *Cyrano de Bergerac* à la Comédie-Française... Il n'y aura plus de jardin vide peuplé de statues et de pigeons... Te souviens-tu des quais et des deux îles? J'ai habité longtemps rue Saint-Jacques, c'est là que Marceline venait, elle apportait des croissants de la rue de Buci, il y avait au printemps une odeur de chou-fleur permanente et un bistrot ouvert sur la rue, j'entends encore le bruit du percolateur et le choc de la tasse... Ça y est, ça coule, crétin, tu vas faire des ronds, délayer l'encre, ce serait bien dommage, il y a tellement de gens qui te liront...

Juste comme je venais de lire ton voyage, Povchéri, ta rencontre avec la verdure et les collines, je t'enviais un peu d'être parti lorsque l'ordre est venu... Droit sur l'Italie.

Nous avons de la chance, nous sommes des vieillards moribonds, mais surtout riches... Priorité à la vieille peau blessée et friquée... Derrière nous l'exode va éclater. Il a dû commencer déjà.

Je me demande si ma fin ne sera pas une

succession de trains... Si le nord de l'Italie devient une nouvelle cible, nous finirons ailleurs : le tour du monde de la mort, les touristes de la dernière heure, visitez le globe terrestre, profitez-en, il va finir messieurs-dames...

Nous repartons, un étirement dans la ferraille et une reprise lente du staccato... C'est la campagne, on devine des arbres mais rien de sûr...

Je suis passé à Venise dans les années 80. Un congrès d'ethnologie... Les congrès ont toujours lieu dans des endroits de soleil et de plaisir.

J'avais acquitté mon droit à être là en débitant ma conférence dès le premier jour et séché les trois autres. Il faisait beau, j'étais allé me baigner au Lido, et puis, assommé de soleil, j'avais voulu aller au cinéma, j'avais consulté le journal... On jouait un film français à l'Excelsior, parfait, je demandai à la réceptionniste de l'hôtel où se trouvait l'Excelsior... C'était une vieille dame, je la revois encore, âgée, souriante : « Tout droit et puis une fois *a destra*, une fois *a sinistra* et c'est derrière l'église... » Je pars.

Sentiment d'étrangeté immédiat.

Ces lieux où je me trouvais n'avaient plus l'air depuis longtemps hantés par les humains. Pas un chat, des ruelles où pousse l'herbe folle... Des odeurs de vieilles pierres derrière les murs des villas... Fadeur des canaux croupissants... Voici l'église. Cuite au soleil, elle bouche la rue.

Pas de cinéma.

Un lent cycliste naît de l'horizon. Je le hèle. L'Excelsior ? Il paraît surpris. Il hoche la tête tandis que ses yeux virent à la nostalgie et du doigt me montre une bâtisse aux briques disjointes. Derrière les grilles rouillées, sur la façade où le crépi part en plaques, un nom se délaye presque invisible : « Excelsior ». L'obligeant cycliste fait des gestes : fermé. Fermé depuis 1947. L'après-guerre.

Il mime la mort de Mussolini. Le patron était fasciste sans doute... L'Excelsior n'a plus jamais ouvert.

On dirait sous les palmes qu'il est aussi vieux qu'un vieux palais du Grand Canal.

Le nouvel Excelsior est à Venise, tout là-bas, à l'autre bout de la mer. Je ne verrai donc pas de film. Tant pis. Je ne regrette pas. Je suis heureux d'avoir connu Excelsior l'ancien. J'espère qu'ils ne le raseront pas, là où il est il ne dérange personne, c'est un coin oublié, personne ne vient jamais, à moins d'un kilomètre des cris perçants des baigneurs la vieille petite salle endormie reste à l'écart.

On ne s'occupe au fond jamais des morts. C'est bien mieux comme ça, mais pour moi, maintenant, ce congrès se résume à ce vieux cadavre dont la mer prisonnière vient lécher les bords.

J'errai dans le quartier de l'Académie avec quelques rares touristes. Je ne comprenais pas d'ailleurs pourquoi ils étaient rares lorsque le musée surgit devant moi, fermé!

J'ai donc la spécialité des cinémas en ruine et des musées fermés.

Tout cela sent la mort... A quoi peut-on s'attendre d'ailleurs à Venise? J'avais trouvé les façades bien mal en point, il me semblait que la dernière fois, vingt-cinq ans plus tôt, elles étaient plus pimpantes, moi aussi, enfin non je n'ai jamais été pimpant, disons que je fus plus neuf. Et il m'a semblé qu'il n'y avait pas autant de valises car Venise est la ville des valises et les Vénitiens les déplacent.

Autrefois ils peignaient des fresques, ils étaient boulangers, charpentiers, menuisiers... En 80, devant les hôtels, ils déchargent les bagages, les rechargent, grimpent des escaliers avec, les redescendent, des vies se font dans avec et par les valises, c'est ainsi que subsiste la cité.

J'ai enlevé une couverture. Je commence à étouffer mais rien ne s'est réveillé côté postérieur.

J'écris sur Venise pour ne pas penser à Paris. Je n'y laisse personne. Perdreau c'est tout, mais nous sommes bien vieux, tellement qu'il n'a pas eu le temps de venir...

J'ai trop quitté Paris, j'y ai trop peu vécu, du fond de l'Afrique je savais qu'il serait là au retour...

Il y avait eu une fin d'été où les soirées étaient de cuivre rose : la Seine huilée dormait sous les arbres paisibles et je revois les verrières transparentes du Grand-Palais inondées de la poussière d'or... C'est un détail qui me reste. Ce fut rapide, je passais en voiture à travers les Tuileries, le pont de la Tournelle, et j'avais vu ce spectacle : la grande bâtisse sculptée de lumière mousseuse, le dôme de crépuscule, comme un délicat élytre d'insecte... Je me souviens avoir pensé que je ne marchais pas assez dans la ville, qu'il serait bon d'en être le piéton, d'en aimer les pierres... Trop tard.

Je vais arrêter d'écrire car Adeline s'agite. Je ne la connais pas. Je me demande si ce n'est pas elle qui chantonne parfois dans le couloir.

Je reprendrai à Moltabelli.

Elle s'est rendormie... Un petit moment encore, quelques lignes à tracer avant que le sommeil me gagne...

Incorrigible Povchéri.

Te revoilà en train, direction Venise, avec une

dame. Une nouvelle. A soixante-dix balais. Rien à tirer de toi.

Il fera plus doux là-bas. Peut-être me connaît-on, deux de mes livres ont été traduits en Italie. Venez donc cher professeur, bienvenue au pays de Dante Alighieri, posez votre cher vieux cul en marmelade dans nos fauteuils anciens et parlez-nous des tribus Kaleris et Yorouba que vous connaissez si bien...

Je n'ai pas fini la phrase et, ayant oublié ce que je voulais dire, elle restera ainsi.

Il y a eu un arrêt brusque et tout a vacillé. J'ai senti les parois vibrer. On a entendu des explosions lointaines vers le nord. Impossible de savoir ce que c'était.

Adeline Wormer s'est retrouvée en bas de la couchette, sans trop de mal. J'ai pu l'aider à remonter sans avoir à beaucoup bouger. Elle a eu de la peine à se réveiller des barbituriques et a fini par me demander si je n'étais pas par hasard « le savant ».

Il paraît qu'ils m'appellent ainsi. J'en suis étonné. Je l'ai moins été lorsqu'elle a précisé que je répondais à une autre dénomination, celle-là immédiatement compréhensible de « Râle-toujours ».

De Povchéri à Râle-toujours, un beau résumé d'existence.

Tromard est entrée avec une sorte de jerricane et nous a servi dans des bols de plastique une soupe vaguement tiède. Est-ce déjà les premières restrictions ? La boucle se referme. Elle ne sait pas pourquoi le train n'avance plus.

Tout s'est installé dans le silence. Quelques toux lointaines, un rai de lumière sous la porte, et une loupiote malingre qui clignote lorsque je cesse d'appuyer dessus...

Je sens les vagues du sommeil pousser les digues... Je vais ouvrir mes vannes, me laisser submerger, je reprendrai tout à l'heure, s'il y a un tout à l'heure.

L'aube est venue. Je la sens à travers la trame des rideaux.

Nous roulons à nouveau et je ne me suis pas rendu compte que nous étions repartis. Wormer ne dort pas. Je vois son œil. Elle a dû tourner quelques têtes autrefois, la mémé. Je me sens gâteux.

Elle m'a demandé ce que j'écrivais. Je lui ai répondu que je rédigeais à son intention une déclaration d'amour.

Elle m'a rétorqué que ce travail était inutile et que trois de ses fiancés italiens l'attendaient à la gare. Humour de vieillarde, ayant pancréas en bandoulière.

– J'espère que votre chambre sera en face de la mienne, nous pourrons ramper la moitié du chemin chacun afin de copuler dans le couloir...

Elle prétend qu'elle ne copule qu'avec des gens joyeux et que je suis trop triste. Avec ce que je me trimbale comme pourriture dans les entrailles, elle voudrait peut-être que je chante *La Tosca*.

Enfin on devient copains.

Je lui ai demandé si elle jouait aux échecs. Je ne sais pas ce qui m'a pris. J'ai eu une vision apaisante : un parc en pente, une terrasse ombragée... Des palais de marbre enfouis dans la colline jusqu'aux rives de la mer en contrebas et moi tout souriant tendant la main vers l'échiquier soulevant une pièce de vieil ivoire.

– Echec et mat.

Adeline se renverse en soupirant sur ses coussins. Le soleil joue sur son visage, un visage qui a conservé le charme des choses autrefois belles. L'Italie lui va bien.

– Vous êtes plus fort que moi, Povchéri.

Complicité tendre, comme si autrefois nous avions été des enfants frénétiques que les années ont apaisés...

– Je ne joue pas aux échecs, je déteste les jeux où l'on n'a qu'à s'en prendre à soi si l'on perd.

Voilà, terminé, je remballe ma vision dans ma musette.

Tromard est arrivée avec l'urinoir. J'ai hurlé que je ne pisserais pas dans cette saloperie et que j'irais dans les chiottes du train.

Elle a bandé ses muscles de lutteuse et prétendu que ça faisait trop loin pour moi.

– Aidez-moi à y aller, bon Dieu, vous êtes taillée en hercule, vous pouvez bien me soutenir jusque là-bas.

Tromard a soulevé les couvertures et m'a collé le verre froid entre les jambes, en voyant son œil à cet instant, j'ai compris ce que devaient éprouver ses adversaires d'autrefois lorsqu'elle leur portait une clé définitive.

Adeline s'est levée.

– C'est moi qui y vais. Réglez votre problème pendant ce temps-là.

J'ai tout de même précisé avant qu'elle sorte que je n'avais aucun problème, que cela faisait pas mal de temps que je pissais debout et que je n'allais pas changer mes habitudes sous prétexte que l'on était en voyage.

Finalement la poire a été coupée en deux : j'ai pissé debout dans ce maudit urinal.

Tromard a écarté les rideaux et les montagnes ont surgi.

Un vrai choc. Ça faisait si longtemps que l'extérieur n'était pas venu vers moi, tout d'un coup le monde me rentrait dedans, j'avais oublié ses couleurs, ses replis, les vallées et les arbres : tout se déroulait dans la courbe comme pour un lent salut déployé de fin de spectacle. Saluez braves gens, la pièce est finie, on démonte les décors, voici le dernier tableau. Il y avait de la neige sur les sommets. J'ai pu voir le nom d'une gare traversée à toute vitesse : Tirano.

– Les Alpes bergamasques, a dit Adeline Wormer. Nous avons passé la frontière.

Elle a expliqué qu'elle est venue autrefois, des vacances sur le lac de Garde avec son premier mari, ils ont sillonné la région. Je vois ça d'ici, azur limpide, décapotable, champagne frappé et soirées casino, elle n'a pas dû s'emmerder, la mère Wormer...

Elle m'explique ce qui nous reste de route : les Dolomites encore, Padoue et nous remonterons à travers les plaines salées vers Venise et Moltabelli.

Le soleil est dans le compartiment et je suis bien.

Peut-être vais-je dormir encore un peu mais il faut que je raconte tout de même ce qui s'est passé.

Elle a sorti un livre et comme toujours je n'ai pas pu m'empêcher de savoir ce que c'était.

J'ai toujours été ainsi. Autrefois dans le métro si je voyais quelqu'un avec un bouquin, il fallait que je traverse le compartiment, me démanche le cou pour savoir titre et auteur. Curiosité ridicule, cela m'a valu des torticolis et des engueulades.

Je lui ai demandé ce qu'elle lisait. C'était mon bouquin, celui sur la statuaire religieuse des tribus achantis. Elle a tout de même précisé qu'elle n'en était qu'au début et qu'elle n'y comprenait strictement rien. Elle a prétendu qu'un individu normal aurait pris la peine de lui fournir quelques mots d'explication ce qui est, paraît-il, un service à se rendre entre voisins. Je lui ai assuré que je n'avais rien d'un individu normal, Dieu merci, et que de toute façon ce bouquin ne valait strictement rien.

Ambiance tendue qu'elle a clôturée en annonçant qu'elle me remerciait infiniment de mon extrême obligeance.

Je ne pense pas vraiment ce que je dis, mais j'ai tendance à croire que tous les livres écrits durant le dernier quart du siècle précédent et qui ne tiraient pas la sonnette d'alarme sont passés à côté de la réalité.

Moi le premier.

Je suis passé vingt fois à Lagos. Je sentais la ville s'agrandir, devenir le chaudron des sorcières. J'ai vu les gangs se partager les quartiers, s'étendre jusqu'à Accra et s'emparer des îles espagnoles, les journaux d'Europe titraient : « Fernando Poo refuge des nouveaux pirates. » Au nord, les bandes armées grossies de tous les mercenaires et des hommes de la Tontra montaient au nord et atteignaient jusqu'au Tassili, l'Adra de Horos transformé en redoute... Les frontières explosaient les unes après les autres, et le musée de l'Homme envoyait des équipes scientifiques étudier le sentiment de la mort chez les Tambermos de l'ancien Togo...

Les mots ont joué. Nous croyions encore qu'un pirate était un homme maniant le sabre d'abordage, pistolet à la ceinture et étendard à tête de mort. Nous ignorions alors ce que les chefs d'état-major de nos splendides armées appelèrent plus tard le « type de contamination à vecteur insectes ». Nous avions des missiles, ils possédaient déjà les armes biologiques fournies par des groupes de haute technicité.

Nuages de moustiques porteurs de bacilles de peste pulmonaire. Cinq jours d'incubation maximum, deux jours de maladie, cent pour cent de mortalité, vaccination inexistante, antibiothérapie à l'étude... Nous avons tout écrasé, hommes et moustiques, et je n'ai écrit des livres que sur un continent aujourd'hui mort... Qui a manipulé les multitudes noires et faméliques? Les choses sont allées trop vite cette fois pour que l'historien s'y retrouve...

Dès le massacre de l'Etang salé et de Pietermaritzburg, tout s'enchevêtre et les actions échappent aux lois traditionnelles des explications, et puis il n'est plus temps... Nous sommes dans le chaos, au fond du chaudron.

Tout cela ne compte plus, ne m'intéresse plus : je suis vieux et c'est Venise bientôt.

J'écris la tête sur les genoux de Perséphone.

Que cela, mon cher petit bonhomme, ne t'induise point trop vers des sentiers trop souriants : la Perséphone dont il s'agit doit faire quatre mètres de long et peser plusieurs tonnes. Elle est en plomb.

C'était une statue du grand bassin. Si elle a la bouche ouverte ce n'est pas pour crier, c'est pour cracher de l'eau... Elle a beaucoup servi, des traces noires serpentent des épaules jusqu'aux reins, sa jambe gauche a pris une vilaine couleur verdâtre qui est la façon qu'ont les statues de vieillir. Je lui trouve une bonne tête, un peu ahurie mais sympathique, elle soulève dans son poing droit de lourdes fleurs des champs et des épis de blé, en plomb massif eux aussi. Si elle les lâche, je les reçois sur la tête. Ma vie dépend donc de la bonne volonté de la déesse.

Moltabelli enfin.

Les anciens malades sont restés et nous ont vus arriver sans plaisir... Grande pagaille dans la noria

194

des ambulances qui nous ont amenés de la gare au palais.

Arrivés au palais, plus de place.

On a fourré les hommes les plus frais dans les combles le temps de s'organiser.

Je me suis vu avec désespoir considérer comme faisant partie des plus frais. J'ai eu beau hurler que j'allais crever durant la nuit, de robustes Italiens jacasseurs et musclés m'ont fourré dans les greniers avec quelques-uns de mes congénères.

Soyons juste, c'est grand, propre, aménagé, mais bourré de statues. Au moins trente en enfilade. D'ici je vois un Cupidon de bronze émergeant de fleurs de pierre, un Bacchus trônant sur du raisin noir, deux chevaux de marbre étrillés par des tritons, un Apollon de calcaire bandant des muscles d'haltérophile, je ne compte pas les Dianes sur socle avec arc, sans arc, avec biche, sans biche... Et puis Perséphone bien sûr... Tout cela a été retiré du parc lorsque le palais a abrité, voilà deux ans, l'état-major général des armées de l'Europe. C'est Adeline qui est venue me le raconter, nous avons bavardé, elle installée entre les seins de notre géante protectrice, moi appuyé contre son tibia.

Il fait très beau, quatre colonnes de soleil traversent la pièce en diagonale... En m'étirant le cou, j'aperçois par l'un des œils-de-bœuf une terrasse où traînent des feuilles mortes, un bout de balustre blanc sur l'azur... C'est l'Italie...

Infirmières italiennes nourries aux spaghettis et aux minestrones, pour le moment parfaitement indiscernables les unes des autres...

Voici donc le bout du voyage : vieux malades et vieilles statues.

Adeline en a profité pour m'annoncer qu'elle ne comprenait toujours rien à mon livre. J'ai poussé la complaisance jusqu'à lui donner quelques explications. Elle est convenue en partant que je m'humanisais et qu'après bien des efforts je finirais par être à peu près vivable. Je lui ai rétorqué que vivable ou pas elle pouvait toujours se gratter, je ne l'épouserais jamais.

Les colonnes de soleil s'inclinent de plus en plus. C'est à cela que je verrai désormais le jour baisser.

Tromard est là, au chevet de l'un des papies du secteur pulmonaire. Cela n'a pas l'air d'aller fort, piqûres et sérums... Son lit est situé entre les pattes arrière d'un cheval cabré. Il peut se payer une mort magnifique sous les muscles froids d'une cavalerie de marbre, une bête aux yeux blancs et fous dont la crinière se tord dans un vent immobile.

Garnier est venu voir comment j'allais. 37°6, un vague état fébrile. Tension solide, c'est mon point fort. J'ai essayé de lui extorquer des nouvelles de la guerre et de Paris, mais les émissions ont été arrêtées. Il y aurait eu chute puis éclatement d'un satellite de guidage, et repérage dans la mer de Kara au nord de la Nouvelle-Zambie, à deux cents kilomètres au sud de l'océan Arctique. Si cela est vrai, les opérations peuvent en être ralenties durant quelque temps mais rien n'est sûr...

Je vais dormir, protégé par Perséphone... Elle me semble de plus en plus amicale, l'ennui est qu'il faut que je me démanche le cou pour voir son sourire. Je le trouve accueillant.

Adeline m'a certifié qu'il y avait une immense bibliothèque au rez-de-chaussée de la clinique, je crains que tous les livres ne soient en italien, sa mission est de me rapporter tout ce qui existe en français ou en anglais. Elle repassera demain.

Nourriture strictement identique à celle de Paris. J'ai espéré un instant quelques fettuccinis, raviolis ou capellettis... Rien de tout cela, standardisation et uniformisation totales. Pas de folklore pour les damnés de la terre.

Etrange sensation de parler davantage de moi qu'au début... Au fond, je revivais ma vie avec ce cahier d'enfant, voici que je raconte la mienne... Le passé compte moins. On nous a distribué des bougies pour la nuit, au cas où...

J'ai installé la mienne sur le large mollet de Perséphone. Bonne nuit, chère, ne lâchez pas sur moi votre bouquet, et ne profitez pas de la nuit pour filer à l'anglaise retrouver Hadès votre divin époux et votre trône souterrain de déesse des enfers !

Les colonnes d'or et de poussière ont disparu et les statues sont devenues plus sombres, on ne distingue déjà plus que les silhouettes massives, une main de bronze, belle encore, brandissant une grappe luisante... Bacchus sera le dernier à rafler l'ultime portion de lumière. Il y a un dieu pour le dieu des ivrognes.

J'écrirai demain.

Je n'ai pas tenu parole. Quatre jours ont passé.

Je n'ai pas quitté le grenier et sa géante de plomb.

Arrivage nouveau ce matin, des malades venus de l'Est... Leurs voix me sont parvenues du parc, des Yougoslaves à mon avis. Le palais est un des rendez-vous de l'Europe. Adeline m'apprend qu'elles sont six par chambre à présent.

Quatrième leçon d'échecs. A la vitesse où elle va, elle pourra me battre d'ici un mois. S'arrêter avant, de préférence.

Elle est arrivée aux trois quarts du livre et je lui explique un peu mes chers Kaleris. Il n'en restait qu'une trentaine au cours de mon dernier voyage, il y avait eu une épidémie de typhus l'été précédent. Ils ont dû disparaître...

Ils n'ont jamais pactisé.

Au cours de toutes ces années je les ai retrouvés à chaque fois intacts : pas un tee-shirt, pas une paire de tennis, pas une bouteille de Coca ou une boîte de bière, pas un gadget, rien, jamais.

Sur le haut plateau de Banchi ils ont continué la chasse à l'arc et à la sagaie, immuable et impénétrables. J'ai dormi des mois sous les peaux tannées des tentes de leurs campements, ils m'avaient plu parce qu'ils savaient qu'il fallait choisir : s'occidentaliser comme les autres Aoussas, Yoroubas et peuples des marais, ou mourir.

Ils avaient choisi de mourir.

Bangué, le chef au pectoral d'or martelé, m'avait fait compendre cela et plus encore, car sa sagesse s'étendait au continent où il vivait : les tribus qui peuplaient ce pays avaient oublié la leçon des anciens; elles s'enfermaient dans les villes que les Blancs avaient été créées ou s'enfuyaient sous d'autres latitudes, alors qu'un palais immense et merveilleux avait été créé pour elles, spécialement, ce palais plein de poissons de gazelles et d'oiseaux s'appelait l'Afrique. Il suffisait pour y vivre de savoir tendre la corde de l'arc et préparer les poissons dans les jarres de terre. Lorsque l'âge faisait trembler le bras, l'enfant prenait à son tour la piste et nourrissait le chasseur trop vieux, et ainsi les choses duraient-elles indéfiniment...

Ce sont eux que j'ai passé l'essentiel de ma vie à regarder vivre et à tenter d'expliquer.

Ils t'auraient plu, Povchéri, c'étaient des guerriers, des chasseurs, ils partaient en bandes, presque invisibles sous les hautes herbes et des éboulis des rochers... Je te les raconterai mieux une autre fois. Si le monde a rayé les Kaleris de la carte alors il est juste que ce monde meure.

C'est ce qui est en train de se produire.

Ils m'ont diminué les doses. Est-ce un bon signe ou commencent-ils à manquer de médicaments?

Toujours pas de radio.

Il y a quarante bons mètres pour aller aux W.-C. qu'ils ont installés près de la porte. Je fais l'aller-retour gaillardement. Il suffit qu'au retour je souffle un peu, appuyé contre les dorsaux d'un des tritons.

Il y a un nouveau dans le lit placé sous le cheval caché. Un des Yougoslaves. Ils ont dû enlever le corps de l'ancien occupant durant la nuit, je n'ai rien entendu.

Si tout continue à aller aussi bien côté cul, je projette d'aller visiter un peu la maison.

A petits pas ce n'est pas impossible.

Il doit y avoir des sièges partout dans un palais. Adeline m'a dit que c'était magnifique. Magnifique mais surpeuplé.

Décision prise. Je pars demain en expédition avec tout l'équipement sportif : robe de chambre, pantoufles et en avant. Haut les cœurs!

Je ne t'oublie pas, Povchéri, mais tant de choses se passent.

Et soudain, situés à chaque extrémité de nos vies, voici qu'elles se répondent et se ressemblent. Ton premier voyage émerveillé au milieu des torrents et des collines de l'été, mon dernier parmi les cyprès, les oliviers et les allées abandonnées d'un parc où s'apaisent les dernières brises de l'Adriatique.

Voilà, je me suis installé à présent. Je n'ai presque plus mal et de toute façon cela ne me semble plus avoir une grande importance.

Peut-être me fallait-il cet horizon qui se déploie en golfe d'améthyste et de saphir pour que je fasse la liaison entre l'enfant qui écrivait dans le cahier rouge et moi qui radote dans ce carnet noir. J'accepte d'être ce qu'il est devenu.

Résultat pas bien brillant, je ne juge plus.

Je regarde ma tronche de vieux pépé dans les glaces à trumeaux qui cernent la rotonde de l'aile est et j'admets que Povchéri soit là, présent tout entier dans ce reflet, tout autant que dans ces lignes où passe cet amour de gosse pour Monique...

Adeline me bat aux échecs, à présent.

J'ai dû relire les pages précédentes qui remontent à plusieurs semaines, pas plus qu'autrefois je ne note les dates, la plupart du temps je les ignore...

Donc j'ai quitté Perséphone sans grand déchirement.

J'ai retrouvé dans le fouillis des broussailles du parc le bassin où elle trônait. La margelle de pierre est verte de mousse, des herbes larges et caoutchouteuses ont envahi la prairie, des tuyaux crevés zigzaguent sur les dalles où sont entassées les feuilles mortes de plusieurs automnes, c'est une jungle dont je suis pratiquement le seul explorateur.

Pas seul vraiment, j'y emmène Adeline, et l'expédition est d'importance : pliants et échiquier.

Nous avons notre place entre les acacias de l'allée centrale : Reine et Roi finissant le règne d'un royaume qui meurt.

Le scénario est toujours le même : je l'attaque sur le flanc droit, je domine, je vais gagner et sa voix sonne, naturellement délicate, accompagnée du petit bruit de la pièce sur l'échiquier :

– Echec et mat.

Je l'injurie, elle soupire. Je me calme et nous parlons de la vie.

Parfois il m'arrive de penser à Chris, elle aurait

son âge, à peu de chose près, les deux se confondent, le passé fusionne. Gâteux déjà, quel soulagement et quelle misère!

Donc je n'habite plus les greniers.

Les choses se sont organisées, les Yougoslaves sont partis, ils filaient vers Parme et Gênes vers l'Espagne, Moltabelli fut une étape pour eux.

Les anciens occupants ont disparu eux aussi, j'ignore vers quelle destination. L'une des femmes de service, celle qui est de Trévise, prétend qu'ils ont rejoint une installation souterraine près d'Ancône. Un de ces bons vieux abris atomiques géants qui ont eu une efficacité à peu près semblable à celle de la ligne Maginot durant la guerre précédente. On les utilise pour toute sorte de raisons. Cela se vend très bien, paraît-il. Certains sont luxueux et confortables.

Quoi qu'il en soit nous sommes seuls maintenant, une trentaine peut-être.

Ma chambre comporte une cheminée monumentale, des atlantes soutiennent le plafond et grimacent sous l'effort. Ils me tirent la langue. Des fresques courent autour des murs. Elles représentent les amours d'Alexandre le Grand. A voir la tête qu'il fait, il a l'air d'avoir su s'y prendre encore plus mal que moi avec les femmes. Le peintre leur a fait à toutes des têtes de ribaudes napolitaines.

L'essentiel reste le balcon. Il domine la plaine. A travers les jardins, le Piave descend lentement vers la mer invisible. On la sent pourtant dans la fraîcheur aigrelette du matin, dans les vents mouillés qui viennent battre le soir contre les vitres... Une partie de la balustrade est couverte du feuillage de la vigne vierge et, lorsque je me penche, la chambre semble donner en à-pic sur une Amazonie.

Quand il fait trop froid pour rester dans le parc nous nous installons ici et nous bavardons.

Problème : nous mangeons mal, mais cela ne compte guère. Il me semble pourtant qu'Adeline a maigri.

Nous jouons parfois au jeu particulièrement stupide de : et si nous nous étions rencontrés avant ? La discussion finit en général de la façon suivante, je lui apprends que je me serais tellement ennuyé avec elle que je serais sans doute déjà mort, elle rétorque que je n'en aurais certainement jamais eu le temps car elle serait partie bien avant que j'aie eu le temps de seulement la reconnaître.

Parfois les photos défilent.

Elle a cette manie de les tirer de son sac à tout propos. Son premier mari, son deuxième mari, le fils du premier mari, la fille du second ou l'inverse, le fils que son deuxième mari a eu avec une autre... Je m'y perds toujours, je les confonds, elle m'agace, j'embraie sur les Kaleris et les rites d'excision. Elle a horreur de ça. Elle pousse des cris, je hurle qu'elle m'emmerde, Tromard jaillit et menace de nous séparer à jamais. Je la supplie de mettre sa menace à exécution. Adeline lui propose de faire d'elle son unique héritière si elle accepte de m'enfermer pour toujours dans ma chambre... Voilà que la dernière femme de ma vie est la plus renversante de toutes, moi qui aurais aimé une mémé tranquille, soumise, prête à plonger vers mes pantoufles... Les temps sont durs.

Je rage de ne pas parler italien mais il paraît que la radio n'apprend rien sur le déroulement des opérations. Adeline qui prétend comprendre m'assure qu'ils ont annoncé l'envoi sur la mer de Chine de déstabilisateurs amenant à une destruction de la faune aquatique.

Je me demande comment elle peut prétendre une chose pareille, alors que tout son italien se résume à pouvoir demander à un garçon d'hôtel de lui monter ses bagages dans sa chambre *per favore*.

Nous sommes en plein dans l'automne. Tout tourne pourpre et rubis. C'est à se demander si chaque matin un peintre bienveillant ne balance pas des seaux de vermillon sur les feuilles de la vigne, il fait très beau.

La dame de Trévise m'apprend que les hivers sont doux mais brumeux, qu'on ne voit plus les arbres pendant de longues semaines. J'imagine cela, tout ce coton dans lequel nous allons vivre, recroquevillés. Autour le monde va crouler et lorsque nous nous réveillerons dans les premiers rayons du printemps, il n'existera plus sur cette planète massacrée que le vieux palais des ducs de Moltabelli dans lequel, accoudés aux parapets de marbre, deux vieillards irascibles continueront à jouer aux échecs.

J'aurais dû écrire de la science-fiction plutôt que de me cantonner à l'ethnologie. En tout cas mon objectif est simple : je veux revoir le printemps.

Je ne demande ni le diable ni l'impossible, je ne demande même pas de retrouver le cul de tout le monde : un hiver tranquille, dans le cocon, et me réinstaller dans le parc et sur mon balcon pour voir les fleurs pousser n'est quand même pas une prétention exorbitante, un printemps italien. Les lilas en grappes entre les dames de pierre des balustres... Je voudrais te montrer cela encore une fois, Povchéri. Puisque tu as aimé la campagne je vais t'en offrir une, la plus belle du monde, pour finir en beauté.

Je ne sais pas comment cela se fait mais le temps passe, et je n'ai pas encore entamé la suite de tes aventures, le voyage, l'installation, Adeline, le jardin, tout cela m'accapare... Et puis je me déplace davantage, je sens le soleil sur mon visage, je l'appelle, il est là, je me chauffe comme un bienheureux, j'avais oublié ce plaisir, je renverse ma tête contre le dossier et je m'endors, ou j'oublie mes lunettes, bref il y a toujours quelque chose qui m'éloigne mais demain c'est promis. Demain...

Donc si son premier mari est parti de la poitrine, le second s'en est allé des coronaires.

Ce fut apparemment beaucoup plus romantique pour le premier, toux discrètes effacées dans des mouchoirs de batiste le long des étés de la Riviera, réputée en ces époques lointaines pour guérir les poumons défaillants, le second a fini dans les carrelages d'une clinique sophistiquée bourrée de tuyaux et d'écrans d'ordinateurs. Nos morts ont de moins en moins d'allure.

Elle m'a raconté tout ça en me battant deux fois de suite aux échecs.

Je commence à comprendre ce qu'a voulu dire la dame de Trévise par « brouillard ». Il ne pleut pas mais si on a le malheur de rester dix secondes dehors on revient trempé comme une soupe.

Quant à la visibilité, c'est peu de dire qu'elle est nulle, si vous voulez voir votre main il faut vous la coller contre l'œil pour avoir une chance de l'apercevoir.

Il y a eu une vague éclaircie vers midi. Il m'a semblé apercevoir des formes dressées qui pouvaient être les cyprès de l'allée centrale mais tout a disparu très vite à nouveau.

Etrange impression d'enfermement. Une prison douce aux portes de tulle. A trois heures de l'après-midi il a fallu allumer les lampes. C'est à ce moment qu'Adeline a commencé à se raconter.

Cela m'arrive aussi, je dois l'avouer. Souvent même. Je lui ai parlé de Povchéri et du cahier, cela a semblé l'amuser et elle a conclu de tout cela qu'avec la meilleure volonté du monde elle n'arrivait pas à m'imaginer à dix ans.

Si elle croit que j'y parviens elle se trompe.

Bien qu'ayant perdu deux parties successives, j'ai proposé la belle. On a commencé et puis elle a quitté la salle. Tellement vite que j'ai pensé avoir dit quelque chose qui l'a vexée. Il nous arrive d'avoir de ces querelles. Elle ne revenait pas et j'ai commencé à envisager de monter à l'étage mais juste à ce moment-là Tromard a passé dans le couloir et je l'ai appelée.

Elle dort à présent. Elle a eu un éblouissement. C'est tout au moins ce que l'on m'a dit. Je n'ignore pas que l'on me prend pour un con. Elle ne pourra pas bouger de quelque temps.

Pas de visites, Garnier a été formel.

Nous nous disputons tellement que je n'arrive pas à croire qu'elle est malade.

Mauvaise journée donc... Ces brumes qui noient le palais Moltabelli et Adeline qui ne finit plus ses parties... Du coup j'ai repris la plume. Pour me bagarrer peut-être contre cette tristesse qui monte avec ces vapeurs. Cela m'a rappelé les saisons des pluies, là-bas, sur les plateaux. Ce sont les jours Mayang. Difficile de traduire exactement. En gros ce sont les jours où il faudrait mourir. Plus précisément, les jours où ce serait moins désagréable que les autres.

Bienheureux Kaleris qui avaient fait le partage : jours d'amour, jours de chasse, jours de danse, jours de mort... Nous avons tout mélangé, entraînant des complications, si seulement je pouvais n'avoir que quelques jours réservés à la peine, ce serait terminé après, je pourrais vivre...

Je ne pense plus à Paris. D'ailleurs on ne sait rien.

Je revois plutôt ces mois passés dans l'ancien Nigeria. Je me rends compte aujourd'hui combien j'ai été un piètre ethnologue, un mauvais observateur. Je ne m'intéressais qu'à ce qui pouvait introduire dans mon étude une dimension d'originalité.

J'ai parlé sans cesse des Kaleris, des Kaleris... Et pourtant à chaque voyage je rencontrais les mêmes, Zobengo, un trapu aux dents limées qui ne croyait en rien et surtout pas aux rites et aux sorciers, bizarre Zobengo, une sorte de gangster solitaire des savanes, jamais dupe, souvent amer... Son fils infirme au cerveau à demi mort qu'il faisait porter sur le dos de ses neveux pendant les chasses pour qu'il puisse voir son père triompher des phacochères.

C'est à lui que je dois de regretter parfois de n'avoir pas d'enfant. Il y avait beaucoup de choses à apprendre de Zobengo, j'en ai tiré quelques-unes. Ce ne sont pas celles que j'ai écrites.

Peut-être les livres ne sont-ils faits que des choses les plus superficielles de la vie... Je décrivais par le menu les techniques d'aiguisage des flèches et les méthodes d'empennage tandis qu'un vieux guerrier accomplissait une besogne mécanique, l'œil tourné vers son fils au regard vide... C'est de cela que j'aurais dû parler.

Mes livres ne veulent rien dire, j'ai laissé échapper la vie, les grandes journées de chaleur quand les pierres éclataient sous la violence du soleil... Alors une mère renversait doucement la jarre de terre et un filet d'eau coulait sur le toit de palme au-dessous duquel dormait son enfant dans le vrombissement des mouches de midi... Je n'ai pas su rendre la tendresse, je ne me souviens plus de leurs noms...

J'ai décrit l'écorce d'une société... Je me souviens que leurs rires m'agaçaient, je devais les trouver inutiles pour l'image élaborée que je voulais donner d'eux.

Et aujourd'hui, c'est leur joie que j'ai dans l'oreille, allons il faut en finir avec tout cela. Penser que tout ce que l'on a fait est mauvais est sans doute une attitude romantique de vieillard élevé aux philosophies du désespoir, du cynisme et de l'à-quoi-bon. Il y a un plaisir dans ces choses-là, une certaine façon de se faire du bien en gratouillant la cicatrice.

Je ne veux plus jouer ce jeu-là.

Ce ne fut pas terrible, certes, mais j'ai fait de mon mieux et sans doute presque honnêtement, je n'ai pas à me chercher moi-même des poux dans la tête.

Je n'aurais pas cru cela possible, mais avec le soir qui tombe, la brume s'épaissit à nouveau. Nous étions aveugles, nous le sommes davantage. Cela me force à réviser ma conception de la cécité. Chose plus relative que l'on ne croit au royaume des aveugles, certains le sont plus que d'autres.

Je vais lire la suite du cahier.

Adeline doit dormir. J'ai entendu l'une des femmes parler au réfectoire de « Mme Wormer ». J'avais commencé à oublier son nom. Je n'ai pas compris ce qu'elle a dit.

Purée de pommes de terre.

J'avais juré n'en plus manger. J'ai manqué à mon serment.

Veau froid et l'éternelle confiture de myrtille. Je ne peux plus l'avaler, la confiture est une chose inexplicable, il existe un moment où elle est tellement sucrée qu'elle arrive à être plus sucrée que du sucre. J'aurais dû étudier ce phénomène chimique au temps où mes cellules grises fonctionnaient encore.

Qui peut croire encore en Dieu ? Personne. Toi en qui personne ne croit, surtout pas moi, protège la vieille dame qui joue trop bien aux échecs. Il est trop tard pour l'amour mais il est trop tôt pour la mort.

A mon humble avis.

Je plonge dans la rentrée 1943. C'était en octobre. J'ai haï toutes les rentrées, je sens l'odeur du papier bleu qui couvrait mes cahiers, le carton bouilli de la trousse et du cartable. J'en ai encore l'estomac qui se noue. Le monde d'Occident savait admirablement rendre ses enfants malheureux. Jamais les Kaleris n'eurent cette cruauté.

Octobre 43...

AUTOMNE 1943

Avec Traîtresse Infâme on fait des boulets de charbon.

On les fait avec du papier. On fait tremper du journal dans l'eau, on serre pour faire des boules et on laisse sécher, ça devient dur et ça brûle comme du charbon. Au début ça va pas vite parce qu'on lit ce qui est écrit dessus, on regarde les photos et évidemment ça ralentit. On brûlera tout ça cet hiver dans la cuisinière.

On dit qu'il va faire froid, je ne sais pas comment les gens le savent, peut-être que pendant la guerre les hivers sont toujours froids.

Ça fait longtemps que j'ai pas écrit : depuis que je suis revenu à la maison.

On était contents de se revoir évidemment, surtout qu'ils avaient fait ma chambre. Je suis rentré et ça m'a fait drôle, j'ai pensé « il manque quelque chose » et tout d'un coup j'ai trouvé : il n'y avait plus de moutons.

Maintenant c'est peint, c'est toujours bleu mais sans moutons.

C'est Pap qui a pu avoir de la peinture contre des pommes de terre de Grangermont. Dès mon arrivée j'ai été mesuré contre la porte, là où on fait les marques au crayon, tout de suite ça a été très net : j'avais rapetissé de deux centimètres.

Encore un coup du bon air.

Si j'étais resté deux mois de plus, je pouvais passer sous la porte sans l'ouvrir. En fait c'était Traîtresse Infâme qui s'était trompée, elle devait penser à autre chose. Tout de suite j'ai été dans l'ambiance parce qu'elle a demandé :

– Tu t'amusais bien là-bas ?

– Oui.

– Tu mangeais bien ?

– Très bien.

– Tu dormais bien aussi ?

– Oui.

– Tu as bu du lait frais et des œufs ?

– Oui.

Alors elle a eu son sourire et elle a dit « Pov-chéri ». J'étais bien rentré à la maison.

Pap continue avec les drapeaux. Un soir en écoutant la radio au plafond, il a entendu « Boulogne ». Il est redescendu de l'échelle et il a dit à Traîtresse Infâme :

– Ils ont débarqué !

Ils sont sortis sur le palier mais personne ne bougeait. Il paraît qu'ils n'ont pas dormi. Le lendemain quand il a vu que tous les gens dans le train avaient la même tête, il a compris que c'était loupé pour cette fois.

J'ai des copains qui sont rentrés mais je n'ai pas joué avec eux, je les ai juste vus à des queues avec leur mère. Cette année je suis aussi bruni que les autres.

Ah oui, alors au fait finalement j'ai grandi – un demi-centimètre. Enfin c'est même pas bien sûr, ça dépend si on tient le dictionnaire bien droit. Parce qu'on me mesure avec un dictionnaire sur la tête et s'il est un peu en biais ça change les chiffres.

Pour le poids on sait pas, il faudrait aller à la balance au pharmacien mais Pap m'a soulevé en l'air trois fois il a soupesé et il a dit « 2 kilos 300 ».

Il est marrant parfois. En ce moment c'est la bonne humeur.

La bonne humeur pour lui, parce que pour moi c'est la rentrée et cette fois c'est demain et l'école n'a pas été bombardée, le résultat c'est que cette année je me paie Pépito le Gaucho.

Son vrai nom c'est Papiteau, nous on l'appelle Pépito.

C'est la vache totale. La vache en blouse grise. Duploux à côté c'est de la douce pâquerette. D'ailleurs c'est simple, plus on est grand plus ça devient vache. Pourquoi? Je me le demande. Des mecs m'ont dit qu'il faisait mettre les punis à genoux sur une règle. Pourquoi il est pas prisonnier en Allemagne celui-là, ou mort à la guerre ce qui serait encore mieux parce que prisonnier on peut s'évader?

Enfin ça y est. J'ai refait mon cartable.

Rien que l'odeur ça me ferait dégueuler pire que le pinard, j'ai mon plumier, mes buvards, toute la saloperie. Ça va durer combien de temps cette école pourrie? Il faut une ardoise aussi et des craies parce que, comme il n'y a presque plus de papier, on fait tous les brouillons sur l'ardoise et faut mouiller l'éponge, oh et puis merde, tiens j'en parle plus.

Ça me donne déjà de la sueur, et puis tous ils vont être dans la cour, Barsoumian, Fouillet, j'ai pas de copains en fait, quelques-uns de temps en temps, mais ils aiment pas trop les mêmes choses que moi, ils aiment bien la gym, le saut en hauteur, ça c'est terrible parce que j'arrive jamais à passer un mètre, j'arrive pas à bien tendre les genoux quand je fais mon ciseau, j'ai le ciseau mou. Le pire c'est la corde lisse dans le gymnase.

Je saute, je m'agrippe, je tire et ça vient pas,

alors je reste pendu comme un singe avec les bras qui s'arrachent et les mains qui brûlent, ils me crient tous « Serre avec les genoux, serre avec les genoux ! » j'y arrive pas. Au bout d'un moment je lâche tout et j'ai zéro en plus de l'engueulade.

Je ne parle pas de Monique, ça me fait comme une douleur quand j'y pense.

On ne se voit presque plus. Je crois que Chris a dû cafter. Je finirai le poème, mais c'est trop dur de se rappeler l'été, les soirs surtout quand on rentrait par la route du moulin, c'est le soir que le soleil éclaire le mieux, c'était tout illuminé et ça faisait ressortir les cyprès près de l'église, c'était le coin le plus beau avec les petits murs, la chapelle et ces arbres tout verts contre le bleu.

C'est vrai qu'ici on voit le ciel, bien sûr, mais il y a toujours un peu quelque chose qui gêne : des toits, des fils, c'est pas pareil, c'est un ciel découpé, pas aussi grand, et puis les jours sont redevenus gris.

Dimanche on a été à Paris se promener mais il n'y avait rien à voir, on a été sur les boulevards, c'était gris aussi, les murs, les rideaux de fer, le trottoir, le macadam et les costumes.

Il n'y a que les pancartes des Allemands qui sont en couleurs, jaunes et noires avec des raies mais une ville n'a pas de couleurs, ou alors c'est à cause de la guerre, la guerre rend tout gris et moche.

Pourtant Pap dit que ça bouge, ça fait même trois ans qu'il dit que ça bouge. Il dit que ça ne durera pas, qu'ils n'ont plus de pétrole, enfin des trucs qu'il entend dire à ses copains de bureau.

On a regardé les cinémas, il y a des films avec Hans Albert, Pap dit que c'est le Gary Cooper allemand, mais évidemment c'est pas si bien.

Il y a des films d'amour avec Pierre Fresnay, des histoires de valse, et puis il y a des Fernandel, il y avait une sacrée queue devant le Fernandel. On jouait *Frasquita* à la Gaîté-Lyrique et Jeanne Sourza à Bobino.

J'aime pas les dimanches après-midi; les gens marchent et demain il faudra reprendre et toutes les rues sont pareilles et on a mal aux pieds et on arrive à la Bastille, on prend sur la droite parce qu'il y a plus de magasins, il n'y a rien dedans mais ça fait rien, et puis la gare de Lyon, les trains, on s'en va, et on arrive à la maison avec du charbon dans l'œil et les pieds qui chauffent tellement on a marché.

Traîtresse Infâme m'a dit de vérifier mon cartable. Ça fait vingt fois que je le vérifie. Il ne va pas s'envoler par la fenêtre.

Si on était restés là-bas on aurait vu la vigne toute rouge. Ça doit être beau. Et puis l'hiver serait venu, avec la neige, et le vent, tout givré, tout désert et froid, très vivifiant... A la place de ça on va traîner dans les flaques.

Ça me fait penser que j'ai toujours mon capuchon, c'est le pire de tout, le capuchon. Je sais bien que je dis souvent que c'est le pire de tout, mais alors là c'est vrai, c'est en toile cirée boutonnée sur le devant et il n'y a pas de bras et ça se rabat pointu sur la tête. Quand je le mets ça fait comme un entonnoir à l'envers.

Si Monique me voit avec, c'est la fin du monde. Pourvu qu'il pleuve pas demain. On va voir encore une fois si Dieu existe.

Quand je pense que je vais avoir la tête de Pépito le Gaucho devant moi pendant un an, je me demande s'il vaudrait pas mieux se faire bombarder un bon coup.

Moi je dis que c'est pas humain de mettre un type pareil pour s'occuper de jeunes enfants. L'année dernière avec Duploux, la première journée il m'avait coupé la chique. Il avait fait son discours : « J'ai vu vos notes, j'ai regardé vos livrets, vous êtes nuls. Avec moi ça va changer, et patati et patata, et avec moi on ne se déplace pas, on ne bavarde pas, on prend ses précautions à la récré, on tire tous les traits à la règle, on apprend ses leçons, on lève le doigt pour répondre, des interros écrites tous les jours, et vous allez faire ça, et vous allez faire ci. »

En sortant j'ai failli plonger carrément dans la Seine parce qu'il y a des moments où on se dit que l'école ça vous donne le contraire de l'envie de vivre et je le haïrai toute ma vie ce con.

Je vais me mettre dans le fond avec Fouillet. J'arrive pas à croire que c'est demain que ça recommence. Ça a passé trop vite, je n'ai pas assez forcé tout le temps pour freiner les aiguilles, j'aurais dû ralentir plus, marcher à plus petits pas à l'intérieur de ma tête.

Un an maintenant à attendre.

J'ai fini le poème, évidemment je ne lui donnerai pas. Je le lirai de temps en temps.

Je ne me marierai jamais. Même pas fiancé, rien.

C'est pas la peine puisque moi c'est Monique et qu'il n'y a pas mieux et que c'est pas possible, alors pas la peine de chercher ailleurs.

Voilà comment ça finit :

C'est la fin de l'été et l'hiver va venir
Mon cœur est lourd et triste car bientôt le
[retour
Je sais très bien pourquoi je ne veux pas partir
C'est parce que c'est l'amour, c'est l'amour,
[c'est l'amour.

J'aime bien la fin quand ça répète. Ça fait triste. Si on le dit bien lentement on doit pouvoir pleurer avec.

Il est près de dix heures du soir et ils croient que je dors.

Même depuis que les moutons sont partis je trouve que c'est petit, ma chambre, la cuisine, l'appartement, tout étroit et moche, et demain la rue moche aussi et l'école plus moche que tout. Toutes les écoles sont moches d'ailleurs. Je ne sais pas pourquoi. C'est pour nous punir même avant d'y entrer.

La première fois que je suis allé au préparatoire, je me souviens que j'ai pensé ça, j'ai pensé que j'avais dû faire une vraie saloperie sans m'en apercevoir pour qu'ils me foutent là-dedans.

Si j'étais Pétain ou le type qui viendra après, je ferais construire des écoles comme des opéras, aussi bien et aussi gaies, et les maîtres il faudrait qu'ils sachent faire des sourires et pas toujours à piquer un type parce qu'il a oublié un *s* au pluriel.

Si Pépito le Gaucho commence par les participes, je suis cuit dès le départ.

Allez, je dors cette fois, je vais compter et si je dors avant d'arriver à cent, Pépito a l'embolie du cœur dans la nuit.

C'est pas Pépito !

Alors là c'est incroyable. C'est Mlle Pinsoneau. Une nouvelle. Une jeune avec les cheveux onduleux, et un sourire très bien.

On a marqué ce qu'on aimait lire sur une feuille et quand elle a ramassé elle a regardé et elle m'a fait un sourire personnel parce que j'en avais mis un paquet.

Elle a demandé aussi le métier qu'on voudrait faire et j'ai pas mis les conneries habituelles, j'ai mis explorateur. Ça fait quand même mieux qu'épicier ou aux Chemins de fer avec les locomotives SNCF.

Les grands ont commencé évidemment à parler sur ses poumons et les fesses, il fallait s'y attendre, et quand elle s'est retournée, Carlier et Vivien se marraient, elle les a regardés et ils ont arrêté, elle n'a rien dit, à mon avis elle va pas être assez sévère.

Elle a une robe avec des fleurs. Elle doit suivre la mode.

C'est pas une fille comme Monique évidemment. Elle fait plus jeune, la différence d'âge serait moins grande mais je vais pas changer tout le temps quand même.

Elle a donné les devoirs, pas beaucoup, et tout va très bien. Elle a distribué les livres et elle a dit de les recouvrir avec du papier bleu mais il n'y en a plus chez la marchande. Ça aussi c'est les restrictions.

On va se servir de journal, ça fait pas très beau, évidemment. Enfin ça protégera.

J'ai regardé le bouquin d'Histoire, ça part de la Révolution jusqu'à la guerre de 14. Il y a déjà Pétain. Je l'ai vu sur un dessin, il sort de la tranchée avec sa canne, il s'imagine qu'il va tuer les Allemands avec.

De toute façon comme il est devenu copain avec eux la fois d'après, c'était pas la peine de faire le courageux.

Tout le monde était soulagé de ne pas avoir Pépito. Je ne sais pas son prénom, elle l'a pas dit, elle a juste écrit Pinsoneau au tableau. Elle écrit très bien.

On a l'emploi du temps. Avec la gym ça fait trente-six heures de cours par semaine.

Elle est blonde, ses yeux ne sont pas clairs, ils sont foncés. Ce qui est bien avec elle c'est qu'on a l'impression qu'elle est toujours de bonne humeur. C'est impeccable.

Le directeur est venu. C'est Gudart. Un collabo. Je sais pourquoi il est venu, c'est pour voir si elle avait de la discipline parce qu'elle fait jeune et ce gros con croit qu'on va faire le cirque alors il prend son air protecteur.

A nous il nous a dit d'être attentifs.

A la sortie Laidu a tripoté son robinet et il disait Pinsoneau, Pinsoneau, regarde comme c'est beau.

Déjà l'année dernière, je m'étais dit, si je grandis beaucoup l'année prochaine je lui casserai la gueule.

Je vais attendre encore mais dès que je le rattrape en hauteur, je l'attaque.

Il aurait pas fait ça avec Pépito le Gaucho ce con, là il profite parce que c'est une fille.

Quand j'ai dit à Pap que cette année on avait une maîtresse il a dit :

– Comment elle est ?

J'ai dit :

– Elle est jeune avec les yeux qui brillent, les cheveux onduleux et jaunes, et on voit ses dents quand elle parle.

Il a dit :

– N'en profite pas pour bavarder avec tes voisins.

C'est la meilleure. Pourquoi je perdrais mon temps à bavarder avec ces cons-là ?

C'est drôle, hier ça me faisait chier comme tout d'aller à l'école et ce soir j'ai envie d'être à demain. Au fond, à l'école c'est le prof qui fait tout.

Il y a une chose dont je me suis aperçu ce soir, c'est que c'est pas sûr que je me marie pas parce que si je tombe sur une fille du genre Pinsoneau, je vais céder à la tentation, et puis Monique je me dis que quand je l'ai connue j'avais pas l'habitude des femmes.

Au fait j'ai pas vu Chris, elle croyait peut-être que je l'attendrais à la porte de l'école des filles, alors là pas question, surtout que Laidu et les autres peuvent me voir et j'ai pas fini d'en entendre sur les couilles et le robinet et les poumons et toute la saloperie.

Je pense qu'elle s'appelle Sylviane ou quelque chose comme ça. C'est bête qu'on puisse pas savoir le prénom des gens d'après leur tête. Ou Michèle comme Michèle Alfa.

Elle lui ressemble aussi, pas de la même façon que Mme Imbert mais elle lui ressemble aussi.

C'est sûr qu'elle va donner des rédacs moins cons que Duploux. Tiens je l'ai vu au fait, Duploux, cet après-midi. Il faisait la cour des grands. Toujours la barbiche, l'air espion et sa blouse grise déjà dégueulasse de craie. Il en secouait un qui shootait dans les cailloux, il a peur qu'on lui casse les vitres. Un malade celui-là, quand il punit la bave lui coule.

Nous on s'en fout, on a Michèle Pinsoneau.

Je l'appelle Michèle à partir de maintenant parce que si on sait jamais son prénom, je trouve que ça fait moche d'écrire tout le temps Pinsoneau.

Vivement demain.

Il fait froid et elle a mis des socquettes. Quand elle marche sur l'estrade avec ses semelles de bois ça fait un vacarme terrible. Tous on fait du bruit avec nos pieds.

Pour moi la guerre c'est ça, le barouf.

Alors on a fait la rédac et le sujet c'était : « Quel personnage admirez-vous le plus et pourquoi? »

Je me suis marré parce que la mère à Barsoumian l'attendait à la sortie pour les commissions et elle lui dit :

– Alors qu'est-ce que vous avez fait aujourd'hui ?

Et c'est moi qui réponds parce que le temps qu'il comprenne ce qu'on lui a demandé, qu'il trouve la bonne réponse et qu'il arrive à choisir les mots pour la dire, il est déjà chez lui.

Donc je donne le sujet de la rédac et elle dit à son fils :

– Alors qu'est-ce que tu as choisi comme personnage, toi, empoté ?

Elle l'appelle empoté, comme ça, pour rire.

Lui ce con, il dit :

– Pétain.

Il faut dire que son père, à Barsoumian, il est en Allemagne, forcé par le STO dans les aciéries. Sa mère s'arrête de marcher et elle dit :

– On t'a demandé qui tu admirais et t'as pris Pétain ?

– Oui.

Il a pris la baffe sous le menton comme un boxeur, ça l'a un peu soulevé et il a miaulé :

– J'en ai pas trouvé d'autre !

– Comment ça t'en as pas trouvé d'autre ?

– J'ai pas trouvé d'autres noms.

C'est vrai qu'il est con, Barsoumian, je le sais depuis longtemps, quand même là il a forcé. Et la mère Barsoumian elle avait la fumée qui lui sortait des oreilles.

– Alors comme ça t'admires Pétain !

– Pas du tout, j'en ai pas trouvé d'autre.

– Tu l'admires pas et tu écris que tu l'admires, tu es fou alors !

Elle lui en a mis une deuxième de l'autre côté et ça a dû barder encore plus après chez eux.

Fouillet il a pris son père.

Faut vraiment pas être difficile. Je le connais, le

père à Fouillet. Il rempaille les chaises rue Emile-Zola. Il fait des balais et il va pêcher en douce dans la Seine vers les quais d'Ivry. Fouillet, il mange pratiquement que du poisson.

La particularité du père à Fouillet, c'est qu'il nasille quand il parle. Il peut jamais fermer la bouche, il a quelque chose qui bloque. Quand il me voit il dit : « A a on eti a? », ça veut dire : « ça va mon petit gars ». Je dis oui alors il répond : « E ien an ieu. » Ça veut dire « Eh bien tant mieux ».

Un jour il a essayé de me raconter la guerre de 14 avec toutes les batailles, les généraux, j'en étais malade de fatigue à la fin. Enfin c'est pour dire que c'est pas un personnage très admirable.

Laidu il a pris Napoléon, et moi j'ai pris le capitaine Fracasse, Cyrano, d'Artagnan évidemment, et puis Victor Hugo, Larousse, parce que pour connaître tous ces mots il faut en avoir dans la tête, Léonard de Vinci, Clément Ader, Richelieu et Antonin Magne parce qu'il fallait quand même un sportif et que papa m'en parle toujours, Georgius parce qu'il remuait tout le temps et j'ai mis aussi saint Vincent-de-Paul, Charles de Foucault parce que j'ai lu son histoire et Jeanne d'Arc parce qu'il n'y avait pas de femmes et que je pense que ça lui fera plaisir. Ah oui, et puis Laennec avec son stéthoscope et Roland à Roncevaux.

J'en ai mis sept pages.

C'est moi qui ai fait le plus long. Joulet a fait moins.

Joulet, c'est le premier. Toujours le premier partout, les traits tirés à la règle, pas de fautes d'orthographe, bien peigné, pas d'épi, en calcul rapide, il écrit la réponse sur l'ardoise avant que le maître ait fini l'énoncé. Il est au premier rang depuis le cours élémentaire. Jamais un bavardage. Même en gym il est fort, alors avec Pinsoneau, il va en mettre un rayon pour se faire bien voir.

Après on a eu deux problèmes et là j'ai écrit moins long.

J'ai dû me gourer dans la division. Je sais faire les divisions mais, dès qu'il y a une virgule au milieu, ça me fout tout en l'air.

Il faut que je raconte ce qui s'est passé à la fin vers les quatre heures et demie. Bortineau qui est juste derrière Fouillet tape sur l'épaule à Fouillet et lui dit quelque chose, et je vois que tous les types se passent le mot et Fouillet me tape sur l'épaule pendant qu'elle écrivait je sais plus quoi au tableau et il se penche et il me dit :

– Y a Laidu qui a sorti sa bitte.

Je trouve que c'est pas une grande nouvelle, la bitte à Laidu c'est pas le débarquement, surtout que depuis le cours moyen première année il la sort plus qu'il la rentre. La nouveauté c'est qu'aujourd'hui il l'a sortie en classe.

Moi ça m'embêtait, mais bon c'est comme ça que tout le monde fait, je passe à mon voisin « Laidu a sorti sa bitte », qui le passe aussi, etc. et ça fait comme un bruissement de la mer, on a entendu le murmure « La bitte à Laidu... la bitte à Laidu ». A ce moment-là elle se retourne comme Edwige Feuillère, elle montre un peu ses dents en parlant sous ses lèvres retroussées et elle dit :

– On va voir si vous vous rappelez vos récitations de l'année dernière. Laidu au tableau.

Silence de mort.

On a entendu le bombardement. Et Laidu qui trifouillait dans sa braguette et arrivait pas à reboutonner et elle a dit :

– Alors Laidu ?

Et il s'est levé tout courbé et il avait mis le samedi avec le dimanche et on voyait que ça lui remontait une jambe de pantalon et il a dit *Le Corbeau et le Renard* en faisant des fautes.

J'ai pensé que peut-être elle aurait pas de chahut

malgré sa jeunesse mais quand on est sortis Laïdu a dit qu'elle l'avait fait exprès pour voir sa bitte de plus près et que s'ils avaient été seuls tous les deux il montait sur l'estrade avec tout dehors et j'ai failli lui balancer un coup de cartable dans la tête mais j'ai quand même la trouille parce qu'il est plus fort et tous les autres vont comprendre que je défends la maîtresse, alors là c'est la merde jusqu'en juillet 44.

Donc comme je l'ai dit elle avait des socquettes, une robe bleu foncé avec des marques de craie à la fin et un pull-over jacquard avec un cerf qui galope, ça la serre un peu, c'est peut-être de la laine détricotée pour elle aussi et on voit bien ses poumons. Bien plus que Monique.

Personnellement je trouve que ça fait joli. Y en a qui en rigolent toujours, moi jamais, je trouve ça joli. La bonne femme qui jouait Roxane la dernière fois, elle les avait à moitié sortis. Evidemment je les voyais d'en haut, justement c'est joli aussi. Enfin tout ça c'est des questions personnelles.

On dit qu'il va faire froid. Il fait déjà froid, c'est rare en octobre.

On a une caisse spéciale pour garder tout ce qui se brûle, même les morceaux de papier, mais il n'y a plus non plus de papier. Pap en ramène du bureau de temps en temps, des trucs qu'il fauche. Ça va faire comme les autres hivers, on vit que dans la cuisine, tout fermé avec le réchaud à gaz qui brûle, on se déshabille et on met le pyjama toujours dans la cuisine et on court dans le couloir pour se coucher.

Le matin il y a de la glace à l'intérieur de la vitre tellement il fait froid.

Au Trianon cette semaine on joue *Carmen*, avec Viviane Romance, elle a des bouclettes sur le front mais il paraît qu'elle chante pas, alors comme a dit Traîtresse Infâme si on joue *Carmen* sans chanter c'est pas la peine. Don José c'est Jean Marais, en brun avec des bouclettes aussi, tout ça me paraît moche.

Je me demande ce qu'aime Michèle comme genre d'homme. Si c'est le genre Jean Marais avec les grandes épaules, les yeux fendus et le nez cassé du bout, ça va faire vraiment une trop grande différence avec moi. Je ne crois pas qu'elle ait de fiancé parce qu'avec les études pour être maîtresse et tout ça, elle a pas dû avoir le temps de s'en occuper.

Je lui ai fait un dessin ce soir. Evidemment je lui donnerai pas, mais c'est pour elle quand même, c'est une dame à la fenêtre d'un château qui est en train de penser. On le sait parce qu'elle a le menton appuyé dans la main et elle regarde dans un endroit où il n'y a rien à voir. C'est un dessin que j'ai un peu copié dans le livre d'Ivanhoé et j'ai essayé de faire le visage ressemblant mais c'est assez dur parce que c'est pas assez gros alors j'ai mis comme de la brume.

Il y a souvent de la brume dans les endroits où sont les châteaux.

J'ai bien réussi les créneaux, c'est dur les créneaux, d'habitude; j'ai de graves difficultés avec eux mais là je les ai réussis.

Je mettrai l'aquarelle demain parce que je commence à avoir sommeil.

Je voudrais bien être à demain déjà pour savoir les résultats des rédactions. Peut-être en ce moment elle les corrige. C'est peut-être la mienne qu'elle lit. Elle me mettra peut-être pas 10 parce que j'ai dû faire des fautes mais peut-être j'aurais 9, 8 au pire parce que vu la quantité elle peut pas faire autrement.

J'aime bien l'idée de savoir qu'elle me lit en ce moment, ça me fait une chaleur.

Je serai écrivain un jour, parce que pour eux ça

doit être tout le temps comme ça, ils savent qu'il y a toujours quelqu'un qui lit ce qu'ils ont écrit. C'est pas mal comme métier. Il faut que j'y pense.

C'est mieux que l'épicerie. Ça rapporte peut-être moins. Pap dit qu'il n'y a pas plus riches que les épiciers. Evidemment, avec le marché noir c'est facile.

Mais en temps de paix les écrivains sont peut-être plus riches que les épiciers. Ce serait normal parce que c'est quand même plus difficile d'écrire *Les Trois Mousquetaires* que de vendre un kilo de pommes de terre.

En parlant de pommes de terre, j'y retourne jeudi avec Pap. Ce soir il a dit que les Américains sont stoppés en Italie près de Salerne et que ça n'en finira jamais. Ça lui arrive par moments, le lendemain ça va mieux, les Américains repartent.

Allez cette fois, j'arrête.

D'abord je raconte la bagarre parce que toute la maison était sur le palier.

C'est Protineau et Goulier qui se sont battus. Pas pour des raisons d'Allemands et d'Américains, parce que Protineau en avait marre d'entendre le bruit du moulin à café. Il hurlait comme un fou : « Tous les soirs le moulin à café! »

La mère Protineau tentait de le calmer, mais il était fou, il croyait qu'ils avaient des tonnes de café chez eux. Il doit aimer le café, Protineau, parce que j'ai bien compris que si on lui en avait donné une tasse, même pas sucré, il se calmait tout de suite.

Après ça a été le pire parce que la reine de la puberté elle a dit :

– C'est pas le café qu'on mout, c'est de l'orge.

Alors Protineau est devenu violet et il a sauté deux fois en l'air.

– C'est pas vrai parce que ça fait pas le même bruit dans le moulin.

On écoutait tous dans les étages et il y en avait qui ont ri un peu alors Protineau a ajouté :

– Et puis ça sent le café !

La femme à Protineau a fait alors une bêtise, elle a dit :

– Laisse-la tranquille, c'est un cadeau de leurs amis les Allemands, ça se réglera après la guerre.

Goulier a fait un bond aussi.

– Les Allemands ne nous donnent pas de café !

– C'est pas vos amis, les Allemands ?

– Non, c'est pas nos amis !

– Et alors comment ça se fait que vous avez du café ? Vous le faites pousser sur le balcon ?

Alors Goulier a dit :

– Et vous, vous sentez le savon, je vous demande pas qui vous le donne.

Alors là ça a été la fièvre folle.

Protineau a commencé à donner des coups de poing sans arrêt sur la rampe d'escalier, et Pap a dit :

– Ils vont finir par se battre.

Protineau il arrêtait pas de répéter avec des yeux comme la mappemonde :

– Je sens le savon, moi ? Je sens le savon, moi ? Je sens le savon ?

Et l'autre qui l'accusait à mort :

– Oui, vous sentez le savon, ça sent dans l'escalier le matin.

– Je sens le savon, moi ?

Il lui aurait dit qu'il sentait la merde, ça aurait pas été pire.

– Oui, vous sentez le savon et je vous demande pas si c'est les Américains qui vous l'envoient.

Là il allait trop fort, ils ont autre chose à faire que de parachuter du savon pour Protineau.

Alors la baffe est partie, je l'ai pas vue mais je l'ai entendue et il y a la maigre du premier qui a dit :

– Si c'est pas malheureux, entre Français!

Pap a commencé à descendre pour les séparer et je l'ai suivi. C'est vrai qu'ils se battaient, des moulins à vent, j'ai vu leurs bras qui tournaient à toute allure, mais ils arrivaient juste à se donner de petites tapes sur le crâne et tout d'un coup la mère Protineau est partie du fond du couloir comme un obus et elle a essayé de donner des coups de pied dans les couilles.

Mêlée générale.

Je vois Pap qui disparaît au milieu et l'autre qui crie toujours « Entre Français! entre Français! » et paf la mère Goulier qui en prend une dans la gueule et Protineau le pif en sang, ça s'est arrêté quand la chemise à Goulier s'est déchirée.

Là ça devenait grave. C'est comme nous à la récré, on se bat pas en tirant sur nos affaires parce que là alors c'est vraiment con.

Enfin Protineau a promis à Goulier de le faire fusiller sur la place de la Mairie à la Libération et Goulier a dit que c'était pas encore demain la veille. On a parlé un peu dans l'escalier avec les autres et du coup j'ai revu Monique. Elle regardait avec les autres.

Ça m'a rien fait. Je suis guéri. C'est drôle parce que j'ai tout de même pensé qu'il y avait pas huit jours j'aurais eu le cœur tremblant. Eh bien, terminé.

En parlant de savon, c'est vrai qu'il n'y en a plus, on a une pâte noire dans une boîte en fer mais ça mousse pas. Ça râpe, et sur la figure ça donne des boutons.

Pour laver, Traîtresse Infâme a une lessiveuse, et

on fait bouillir de l'eau en ajoutant des cristaux. Ça pue, c'est une odeur qui étouffe. Quand elle fait la lessive, je vais faire un tour dehors parce que ça me pénètre dans les tuyaux de la respiration, et ça les bouche.

Au fait Pinsoneau m'a rendu ma rédac. J'ai eu 6.

C'est pas mal parce qu'il y en a plus de la moitié qu'ont pas eu la moyenne, mais je me demande si elle est pas un peu plus con que ce que j'ai cru.

Enfin j'ai pas cru qu'elle était con du tout, mais disons que quand on la voit on a tendance à dire qu'elle est complètement intelligente et ce n'est peut-être pas sûr. C'est les yeux qui font ça, on les voit et on pense qu'elle doit parfaitement penser juste.

Elle m'a donc dit que d'abord l'orthographe était déplorable et qu'il fallait voir ça de près.

Elle a même dit après : « De-très-près. »

Je me suis demandé à ce moment-là si j'allais pas regretter Pépito le Gaucho.

En plus elle a dit que c'était trop long. C'est vache parce qu'à ce moment-là elle avait qu'à dire de faire court. Le pire c'est qu'elle a dit qu'il fallait lire le sujet d'un devoir avant de le faire, elle avait dit UN personnage et pas 36.

J'ai dit « Oui madame » et voilà.

Elle avait encore son pull-over à la con avec son cerf qui galope.

Après elle a fait géographie.

Le sillon rhodanien. Je sais même pas où ça se trouve et si ça se trouve, elle non plus. J'ai même pas écouté et j'ai rien marqué sur le cahier.

Je m'emballe vite avec les femmes.

On s'est passé des papiers avec Fouillet, des dessins comme Guérin, il dessine bien, Fouillet, il m'a fait un dessin d'un type tout tatoué avec des bonnes femmes, des cœurs avec des flèches, et qui vient se faire tatouer un rôti de veau et l'autre qui continuait avec son sillon rhodanien et le crétacé et le jurassique, c'est incroyable ce que ça m'emmerde ces histoires-là.

C'est pas pour le 6 parce que ça je m'en fous, mais c'est qu'elle n'a même pas dit un mot de ce que j'avais dit.

Peut-être qu'elle a pas lu *Le Capitaine Fracasse* et *Cyrano de Bergerac*. Elle a entouré toutes les fautes en rouge et elle a mis presque partout « hors du sujet » ou « mal dit » dans la marge. Elle a qu'à le dire, elle, cette conne.

Et puis si j'admire plusieurs personnes, moi, c'est quand même pas ma faute. Si faut en admirer qu'une c'est quand même pas beaucoup. Pourquoi je choisirais d'Artagnan et pas Cyrano ?

Pour Smolensk ça y est, on a planté le drapeau. Dans *Le Petit Parisien* ils disent que les Russes piétinent dans Smolensk. Il y a quatre jours ils piétinaient trois cents kilomètres devant. Ce sont des gens qui piétinent à toute vitesse. Ils vont piétiner jusqu'à Berlin.

Ce soir j'avais plein de devoirs parce qu'elle y va pas mollo la Pinsoneau, eh bien j'ai rien fait, j'ai pris le journal et je l'ai lu alors je peux vous dire qu'il y a un nouveau film de Tino Rossi qui s'appelle *Mon amour est près de toi*, ça remplace *Le Chant de l'exilé*. Il y a la photo, il a toujours sa tête avec de la brillantine collante. C'est pas lui qui risque d'avoir un épi. Je l'aime pas quand il chante, ça fait comme une femme.

Ils jouent aussi *Ademaï aviateur*, ça a l'air plus rigolo et Charles Trenet à Mogador dans *Adieu Léonard*. Et la DCA allemande a abattu 24 avions sur la région parisienne, ça c'est sûr que c'est faux, et il y a eu 92 restaurants fermés pour cause de marché noir, et pour les œufs à partir du 27 on a droit à un seul pour les catégories EATVC et deux pour les J1, J2 et J3. Moi je suis J2, les J3 c'est les grands ils mangent plus. Donc j'ai droit à un œuf contre le ticket DQ du mois d'octobre (le DP n'est pas valable avant le 25).

Je recopie encore que Ladoumègue a gagné le 5 000 mètres et que Di Christo a battu Thierry au deuxième round en lui mettant une patate, voilà toutes les nouvelles.

Je sais pas pourquoi on achète encore le journal parce que ou bien il n'y a rien ou bien c'est pas vrai.

En plus ce soir on a mangé froid parce qu'il y avait des coupures de gaz. Ils disent que c'est les Américains qui cassent les tuyaux en bombardant mais Pap dit que c'est pas vrai, c'est parce qu'ils ont plus de charbon et que ça sent bon la fin.

Ça fait trois ans qu'il trouve que ça sent bon.

Enfin voilà, je suis célibataire maintenant parce qu'avec Pinsoneau c'est fini évidemment, avec son 6, pas question de se marier.

Je suis revenu de l'école avec Chris et une de ses copines, une grande sèche avec des jambes comme des rapières. Elles ont pas arrêté de parler de Pierre Fresnay.

– Tu l'as vu dans *Le Corbeau*?

– Non, mais qu'est-ce qu'il est bien! Dans le film où je l'ai vu...

– C'était quoi?

– Je sais plus. Il fait un officier, tout serré dans sa veste, à un moment il embrasse une fille...

Jamais je me suis autant fait chier.

J'avais honte. Surtout qu'elles parlaient fort et l'autre avec ses épées qui sautaient sur le trottoir.

– Et André Claveau, tu l'as vu dans *Cette heure est à vous*? Tu l'as pas vu? C'est là qu'il chante « Cette heure est à vous ». Tu peux pas t'imaginer...

Qu'est-ce qu'elle voudrait qu'il chante d'autre dans *Cette heure est à vous*?

Tout ça m'a écœuré et du coup j'ai recommencé à lire *Vingt ans après*. Au fond c'est là que je préfère d'Artagnan parce qu'à ce moment-là il a compris que les histoires de femmes c'était vraiment pas intéressant et du coup il retrouve tous ses copains.

Demain c'est dimanche. Je ne sais pas ce qu'on va faire : on joue pas *Cyrano*.

Alors là on a vu quelque chose de pas ordinaire.

On marchait, ça s'est mis à tomber et j'avais pas mon capuchon. C'est une chance, vous m'avez compris.

Donc on est sur la place du Châtelet et d'un côté on voit André Dassary dans *Valses de France* où c'était plein avec la queue, et de l'autre côté de la place le Théâtre de la Cité où c'était vide et pas cher en plus. Du coup on est entrés.

C'est comme la Comédie-Française mais ça brille moins et c'est plus petit, enfin ça lui ressemble. On était presque seuls au poulailler et quelques gens en bas, pas beaucoup, et puis ça a commencé à jouer.

Alors là je préfère le dire tout de suite.

J'ai RIEN COMPRIS. Rien du tout.

Ça se passait en Grèce avec des dieux et un type qui s'appelle Egisthe et à un moment il y a Jupiter et des acteurs qui sont déguisés, vous devinerez jamais en quoi?

En mouches!

Avec les ailes, les gros yeux et tout ce monde-là parle tout le temps sans arrêt.

A l'entracte j'ai quand même demandé le titre,

ça s'appelait *Les Mouches*. J'aurais dû m'en douter.

Je ne sais pas qui a fait ça mais alors ça ressemble pas du tout à *Cyrano de Bergerac*.

J'ai bien vu que Traîtresse Infâme ne comprenait pas plus que moi parce que quand je lui ai demandé : « Qu'est-ce que c'est comme histoire ? » elle a dit textuellement :

– C'est l'histoire d'une ancienne famille en Grèce.

C'est la meilleure. Je connais quand même, en Histoire on a fait les dieux, avec Mars, Junon, Apollon et tout le bataclan. Alors je demande à Pap qui bat les records en me disant :

– C'est pas des vraies mouches.

Je m'en serais un peu douté aussi ou alors on serait tous venus avec du Fly-tox.

Enfin bon, il y a Charles Dullin au milieu qui fait Jupiter, et de drôles de décors, mais c'est pas la peine d'attendre qu'il y ait un duel ou quelque chose comme ça, ils continuent à causer jusqu'à la fin. Ils parlent des rois, de la vie, du destin et patati et patata. Je sais pas qui a écrit ça mais alors, pardon, à sa place, je changerais de métier.

En plus c'était long parce qu'à la sortie il faisait nuit, Dassary en face avait fini depuis longtemps.

On est allés jusqu'à la gare à pied parce que la ligne de métro était fermée. On a parlé avec le type qui fait le trou dans le ticket, il a dit que la semaine prochaine ce serait pareil, que bientôt il n'y aurait plus de métro du tout parce que de plus en plus c'était désorganisé.

On est remontés et je me suis parié avec moi ce qu'allait dire Pap et ça n'a pas manqué, il a frotté ses mains il a dit :

– Ça sent bon la fin.

On est rentrés par la Bastille. Il pleuvait plus mais il faisait froid, et demain il allait falloir se retaper la Pinsoneau avec son sillon rhodanien, ça fait que ça m'a coupé les jambes, et comme je me traînais c'est Traîtresse Infâme qui m'a donné l'idée.

Elle a mis sa main sur mon front et elle a dit :
– Tu ne me fais pas de la fièvre, toi ?

Alors ça m'est venu sans réfléchir, j'ai dit :
– Ça me fait mal quand j'avale.

J'ai déjà fait le coup l'année d'avant, ça a toujours marché, et j'ai eu envie de pas bouger de mon lit de deux jours, deux jours à relire *Vingt ans après* et à faire des dessins.

Traîtresse Infâme va évidemment me refiler de son Broncodyl contre le rhume, elle croit que ça guérit parce qu'elle en prenait quand elle était gosse, c'est ce qu'on lui donnait à l'AP, des tonnes de Broncodyl, et c'est pour ça que j'ai pas de grand-mère et que je vais pas en vacances à la campagne. Pas à cause du Broncodyl mais parce qu'elle était à l'Assistance.

On verra si ça marche.

Je vais avoir droit au docteur. Le docteur Blouet, le roi du laxatif j'en reparlerai, en gros le docteur Blouet, il se trompe pas : ou bien c'est le laxatif Michelet ou c'est le vermifuge Lune.

Il est toujours persuadé qu'on a des vers, c'est plus fort que lui. Il s'imagine que les gens sont pourris de vers et que tout vient de là.

Un jour il nous a expliqué ça : si on prenait la peine de se pencher sur son caca, on verrait que ça bouge, seulement les gens ne regardent pas derrière eux, ils filent tout droit et c'est le malheur de l'humanité. Et encore dans le caca, c'est des vers qui sortent, mais il y a ceux qui restent, accrochés comme des boas.

Moi il m'a à l'œil, il est persuadé que j'ai tout un zoo à l'intérieur.

A un moment, je prenais tellement de vermifuge

que ça me nourrissait, c'était comme un deuxième dîner. Et puis aussi son autre truc, c'est contre l'anémie, c'est la Quintonine. Ça va pas louper, je vais me retaper le vermifuge et la Quintonine, j'en ai bu des centaines de litres.

Avec Traîtresse Infâme ils ont des conversations palpitantes, ils me regardent comme si j'étais un peu loupé, et Traîtresse Infâme dit :

– Il lui faudrait beaucoup de bifteck.

A ce moment-là il soupire et je sens qu'il pense « Et encore, je me demande si ça arrangerait quelque chose... » Pendant ce temps j'essaie de me gonfler un peu, de me tenir droit parce qu'en plus oui c'est vrai je l'ai pas écrit encore, j'ai une scoliose. C'est le dos qui ondule.

Bon, donc je me tiens droit, je rentre le ventre, et j'essaie de peser le plus lourd possible mais ça ne fait pas une grosse différence avec d'habitude.

Donc il continue à me regarder comme s'il me voyait les vers de terre au travers et il dit :

– Vous lui donnerez un peu de vermifuge Lune et de Quintonine.

Je me demande pourquoi elle le fait venir puisque, de toute façon, on sait ce qu'il va dire.

Personnellement je sais qu'il n'est pas fort du point de vue médecine parce qu'il s'est jamais aperçu que j'avais rien. Ou alors il le fait exprès parce que évidemment s'il dit aux gens qu'ils ne sont pas malades, il ne sera plus payé.

Ce soir j'ai un peu traîné sur le café au lait pour faire croire que ça n'allait pas et Traîtresse Infâme a dit d'elle-même :

– Si ça va pas mieux demain matin, tu resteras à la maison.

Le soir quelquefois on se fait un café au lait pour remplacer le dîner parce que ce mois-ci il n'y a pas eu d'arrivage de rien, juste deux kilos de pommes de terre contre le ticket 22 et ça fait longtemps qu'on les a mangées.

Après Protineau est monté pour nous prévenir que toute la semaine il y aurait des arrêts surprise pour le gaz et l'électricité et que les Russes étaient à Krementchoug. Il était sûr du nom.

Ils ont regardé sur la carte et c'est moi qui l'ai trouvé. On a planté le drapeau et on lui a donné une tasse d'orge, il a parlé d'une combine pour avoir des lames de rasoir en échange de papier à lettres et je suis parti me coucher.

J'ai sommeil.

C'est drôle, quand je sais que je vais pas à l'école le lendemain, je dors tout de suite.

J'ai ouvert la fenêtre et je suis resté devant avec la bouche ouverte pour que l'air froid entre bien et que les amygdales gonflent. Je fais souvent ça mais il n'y a pas tellement de résultats. Ça fait rien, je suis encore parti pour huit jours de Quintonine. Je vais lire tranquille.

Le coup de Krementchoug ça me fait penser à il y a trois ans.

J'étais assez petit évidemment, et tout le monde parlait des bateaux détruits par les Anglais et qui c'est qui avait bombardé tous les bateaux ? C'était un salopard qui s'appelait Marcel Kebir.

Après on m'a expliqué et Pap m'a appelé Marcel Kebir pendant longtemps : « Tiens voilà Marcel Kebir qui vient de l'école, eh, Marcel Kebir tu vas chercher le pain ? » etc. C'est moins con de s'appeler Marcel Kebir que Povchéri de toute façon. Ça fait arabe, c'est tout.

Bon je dors. J'espère que je vais pas rêver aux *Mouches* parce que c'est vrai que par moments ça foutait un peu la trouille comme pièce.

Ça m'a énervé, je raconte dans le détail. Donc je reste au lit tranquille avec Traîtresse Infâme qui m'apporte le déjeuner avec la Quintonine et le vermifuge, parce qu'il en restait dans le fond de la bouteille, et je pense que les autres pommes sont en train de faire la dictée et ça me rend tout joyeux pendant que moi je suis tranquille et même à tout moment j'ai cru que j'étais vraiment malade.

A midi, j'ai eu de la soupe avec beaucoup d'eau parce que Traîtresse Infâme dit toujours : « Quand on est malade, faut beaucoup de liquide. »

J'ai fait un dessin avec des cavaliers mais c'est les pattes arrière qui clochent, mes chevaux ont un côté lapin.

Les cuirassiers ça va. J'ai un modèle sur le livre d'Histoire.

Voilà quatre heures et demie qui sonnent et on frappe à la porte d'entrée. C'est Chris qui arrive avec les devoirs pour demain que la maîtresse a donnés à Fouillet pour moi et qu'il a refilés à Chris parce qu'elle habite dans ma maison, et je l'entends qui parle avec Traîtresse Infâme dans la cuisine et je me dis pourvu qu'elle s'en aille et j'entends Traîtresse Infâme qui lui dit :

– Va le voir, il est couché.

C'est bien ce que je crains le plus. Pourtant elle sait bien que je n'aime pas qu'on entre parce que c'est la tenue qui fait drôle.

D'abord je garde mon béret parce que évidemment il fait froid dans la chambre, j'ai mon cache-nez détricoté retricoté avec les rayures différentes et puis j'ai mon tricot et par-dessus le pyjama que Traîtresse Infâme m'a fait dans une sorte de tapis avec des volutes.

Ce qui fait que j'ai comme un vase de fleurs sur le ventre et ça remonte sur les épaules par des tiges et ça s'épanouit dans le dos avec des roses vertes, rouges et jaunes.

C'est très chaud mais comme elle a toujours peur elle me met aussi une liseuse quand je suis assis dans mon lit. Une liseuse, c'est tricoté sans manches et ça fait comme de la dentelle de laine, elle l'a prise jaune clair et c'est pour les femmes.

Quand j'ai tout ça, je peux à peine lever les bras tellement c'est lourd et bariolé.

Quand j'ai entendu que Chris arrivait j'ai juste eu le temps d'enlever mon béret parce que ça doit faire con de le garder à l'intérieur mais j'ai pas pu ôter le reste. Et encore, j'ai pensé que c'était une chance que ce soit pas vraiment l'hiver parce que à ce moment-là en plus j'ai des gants contre les engelures, des gants rembourrés presque comme les boxeurs.

Elle est arrivée, et tout autour d'elle il y avait comme un vent froid du dehors, elle avait les joues roses et elle m'a dit :

– Alors ça va ?

J'ai pris ma voix spéciale mourant.

Je parle bas et je fais des intervalles entre les mots comme si j'arrivais pas à finir les phrases par fatigue.

J'ai quand même pu me sortir de la liseuse parce que ce jaune avec des peluches c'est pas regardable et elle a regardé les roses sur mon pyjama et elle a dit :

– Tu as un joli pyjama. C'est quoi comme fleurs ?

J'ai dit des roses. En fait je crois pas, c'est des sortes d'hortensias géants comme dans les cimetières avec des nervures qui s'entrelacent de partout.

J'ai fait « Oui, c'est ma mère qui me l'a fait » parce que je préférais autant qu'elle sache que c'est pas moi qui me le suis acheté tout seul.

Elle a dit « Ah bon » et elle m'a donné les devoirs à faire.

– Tant que tu seras malade je te les apporterai, c'est ta maîtresse qui l'a dit.

J'ai dit que de toute façon j'avais 40 de fièvre et la tête dans un cercle de feu et qu'elle pouvait m'apporter tout ce qu'elle voulait, c'était comme si on pissait dans un violon.

Alors elle s'est penchée et elle a dit :

– Mais alors tu as très mal ?

J'ai haussé les épaules pour montrer que c'était quand même pas la guillotine et c'est à ce moment-là qu'elle est tombée sur le lit et qu'elle m'a fait comme une prise de lutteur avec ses bras autour de la tête et que j'ai plus vu la fenêtre parce qu'elle me bouchait le jour et elle m'a fait comme au cinéma.

Sur la bouche.

J'ai cru que je devenais fou.

Normalement, d'abord et d'une, c'est l'homme qui commence c'est pas la femme, ensuite et de deux, elle embrasse la bouche ouverte et ça fait comme une expiration et en plus la langue qui remue, alors là pas d'accord.

En plus je pouvais pas bouger parce que j'étais toujours pris dans les couvertures, le pyjama, et je pouvais pas me débattre complètement pour qu'elle voie pas que j'avais gardé mes chaussettes et puis pour pas faire de bruit non plus parce que Maman pouvait venir, et théoriquement c'était à elle d'avoir honte puisqu'elle a commencé mais je connais les quilles, elle aurait dit : « C'est lui qui m'a embrassée le premier ! » Jamais à un mensonge près.

Ça continuait et ça continuait. J'allais quand même pas me battre, heureusement que je respirais par le nez parce que sinon c'était l'asphyxie comme quand je me lave la tête dans la bassine et que je plonge.

Et puis mes lunettes ont glissé et j'y ai plus rien vu et enfin ça s'est arrêté mais pas avant une bonne demi-heure.

Enfin c'est pour donner une impression parce que ça a fait moins longtemps évidemment.

Alors elle s'est reculée et elle a dit :

– Maintenant tu préfères moi à ma mère!

Et toc carrément.

C'est elle qui m'embrasse et puis après c'est elle qui décide.

Heureusement que c'est fini avec Pinsoneau parce que sinon c'était une véritable trahison. De près d'ailleurs elle était pas mal à ce moment-là, un peu rouge avec la bouche ouverte et une boucle qui tombait comme Arletty sur l'affiche de *L'Amant de Bornéo.*

J'ai dit :

– Bon d'accord.

J'aurais dit n'importe quoi pour qu'elle arrête.

J'avais chaud, ça me coulait dans le dos.

– Maintenant, a dit Chris, pour s'embrasser on ira à la cave c'est le plus tranquille.

Elle a tout prévu. Qu'est-ce qu'elle veut que j'aille faire à la cave? La cave c'est pour les bombardements et pour mettre les vieux trucs dont on veut plus et pas pour autre chose.

J'ai redit d'accord.

– Je reviens demain pour les devoirs.

J'ai pensé, ça va recommencer, elle va me refaire le coup de la pieuvre agrippante.

Traîtresse Infâme est arrivée juste à ce moment-là, elle m'a tâté le front et elle a dit :

– Mais tu as bien chaud, toi tout d'un coup.

J'ai répondu que non, que tout allait bien et en fin de compte Chris s'est décidée à partir.

Je l'ai même entendue galoper joyeusement dans

les escaliers. Elle doit croire que c'est fait, qu'elle m'a eu, comme si elle était la mère Bonacieux et moi aussi con que d'Artagnan.

C'est incroyable quand même quand on fait les comptes, tout maigre, tout suant avec mes fleurs à volutes, mon cache-col tortillé, ma liseuse de canari, mon épi, mes lunettes et en plus je suis pas lavé, eh bien ça fait rien, il faut qu'elle m'embrasse !

Enfin ça y est. Ça m'est arrivé.

Maintenant je pourrai dire que je sais ce que c'est.

Tous les grands du genre Laidu qui s'imaginent qu'ils sont les seuls, alors là doucement.

A la cave.

Ça va pas être si facile d'aller à la cave !

Si on nous voit descendre tous les deux, tout le monde va comprendre. On peut pas dire qu'on va chercher du charbon, il n'y a plus de charbon.

Enfin la nuit vient vite, en rentrant de l'école on peut trouver un coin dans une rue.

Quand même c'est un vrai tigre.

On aurait dit celui qui a bouffé Gina Manes à Médrano. Et Gina Manes c'était moi.

J'aime pas vraiment à savoir si c'est écœurant ou si c'est très bien.

Evidemment avec elle, le problème de la différence d'âge est réglé. On peut se marier dans dix ans si on veut, c'est plus simple.

Mais peut-être j'en aurai trouvé une autre d'ici là parce qu'il faut bien que je le dise, j'ai du succès. On verra bien.

Du coup j'ai plus rien lu, plus rien dessiné et Pap est arrivé en disant :

– Ça y est ils sont à Krivoï-Rog, ça sent bon la fin.

Alors j'ai décidé d'aller à l'école demain. J'ai dit

que j'avais plus mal, et voilà tout le monde est content.

Je vais quand même pas passer toute une année au lit pour qu'elle vienne me faire des prises de tête et des bruits de salive.

Et puis les Américains vont quand même bien finir par bombarder l'école.

C'est quand même drôle la vie. Après la mère, la fille.

AUTOMNE 2003

Eт aujourd'hui la grand-mère.

Non, je plaisante.

Quel petit bonhomme sans consistance! Adieu Monique, bonjour Pinsoneau, adieu Pinsoneau, bonjour Chris... Il ne me fallait pas grand-chose alors pour changer d'amour, une mauvaise note et hop, terminé pour la vie.

Et dire qu'après j'ai été incapable de rompre... Toujours avec cette impression que les choses n'étaient jamais vraiment finies, qu'il restait un espoir, une chance au fond du tunnel, une lueur...

J'ai toujours cru que le cœur pouvait repartir, qu'avec un peu plus de vent venu d'ailleurs, l'étincelle défaillante allait renaître, qu'elle flamberait à nouveau.

C'est pour cette raison que j'ai voyagé, espérant qu'une bise nouvelle attiserait le vieux bûcher mourant où se consument les passions.

« Se consument les passions! » Vieux style!

Lorsque ça n'allait plus très fort avec la dame du moment, je l'emmenais prendre un air neuf pour que l'amour brûle encore.

Il y a des villes pour cela : Bruges, Venise et surtout Lamotte-Beuvron.

Moi c'est Lamotte-Beuvron qui me réussissait. Je

ne sais pas pourquoi. La ville miracle. Avec la femme d'un commissaire-priseur de Bois-Colombes en particulier.

Notre liaison durait depuis six mois et l'ennui entre nous montait comme une nausée. Et puis tout d'un coup, hop, un week-end à Lamotte-Beuvron et ça repartait, tout requinqué, tout pétillant. Le climat devait nous convenir, les bois de Sologne, la pluie dans la forêt, allez savoir...

Ça s'est prolongé plus longtemps que prévu, dès qu'on sentait un fléchissement, un bâillement précurseur, direction Lamotte-Beuvron et en avant pour un nouveau départ.

J'ai pensé à cette époque-là que chaque couple devait avoir son lieu de préférence, un endroit idéal où il s'épanouissait... Mais c'était loin, même avec l'autoroute, un jour on a laissé tomber.

J'y suis retourné bien des années plus tard, avec Marceline.

Une catastrophe. On s'est engueulés dès la porte de l'hôtel, une histoire de bagage oublié, on n'a pas arrêté jusqu'au lundi matin, le garçon n'osait pas nous servir tant l'atmosphère était tendue, on devait dégager des ondes en fil de fer barbelé.

Lamotte-Beuvron ne nous valait rien.

Elle, c'étaient les restaurants à toile cirée dans les dernières rues de Belleville, l'odeur de chou et les tables bourrées d'employés qui payaient en tickets-repas. Elle prétendait ne jamais être autant amoureuse de moi que dans ces moments-là, lorsqu'elle me voyait tourner tristement une tambouille dans l'assiette... Ce doit être ça aussi l'amour, le coup de pot qui installe deux êtres dans un endroit idéal, une alchimie entre un décor et ceux qui s'y rencontrent.

C'est ce que j'ai tenté en emmenant Danièle dans les Afriques.

J'ai cru qu'au milieu des Kaleris elle serait vraiment à moi.

Je devais être secoué à l'époque.

Secoué par elle en tout cas, c'était évident.

Je ne t'ai pas parlé de Danièle, Povchéri, c'est ce dont on parle le moins qui compte le plus, je le ferai, si le temps m'en est laissé. J'ai plein de pages encore dans le cahier.

Le premier baiser. Je sens la panique qui m'est montée. Piégé au lit avec la trouille que la porte s'ouvre.

Je n'ai jamais cessé d'avoir cette crainte, le plus idiot c'est ce que je n'ai jamais su qui s'apprêtait à ouvrir...

Je me suis toujours senti fautif avec les femmes. Toujours cette impression que si je les avais laissées tranquilles, je leur aurais évité bien des embêtements.

Je suis le semeur de désordre.

Elles ont introduit le drame dans ma vie, également, de ce côté-là on est quittes si l'on y réfléchit bien.

J'ai rangé l'échiquier pour le moment.

La fille d'Adeline va venir. Elle attend l'autorisation des autorités italiennes, il y a un renforcement aux frontières par crainte d'exode massif. Je suppose qu'ils ferment pour mettre les troupes entre Vintimille et le Saint-Bernard et tirer sur les réfugiés. C'est ce que l'on devait appeler autrefois l' « esprit communautaire européen ».

Nous ne rentrerons plus en France. Je me demande si ce nom a encore un sens.

Des nouvelles sont parvenues. Il y a une bataille au large de Socotora et les chars coréens ont enfoncé les troupes de l'Imam. Les moussons stoppent l'avance des troupes en Mandchourie. Tout va s'enterrer, comme au bon vieux temps des guerres impériales.

Le printemps, Povchéri. Tu dois t'accrocher à ce printemps à venir... Il faut le revoir, pas question de céder, tu l'as promis au petit bonhomme en pèlerine.

J'ai ressorti ma veste de laine. Pas mal d'années que je la traîne. Lorsque je l'endosse, c'est l'hiver qui m'entre dans les épaules.

Garnier m'a paru sombre.

On a bavardé assez longuement après qu'il m'eut examiné. De la guerre surtout, il a des nouvelles inquiétantes. Si, comme il le croit, l'une des bandes de Trinconmali possède réellement la technique permettant de vaporiser des micro-organismes par containers autopropulsés, ils peuvent propager le virus d'une encéphalite galopante sur un bon quart de la planète.

Je lui ai fait remarquer qu'il serait assez plaisant de penser mourir d'un cancer de l'anus et de finir en fait d'une paralysie du cerveau. Il m'a rétorqué que mon sens de l'humour lui échappait parfois.

Je lui ai tout de même demandé des nouvelles de mon cul et il a eu cette phrase qui m'a beaucoup éclairé :

– Il n'est pas neuf.

Je me suis confondu en remerciements sur l'éblouissante révélation qu'il m'apportait et l'ai averti que s'il n'en tenait qu'à moi je le proposerais pour le Nobel.

Du coup il m'a parlé de ses trois fils. Les deux premiers sont en Angleterre, le dernier aux Etats-Unis, ce qui est évidemment plus inquiétant. La dernière lettre date de six mois et est timbrée de Buffalo, quatre jours avant les grandes émeutes. Pas rassurant.

Un nom dans ma tête depuis ce matin : Belvidera. Il n'a pas arrêté de résonner. J'ai cherché du côté de l'Amérique latine, j'y ai eu des collègues sociologues, ce n'était pas cela... Et pendant des heures quatre syllabes sonnantes, Belvidera, Belvidera...

Et puis c'est revenu dans l'après-midi, je traînassais sur un bouquin de Balandier et la lumière fut : Belvidera c'était Mme Belvidera.

Et Mme Belvidera n'a jamais existé.

Pourtant je la vois bien, c'est une grande femme à la peau blanche et aux vêtements de prix, elle émerge de tas de valises précieuses dans les halls de marbre d'un grand hôtel du lac Majeur. Elle est belle, d'une de ces beautés de marbre qui m'a glacé toute ma vie... C'est une statue à fourrures et à voilette. Elle est l'héroïne du *Parfum des îles Borromées*, le vieux livre lu à plat ventre sur la carpette à fleurs de la chambre d'enfance.

Peut-être est-ce la femme qui m'a le plus marqué, peut-être étions-nous d'un temps où les êtres les plus déterminants de nos vies ne possédaient que la seule réalité conférée par l'imagination d'un écrivain...

Plus que la vieille pute des Halles, Mme Belvidera a dû être ma première maîtresse de la façon la plus importante qui soit : sans que je m'en aperçoive.

Elle respire l'air du soir sur le lac embaumé, ses cheveux se dénouent, on devine sous la robe Patou ou Grès le corps infiniment manipulable des femmes au regard altier...

J'ai dû succomber à ce contraste insupportable entre une rigueur de manières née d'une éducation parfaite et ce soudain abandon entre les bras d'un crétin d'amant qui n'en revient pas de sa victoire.

Ce devait être cela, les romans d'amour à cette époque : on montrait une femme corsetée sanglée dans ses pensées, avec un mari, une religion, des enfants, des principes, et puis tout d'un coup on la laissait deviner à demi nue, déployée, rendue, pétrie, utilisée, moins qu'un corps : une pâte à pain, une extase.

Entre les deux, rien, c'est-à-dire moi le lecteur, suffoqué, qui tentait de comprendre cette magie, cette transformation invraisemblable, cette prestidigitation. Elle était debout tout à l'heure, pincée, bienséante, bon goût, bon ton, belle tenue, et voici qu'elle est couchée, livrée, roucoulante, gisante, citadelle écroulée, ville prise mise à sac...

Comment cela s'était-il fait? Comment expliquer le passage?

Sacrée Belvidera! Elle alternait la fermeté du maintien et la mollesse de l'abandon avec une frénésie déconcernante. Ce livre me donnait le tournis.

Elle était acier impitoyable et tendre traversin d'une seconde à l'autre... Pas étonnant que le nom me poursuive encore... Je ne me suis jamais remis du mystère Belvidera. Je me suis toujours repu de ce grand truquage de music-hall, Danièle pérorait doctement dans un de ces dîners du vendredi que nous donnions rue Oudinot à la fin des années 70. Je la revois très bien à l'autre bout de table, fardée au millimètre, souriant avec ce sérieux qui fut longtemps pour moi l'image de la mesure, de l'ordre et de la sagesse universelle. Elle portait l'une de ces robes de coupe stricte qui semblait grise toujours, qu'elle qu'en fût la couleur, et je pensais à elle telle qu'elle était, parfois entre mes draps et je m'extasiais de cette transformation, toujours aussi invraisemblablement stupéfiante... Etait-ce la même?

Je n'ai jamais recollé les deux visages de Mme Belvidera. Les femmes ont tenu dans ma vie le numéro du fakir au music-hall. Inutile de préciser que ce numéro a été le clou du spectacle.

Dormons. Nous n'éclaircirons jamais le mystère Belvidera. Tant mieux.

Autant le savoir, il n'y aura pas d'autre partie d'échecs avant longtemps. Tromard me l'a appris, j'ai dû faire une telle gueule qu'elle m'a proposé de jouer aux dames.

Ils l'ont opérée hier, à l'hôpital Bucatini. C'est à trente kilomètres près de Motta di Livenzo. Elle qui voulait voir la mer de plus près, la voilà aux premières loges.

Ablation de la thyroïde au laser. La mâchoire est bloquée. Nourrie à la paille.

Merci cher destin, tu nous gâtes, le meilleur était donc pour la fin.

La vieillesse est le dessert de la vie. Le nôtre manque singulièrement de sucre. Remplacé par la bonne vieille morphine et le petit nouveau DT 48.

Ils vont la ramener dans une dizaine de jours. Qu'est-ce que je peux faire ? Il n'y a même plus de fleurs dans le jardin. Tromard affirme qu'elle peut parler.

Pas de téléphone possible. Réseau de lignes minimum réservé aux porteurs de numéros prioritaires, code rouge... Ce sont les nouvelles restrictions.

Enfant on me rationnait le pain, vieillard on m'interdit la communication. On peut en déduire que la communication d'aujourd'hui est le pain d'hier.

Nous revoici donc seuls tous deux, Povchéri.

Froid sec aujourd'hui, j'ai entrebâillé la fenêtre. Des chats dans le parc, ils me semblent grouiller. D'où viennent-ils ?

Au réfectoire on parle de pluies contaminées sur les Alpes du Trentin, des nuages poussés par les vents entraînent des migrations d'animaux, ce sont les habituels bobards de toutes les guerres.

19 septembre aujourd'hui. Il est rarissime que je connaisse la date du jour, or je l'ai lue très exceptionnellement au poignet de Tromard lorsqu'elle m'a fait la piqûre du matin. Cela m'a fait un choc. Non, ce n'est pas vrai, pas un choc, disons que j'ai été étonné de la coïncidence.

C'est un 19 septembre que je suis arrivé chez les Kaleris pour la première fois. Je n'ai pas voulu calculer les années. En gros quarante ans.

Ma première piste caravanière... De Djemaa jusqu'au lac Tchad. Je me suis arrêté à mi-chemin. Nous étions trois crétins de Blancs faits pour l'Afrique comme moi en ce moment pour la course à pied.

Les montagnes et puis le premier Kaleris. Douze ans, le ventre plat, il pissait dans le sable. Nu comme la main avec un anneau de cheville et un serre-tête en raphia. Quatre flèches dans une main, un arc dans l'autre, il nous a montré le chemin des tentes.

En y pensant bien aujourd'hui, je crois que ce sont les yeux de ce gosse qui m'ont décidé à m'arrêter là. Ils contenaient une lueur qu'aucun de ceux que j'avais croisés jusque-là n'avait jamais eue. On peut appeler cela la paix, si l'on veut. Une paix vivante et tendre comme une force contenue.

J'ai posé le sac et les autres ont continué vers Maïdougari et les plaines. J'avais trouvé mes Kaleris. Je leur ai consacré le reste de ma vie.

Or je peux bien avouer aujourd'hui une chose que je n'ai jamais dite à personne. Je me suis aperçu dès la première semaine que le gosse qui avait tout déclenché, le petit pisseur des sables aux yeux paisibles était le crétin du village.

Crétin parfait. Et le crétin Kaleris est un crétin de taille. Il était le seul à ne pas porter de nom. Il disposait d'une quinzaine de bruits, sortes de chuintements et sifflements parfaitement inarticulés que j'avais pris pour le langage du clan. Incapable de subvenir à ses besoins, il était nourri des reliefs de la tribu et passait l'essentiel de son temps à errer aux limites du territoire de chasse, promenant son regard de clarté calme sur l'univers d'herbes à lions et de rochers désagrégés qui l'entourait.

Voilà, c'est ainsi que les choses se sont passées.

Bien des fois par la suite, pratiquement jusqu'à ma retraite, la question m'a été posée sous diverses formes : « Pourquoi les Kaleris ? »

Mes réponses ont varié sans être totalement divergentes.

J'ai parlé d'une volonté de me rapprocher le plus possible de la mentalité primitive, d'une séduction immédiate opérée par leur style de vie parfaitement adapté à leur milieu naturel, j'ai parlé d'écologisme instinctif, d'économisme régulateur, de structures mentales anticonflictuelles, de leur fameux refus de l'Occident, etc. Je n'ai jamais dit que, le 19 septembre 19.., j'étais tellement con que j'avais confondu sagesse du regard et vide mental.

Expérience enrichissante, au fond.

Je ne regrette pas de m'être passionné pour eux qui n'étaient pas plus passionnants que d'autres, l'essentiel était d'être passionné. Je le suis resté longtemps, même si quelquefois j'ai un peu entretenu ma passion.

Et puis les Kaleris m'ont permis de ne pas trop fréquenter mes semblables, ça n'a pas été leur moindre mérite. Grâce à eux j'ai évité longtemps la compagnie des loups, non qu'ils fussent des agneaux, mais je reconnais à leurs règles de conduite l'avantage de ne pas chercher à pilonner les autres à coups de mégatonnes.

Danièle fut d'ailleurs heureuse durant ces longs mois de savane, elle a dû avoir l'impression d'être dans un film.

Il y a eu une époque où le cinéma s'est installé en Afrique, on voyait des blondes galbées abattre des rhinocéros, fuir devant des éléphants, courir corsage lacéré dans des jungles touffues... Les choses ne sont pas allées jusque-là, tout de même nous avons eu quelques péripéties, heureusement, sinon ce n'était pas la peine de vivre sur ces hautes terres...

Bon temps au fond, nous faisions beaucoup l'amour à cette époque. Les choses ont changé par la suite.

Le parc est rouge chaque soir, un peu plus à chaque crépuscule.

Quel autre pays connaît cette alliance du marbre et de la vigne vierge ? Il y a là une perfection, lorsque vient la fin du jour et que toutes les formes se précisent.

Je peux encore profiter, installé sur le balcon et emmitouflé de couvertures... Je domine les escaliers et la double rampe monumentale qui descend en s'écartant vers la prairie.

Je ne sais toujours pas le nom du village, là-bas, dont je devine les toits masqués par les cyprès de la grille.

Plus loin c'est la direction de Motta di Livenzo.

Reviens, Adeline, merde.

Qu'est-ce que c'est qu'une thyroïde de plus ou de moins ? Tu ne vas pas m'en faire un cirque, à nos âges nous pouvons supprimer bien des choses, regarde, moi qui n'ai plus de fondement, je ne me plains plus... Nous finirons réduits à l'essentiel : deux vieux cœurs battant sur deux vieilles chaises dans un parc de l'automne italien.

Pas de téléphone, pas question d'écrire... Aucun don pour la télépathie... Il ne faudrait jamais perdre l'habitude d'être seul...

Il me reste toi, Povchéri, le recours... Le premier et le dernier.

Soupe en conserve ce soir. Les arrivages n'ont pas eu lieu, les transports de matériel de guerre restent prioritaires, tout part vers la terre d'Arnhem et le golfe de Carpentarie.

Des batteries ont été installées dans les monts Musgrave. Je souhaite bien du plaisir à nos amis australiens.

Un ancien jardinier qui sert au réfectoire et baragouine le français affirme que les stocks de chars américains de l'ancienne guerre du Viêt-nam et même de Corée sont réutilisés dans les sables du grand désert de Victoria. A quand l'arc des Kaleris ?

Je n'arrive pas à dormir.

Si j'écris ce qui m'en empêche, peut-être y parviendrai-je. Cela s'est passé au moment où je quittais la salle. J'ai entendu l'une des pattes folles du rez-de-chaussée parler avec une fille de salle, juste quelques mots. Départ pour Sofia.

Ce n'est pas possible.

Le temps que je fasse un pas, ce crétin filait comme une flèche par le couloir. Ce doit être un plaisir de glisser sur les dalles en fauteuil roulant.

Demain j'interroge Tromard.

Je ne finirai pas chez les Bulgares. J'ai dit que je verrais ce printemps naître ici. Il y a Adeline de toute façon. Ils me laisseront si je le demande. J'ai de l'argent liquide. Suffisamment pour payer le gardien pendant un an pour qu'il m'apporte de quoi manger. Question maladie, je sais me soigner, il suffit qu'avant de partir Garnier m'établisse le programme.

Ce serait l'idéal d'ailleurs. Ce palais pour moi seul.

J'irai revoir Perséphone que je n'ai pas encore saluée... Je ne connais pas les serres, ni le bassin de l'est, ni la salle des gardes... Je serais seul à garder le sanctuaire.

Allégorie : vieillard mourant dans le dernier vestige d'une époque révolue. Dans l'été de l'Adriatique, un ethnologue s'éteint au cœur d'un palais désert quelques heures avant l'explosion définitive de la planète.

Je ne partirai pas, c'est tout, je ne suis pas un paquet indéfiniment transportable.

J'ai peut-être mal compris, ils parlaient italien. « Sofia » pourtant... Je demanderai à Garnier demain, je ne le lâcherai pas tant qu'il n'aura pas craché la vérité.

Qui a dit que mettre au net ses angoisses c'est déjà les exorciser ? Un imbécile évidemment, je suis encore plus réveillé maintenant.

Restent les cachets.

Il faut que je sois en forme demain, l'oreille agile pour saisir tout indice.

La paix, mon Dieu, je vous en prie, la paix en ce jardin...

Des grues dans le ciel, deux longs V flottant très haut, Gianni ramassait des brouettes de feuilles et m'a longuement expliqué qu'habituellement à cette époque de l'année elles sont déjà dans les plaines de Tripolitaine à se chauffer les ailes.

Bizarre, elles volaient vers la Yougoslavie comme si elles inclinaient leur route pour avoir encore le soleil mais en s'écartant tout de même d'un danger.

Que se trame-t-il dans les déserts de pierres ?

On dit que les hommes de Khadine sont allés

rejoindre leurs bases du Tibesti après avoir traversé la frontière tchadienne... Qu'est-ce qui empêche les oiseaux de caqueter au grand soleil d'Afrique ? Nous le saurons bientôt en recevant sur la gueule la prochaine catastrophe.

Quatre jours que je n'ai rien écrit.

Le palais est chauffé. Soi-disant. Radiateurs tiédasses. Seraient-ils rouges qu'ils n'arriveraient pas à faire monter de trois degrés des pièces d'un tel volume... Six mètres sous plafond, autant dire que, quel qu'il soit, l'hiver sera froid.

Aucune importance, Povchéri en a vu d'autres durant les hivers 41, 42, 43, et 44. Le prince de l'Engelure et de l'Eternel Retour des choses.

Gianni tourne autour de moi. Il espère que je vais lui demander d'accomplir un autre voyage.

Un million de lires pour soixante kilomètres, c'est évidemment un bon rapport.

Cela m'a permis d'avoir un mot de la mère Wormer qui s'adonne aux joies de la radiothérapie post-opératoire, quinze jours avant de ressortir l'échiquier. Elle est passée de la dégustation à la paille de liquides lactés à des bouillies et autres purées ingurgitées à la cuillère.

Elle aussi donne dans l'éternel retour. Elle termine en précisant que malgré quelques difficultés à s'exprimer surtout en ce qui concerne les diphtongues sifflantes, elle pourra m'engueuler tout de même avec une grande efficacité.

La fin de sa lettre m'a fait une drôle d'impression : « *C'est bien d'être loin de vous, je peux ainsi vous imaginer autrement que vous ne l'êtes, lorsque cela m'arrive, bizarrement je vois à présent un petit garçon. C'est sans doute parce que, malgré l'apparence, vous n'en avez pas fini avec votre enfance. De toute façon, je dois dans les quinze jours revenir à Moltabelli et je retrouverai du même coup votre pénible réalité. Entraînez-*

vous à notre jeu préféré, vous en aurez besoin, vous êtes un véritable infirme dans le maniement de la Dame, cela étant dit sans aucune arrière-pensée. Quinze jours donc. Je vous embrasse, Povchéri. »

Povchéri. Je ne me rappelais même pas lui avoir parlé de ce surnom et voilà qu'elle me le ressert.

Plus que douze jours avant son retour.

Au fait il n'a jamais été question de Sofia mais de Sophia, prénom de la serveuse vue en compagnie de patte folle que je soupçonne d'avoir des projets lubriques malgré les attraits relatifs de la Sophia en question. J'ai mené une enquête rapide et discrète sur ce problème enfin éclairci.

Décision d'introduire du rangement dans ma vie, de l'ordre. Il serait temps.

Après le petit déjeuner et les soins, lecture jusqu'au repas. Rédaction du journal jusqu'à six heures, sieste légère avant le dîner, dîner et retour à la lecture, à moins que je ne reprenne le journal qui, oh et puis merde, j'écrirai et lirai quand je le voudrai et j'ai horreur que l'on m'impose, et encore plus de m'imposer à moi-même, un quelconque emploi du temps car je suis de moins en moins sûr que le temps doive être employé.

J'envisage de transformer ce journal un peu trop anecdotique en une sorte de carnet de notes de réflexion, un résultat de méditations, obtenues grâce au double jeu de mon inactivité forcée et de ma décrépitude avancée.

D'ailleurs, une chose me surprend. Etant donné mon âge et mon savoir, mes expériences et tout mon bataclan, ces lignes devraient être percluses de sagesse, de jugements lucides sur les choses profondes de l'existence, une sorte de répertoire doctement philosophique sur les méthodes permettant de judicieusement ramer dans les méandres difficultueux d'une vie enrichissante et comblée...

Au lieu de cela, je batifole dans le souvenir, je badine dans un présent dramatique... je dois être plus con que les autres puisque durant la plus grande partie de ma vie j'ai pensé avec suffisance que je l'étais beaucoup moins. Donc oublions cette résolution de vouloir régler mon existence au métronome, tentation qui surgit avec chaque hiver et à laquelle je ne succombe au fond jamais, ce qui est un témoignage d'excellente santé mentale.

Restons donc dans la futilité du quotidien, domaine qui me convient parfaitement.

Je deviens de plus en plus familier avec le petit personnel. J'ai remarqué que j'avais tendance dans une communauté à tisser des relations plus solides avec les subalternes qu'avec les supérieurs. Je dois posséder une âme d'esclave.

J'ai fait surtout ami avec un couple du village employé au château. Il est aux cuisines, elle fait le ménage. Carla et Rossano Spatoni. Il l'appelle Biderone.

C'est le nom d'un col dans les Alpes juliennes. Autrefois les coureurs du Tour d'Italie y passaient. C'est un peu comme si j'avais appelé Danièle Tourmalet ou Galibier... Je me demande pourquoi, je l'explique par le fait que lorsqu'il la grimpe il s'essouffle. D'autres interprétations restent possibles.

Humeur excellente ce soir. Envie d'écrire des bêtises. Volontaires, celles-là.

On ne peut pas hiver et avoir été.

Pas mal.

Hier soir, les acharnés de foot se passaient d'anciennes cassettes. La Juve contre Rome. L'Inter contre Torino, etc. Le stock s'épuise, ils connaissent toutes les phases des jeux, tous les buts, ils commentent sans fin... Voici donc ce qui reste depuis le minage des stades : le commentaire.

Rossano Spatoni qui sait tout mieux et plus vite que les autres affirme que les troupes de Patie ont débarqué dans un golfe de Sardaigne au large de Cagliari. Destroyers, un contre-torpilleur et les voiliers de Chine. S'ils pratiquent la même tactique qu'au Bengale, les Sardes peuvent faire leurs bagages très vite... Mais Rome ne peut pas ne pas réagir... Voici donc un nouveau point chaud, un petit drapeau nouveau sur la surface du planisphère qui en est criblée...

Mais Spatoni est un bavard.

Sept degrés ce matin à huit heures et les brouillards flottaient... Bientôt le givre...

Plus que onze jours...

Ce n'est pas Sofia. C'est Munich.

Les grands abris du quartier est. Quatorze niveaux souterrains, un hôpital général de 12 000 lits.

Sécurité absolue. J'ai vu un reportage là-dessus il y a quelques années. Une ville antiatomique. Comme à São Paulo, Moscou, Saigon. Les gangs hooligans et les Tue-Meurs s'y étaient installés au cours des événements de janvier 2001. Ils en avaient fait un QG souterrain d'où ils organisaient les raids.

Je n'irai pas.

Les autres disent qu'ils n'iront pas non plus mais je sens qu'ils failliront, ils râleront mais ils prendront le train.

Pas moi.

J'ai décidé une fois pour toutes que ce printemps serait italien.

Il faut hâter le retour d'Adeline. Je vais envoyer Gianni à la clinique avec une nouvelle lettre. Sa mission sera également de la ramener. Je connais la question. Quatre jours de rayons en moins ne changeront rien à la chose.

Je m'occuperai d'elle.

Les Spatoni nous aideront pour la cuisine et les soins. J'ai de l'argent, elle en a aussi, des bijoux également. Nous ne manquerons de rien et la solitude sera ensoleillée... Ce coin n'a aucun intérêt pour les armées et bandes guerrières.

Et puis je ne veux pas finir au douzième sous le niveau du sol. Merde.

Ils mourront écrasés sous les torpilles, ces abris datent de quinze ans, depuis il y a eu progrès dans les charges explosives... Sécurité, tu parles, ils nous prennent pour des cons. En bouillie sous les gravats, oui... Comme les 320 000 emmurés de Bangor.

Il faut que je me calme.

Je me demande si ce que je viens d'écrire est lisible tellement mon stylo tremble. Beau souci de grande importance. Nous ne nous lasserons jamais de vouloir laisser une trace de notre existence. Nous en laisserons une parfaite et inoubliable, c'est certain : ruines, cendres, nomades, gangs itinérants, exodes en tous sens. Qui a mis un coup de pied dans la fourmilière ?

Pas question de suivre le populo, je veux crever sous Perséphone, cerné de marbres et de vieux arbres, avec Chris et un grand ciel au-dessus. Voilà, c'est tout.

Gâteux.

J'ai écrit « Chris ». J'ai donc atteint le moment où le vieillard a rejoint l'enfant.

Plus qu'à me baver sur les genoux et le portrait est achevé. Chris s'achève en Adeline qui renaît en Chris.

Pour arranger les choses, la douleur est revenue avec l'aube. C'est le pire. En général le jour qui se lève emporte tout avec lui, ténèbres et souffrances vont de pair. Mais lorsque le mal monte avec la lumière, alors il semble qu'il n'y ait plus de recours.

Pourtant je m'en suis sorti seul, sans Tromard ni personne d'autre. Je me suis balancé deux auto-injectables dans les veines et me suis cramponné aux montants du lit. L'effet n'est plus immédiat comme autrefois, il faut que je compte à présent trois bons quarts d'heure. Le temps d'une mi-temps. Une longue mi-temps où l'équipe du Grand Rongeur me marque un grand nombre de buts.

Je me suis endormi, nageant dans la sueur malgré le froid ambiant.

Garnier m'avait prévenu. Je ne suis pas encore vainqueur. Je ne suis pas encore vaincu non plus.

Pas de place aujourd'hui pour la nostalgie. Trop de catastrophes externes et internes secouent ma vieillesse, je n'ai plus envie de raconter les femmes de ma vie, Danièle, les Kaleris, mes livres... Travail insurmontable ce soir, trop de choses à soule-ver...

Je n'amuserai pas le petit garçon.

J'ai voulu un peu raconter Danièle, je n'ai pas pu. Je n'ai pas d'anecdotes avec elle, il n'y a pas eu d'histoire entre nous. Et puis il suffisait qu'elle surgisse pour que tout s'aplanisse : les difficultés et l'intérêt des choses.

Certains ont ce don : leur regard aplatit le relief et dissout les couleurs, rien dans ses yeux n'a dû jamais être totalement épouvantable ni magnifique. Et surtout pas moi. J'en ai eu marre assez vite de me sentir si grisailleux, si pâlichon. Les hommes cherchent à être pour les autres des idoles ou des catastrophes, le juste milieu ne nous sied pas...

Envie de rayer ce qui précède, rien n'est vrai là-dedans. Je n'ai pas su la raconter c'est tout. Pas eu envie, par paresse je l'ai manquée... C'est la déprime, la vague noire, je m'y enfonce, je m'y noierai...

Pilules.

Gianni est d'accord.

Il partira pour Motta di Livenzo vendredi prochain, sauf s'il y a du brouillard.

Quatre jours pour écrire la lettre, c'est plus qu'il n'en faut pour un séducteur chevronné de mon acabit. Séducteur puant : journée sans eau. Un crétin du centre de coordination a fermé les robinets. On a dû lui dire que nous étions déjà partis.

Discussion avec Garnier : je resterai là.

Il a compris que j'étais décidé. Je n'ai pas grand-chose à craindre. Le froid et les pillards.

Garnier en prend un coup en ce moment. Il m'a avoué perdre un kilo par jour. Il a la responsabilité du centre tout entier sur les épaules. Je lui ai proposé de le soigner.

Tous veulent partir. Il est à peu près certain que le voyage aura lieu par camions. Ce sera long car à cette époque de l'année la plupart des cols sont déjà fermés. Ça ne fait rien, ces cons-là veulent être à l'abri.

Il n'a pas tenté de me persuader. Il me laissera un stock d'auto-injectables. En cas de coup dur il y a un médecin dans la vallée, Gianni pourra aller le chercher avec la voiture. Le plus sûr serait d'avoir un cheval mais il paraît qu'un percheron vaut le prix d'un trente-tonnes.

– Vous devriez rester avec moi, ai-je dit, vous vous trouveriez une Vénitienne, elle vous ferait l'amour et la cuisine, et vous attendriez tranquillement la fin du monde en rédigeant vos mémoires.

J'ai l'impression qu'il a été tenté une seconde...

Je connais bien ces moments où l'on cherche la pente la plus douce, abandonner, lâcher tout... Ça a dû l'effleurer, le bon Garnier, le bon bouledogue. Quelques secondes il a dû se voir en chaise longue, peinard, attendant les hordes en se bourrant de spaghettis... Nous avons parlé de la conférence de Tirana, de l'échec des prémices à un essai pour une tentative de rencontre en vue d'une discussion pour la détermination d'un terrain d'entente entre belligérants... Pitreries... Ces blocs ont explosé depuis longtemps. De toute façon les armées sont indépendantes et n'ont plus de chefs.

J'ai traîné toute la journée mes pantoufles le long des couloirs, glissant un œil d'espion par les portes entrebâillées. Dans les trois quarts des cas, les valises sont faites. Ils sont prêts, nos bons vieillards. Plus ils tirent vers le moribond, plus ils sont impatients de hisser leurs pauvres voiles. Il appareille, le grand voilier de la misère... Je reste à quai, j'ai posé le sac.

Tromard est fermée comme une huître, elle pousse le laconisme jusqu'à l'onomatopée. Elle m'en veut de rester. Je lui échappe.

Je dois être l'un des rares à connaître son passé sportif.

Tapioca ce soir. Horreur totale et absolue de cette sorte de chose gélatineuse et glauque où flottent des blocs de grumeaux translucides... Même en 43 je n'ai jamais avalé une saloperie pareille.

Cet après-midi, vers quatre heures, le brouillard s'est levé. Dans l'éclaircie j'ai vu le couple Spatoni. Deux silhouettes fantômes sous les mousselines horizontales des brumes qui crevaient les cyprès. Ils pelletaient, grattaient tout autour du socle de l'Hercule Farnèse.

Renseignements pris ils font un potager, prévoient pommes de terre, haricots blancs, poireaux, oignons, rien que du solide. Voici revenus les temps à patates.

Je les ai félicités de leur excellente idée. Nous ne mourrons pas de faim. Cette constatation les rassure. Ils oublient que l'on meurt de bien d'autres choses, surtout en ce moment.

Il me reste un peu de pages à lire. Le cahier de Povchéri s'achève.

Les deux saisons correspondent : on rentre dans l'hiver dans les deux cas. Hiver 1943, hiver 2003.

Si je n'avais pas peur de tomber dans les évidences, je dirais que le temps a passé.

Comme l'eau est revenue, je me suis rasé ce soir.

J'ai eu l'impression une grande partie de ma vie qu'il suffisait que je me rase pour devenir beau. Je peux aujourd'hui sans risque d'erreur affirmer qu'il s'agissait d'une douce illusion. Cette certitude a été longue à venir. Je me demande même si aujourd'hui je suis tout à fait sûr de cette certitude.

Je m'aperçois en effet que je ne me suis jamais décrit. Si ce cahier avant ou après ou pendant l'apocalypse tombe entre les mains d'un quelconque lecteur, il ne saura même pas à quoi je ressemblais. Voici une lacune qu'il me faut combler au plus vite. D'ailleurs il n'est que 22 h 27 en ce soir d'octobre, je n'ai pas sommeil et je ne vois pas grand-chose d'autre à faire que de m'adonner aux joies sans partage de la noble tâche de l'auto-portrait.

Disons pour éclairer d'emblée la lanterne que je possède la tête exacte du type qui aurait donné cher pour en avoir une autre.

C'est essentiellement ce à quoi l'on peut me reconnaître.

Lunettes évidemment, je l'ai déjà dit. Les dioptries s'accumulant, ma tête est devenue, au fil des oculistes, de plus en plus semblable à celle d'un scaphandre. Comme dans le même temps mes quenottes se sont fait la malle, dégoûtées en particulier du régime peu varié des peu gastronomes Kaleris, mes lèvres se sont effilées et les dentiers qui sont survenus par la suite ne m'ont pas restitué le dessin pur et fier de ma bouche adolescente, je possède donc un clapet-guillotine qui m'épouvante moi-même.

Je ne voudrais pas terminer la description sans parler de la tendance absolument irréversible de mes joues à devenir bajoues. Loi de la pesanteur, elle-même expliquée par la gravitation universelle, mes joues cherchent depuis un grand nombre d'années à rejoindre le centre de la terre. Je résiste à la chose depuis longtemps, me cramponnant à la surface du globe avec obstination. J'ai lutté avec des massages, technique abandonnée vers la soixantaine.

Le léger avatar de santé qui me tarabuste avec espièglerie depuis quelques années n'a pas arrangé les choses. Ayant perdu une vingtaine de kilos dans l'affaire, et flottant allégrement dans ma propre peau, mes joues se sont donc réduites à deux sacs vides et disgracieux ballottant minablement lorsque je dodeline, étendards verticaux, drapeaux de chair sans gloire pour guerrier abattu.

Donc pour conclure, si l'on ajoute la calvitie, il suffit d'imaginer un squelette à binocles pour se donner une idée de l'auteur de ces lignes.

Je me suis pourtant rasé avec soin, jusque dans l'intérieur des narines, j'ai extirpé quelques poils folâtres implantés jusque dans mes pavillons auditifs, et j'écris ces lignes, persuadé malgré ce qui précède que je ne suis pas, tout bien pesé, aussi moche que je veux bien le dire.

Bel exemple montrant combien la mauvaise foi

est profondément enracinée dans la personne humaine.

Mauvaise foi et absence de sérieux : la guerre et la mort règnent, les Terriens s'enfoncent dans les abris, creusent leur propre tombe, ma santé n'est pas au mieux, je suis vieux et seul, et je me demande encore, ayant passé les soixante-dix printemps, si je suis beau ou non.

Après l'homo faber et l'homo sapiens, voici l'homo futilis.

Décidément, nous méritons bien de disparaître.

Ça y est, cette fois il pleut. J'entends les gouttes contre les vitres. Bizarre sensation nocturne : je sens le parc se gorger d'eau... Seul le marbre résiste, tout le reste n'est plus qu'une éponge vert et gris, saturée de la pluie permanente... Il fera moins froid demain. J'ai traîné aujourd'hui avec deux paires de chaussettes superposées, mes pullovers l'un sur l'autre et une robe de chambre.

Je n'ai plus mal. Je vais dormir.

Le mot est arrivé ce matin vers dix heures. C'est un gosse de Motta di Livenzo qui l'a apporté. Pas plus de douze ans. Il est venu avec l'une des charrettes jusqu'à Catone et a fait le reste du chemin à pied. Je lui ai donné plus de lires qu'il n'en verra de sa vie.

Je recopie la lettre, je ne vois pas très bien ce que je pourrais y changer.

Povchéri,
Ma fille vient d'arriver, je vous en avais parlé, elle a pu enfin passer la frontière.
Je pars pour Rome avec elle. Elle y a des amis et surtout un spécialiste de neurochirurgie qui pourra sans doute me remettre la tête d'aplomb. Je n'avais pas très envie de finir mes jours avec

celle que je possède aujourd'hui, je ne me trouve pour cela ni assez héroïque ni suffisamment amorphe.

La partie d'échecs est remise.

La seule chose qui m'ait fait hésiter un moment à quitter la Vénétie, c'est vous. Je vous lâche pour un temps dans les bras de Perséphone.

Revoyons-nous, mon vieil ami, je vous en supplie, revoyons-nous guéris et solides, il nous faut le vouloir, c'est notre chance unique... Promettons-nous d'être les survivants de cette folie et rejoignons-nous quelque part.

Je ne sais pas pourquoi mais j'ai la sensation que la vie nous doit bien cela et que tout est tellement contre nous que nous y arriverons...

Je vous embrasse, vieillard râleur, mon adresse à Rome est au dos de la feuille, ne la perdez surtout pas, si vous changez de lieu, écrivez-le-moi, je ferai de même, c'est notre seule chance... Confiez vos lettres à des gens que vous ne paierez qu'au retour, le temps des messagers est revenu.

Je me dépêche de finir. Je vous embrasse encore, tellement fort que je n'ai plus de cicatrices, ni tant d'années ni tant de malheur dans le cœur.

ADELINE.

Un orage de grêle ce matin. L'Hercule Farnèse contemple le désastre. Le jardinet des Spatoni a dû en prendre un coup, les nuages ont déboulé des montagnes, chassant la pluie.

Depuis tout sent la neige.

Les couleurs ont fui cette fois, gris blanc et noir.

Moltabelli aura droit à un hiver incolore.

Grande nouvelle : ce soir Tromard a picolé.

Elle a dû trouver de la gnole dans les cuisines et

manie pourtant son chariot à un train d'enfer. D'une façon machiavélique j'ai orienté la conversation sur le catch.

Elle m'a fait une piqûre avec une violence qui a dû lui évoquer la force avec laquelle elle balançait des manchettes sur les rings et elle m'a mimé avec une véracité surprenante la façon dont on plaçait un coup de pied de mule. Cela m'a fait froid dans le dos. Elle est repartie en produisant avec son chariot un bruit de locomotive à vapeur.

Je me sens en pleine forme. Garnier a changé la médication. Le Soltine 7 semble me convenir parfaitement.

Impression presque euphorique.

En avant pour les aventures du jeune homme.

Je vais finir cette fois le cahier de l'enfance.

HIVER 1943

Ça fait bien quinze jours que j'écris plus.

Y a des saucisses partout. On les appelle les saucisses, c'est pas des saucisses, c'est comme des ballons dirigeables mais reliés au sol. Ils sont en l'air, sans bouger. Ça sert à faire repérer les avions quand il y a des alertes, il y a un système bizarre dedans.

Donc le soir après l'école on va voir les saucisses. Parfois ils les descendent pour les regonfler. C'est énorme, comme une maison qui se balade dans l'air, ça fout un peu la trouille. Les soldats qui s'en occupent sont vraiment des vieux, cheveux blancs et tout.

J'y vais avec Chris et on regarde. C'est au terre-plein de la gare. On s'assoit dans l'herbe et on attend qu'il fasse nuit vraiment noire et après on rentre par l'avenue des Tilleuls et on s'arrête toujours au même arbre et en avant la musique si vous voyez ce que je veux dire.

On peut dire qu'elle s'en lasse pas. Si je l'écoutais on y passerait la nuit.

Parfois on tremble de froid tellement on reste longtemps.

Les Russes sont sur le Dniepr. C'est dur à dire. C'est un fleuve. Pap dit que ça va être dur à passer, enfin ça va.

Ce qui va pas, c'est le gaz. On a des coupures sans arrêt en ce moment. Plus que six kilos par mois de pommes de terre et un avion est tombé sur le magasin du Louvre. Voilà les nouvelles.

Pinsoneau est devenue plus sympathique, c'est quand même pas merveilleux, quand elle prend la colère tout lui devient blanc sauf son nez. Elle dit qu'on est nuls.

Depuis deux jours on garde les manteaux dans la classe parce qu'il faut économiser le combustible, c'est un ordre du directeur. Moi j'ai pas un manteau, j'ai une pèlerine assortie au béret, ça revient au même.

On a pas de chance avec le théâtre, on est retourné à la Comédie-Française. C'était pas *Cyrano*. On a voulu voir quand même. Alors là c'était épouvantable.

Pire que *Les Mouches*.

C'était *Le Soulier de satin*. Au début j'ai cru que c'était bien, ça représentait un bateau et il y avait des types sous des toiles qui faisaient les vagues.

In-com-pré-hen-si-ble.

On a eu une chance inouïe. Juste au milieu il y a eu une alerte alors ça s'est arrêté, forcément, et on est descendus aux abris, et quand l'alerte s'est terminée au lieu de remonter on a filé par la rue de Rivoli. On n'aurait jamais osé partir tout seuls parce que les gens comprennent tout de suite que vous n'y comprenez rien et vous avez l'air con devant tout le monde. Comme ça, ça été réglé.

C'est une histoire je peux même pas la raconter.

Pas question de soulier, en tout cas dans la partie qu'on a vue. Je comprends pas qu'on fasse des pièces comme ça. En plus c'était plein. Et il y avait des officiers allemands à l'orchestre. Même en comprenant le français on sait pas de quoi ça parle, alors eux, je me demande bien à quoi ça leur sert d'être là.

On a quand même invité les Goulier.

Ils ont la trouille d'être fusillés, ça se voit, lui surtout, il a failli tordre la petite cuillère pour le café... Maintenant c'est sûr que les Allemands ont perdu.

Ça se bagarre avec les chars à Tcherkassy et Kiev est pris. Avec la guerre, je sais plein de noms de villes russes.

C'est foutu pour les frisés, ils vont faire les valises bientôt.

Pap a dit que de Gaulle avait raison et Goulier a crié : « De Gaulle il travaille pour Moscou, vous allez voir quand les Russes seront là. » Ils ont bouffé une crêpe spéciale étouffante, après il a expliqué que Staline allait envoyer ses troupes à Paris et alors là on regretterait les Allemands et que les communistes nous prendraient tout.

Pap a dit que c'est faux, les communistes ne prennent pas, ils partagent. Peut-être ils vont me prendre la moitié de mon lit, ils vont couper tous mes bouquins en deux, chacun en prendra la moitié et il y en a un qui racontera le début à l'autre, l'autre qui lui lira la fin et inversement, c'est vraiment les conneries à Goulier, il sait plus du tout quoi dire.

Puberté non plus la ramène plus. Elle est devenue complètement maigre et la Colette est de plus en plus moche.

On est allés à la cave, finalement, avec Chris.

Ça faisait des jours et des jours qu'elle me tannait pour ça, elle me disait : « C'est toi qu'as peur qu'on nous voie, tu as les grelots, Povchéri. » Tout ça à voix haute dans la rue, alors finalement on y est allés et on est remontés avec plein de noir à l'intérieur du nez parce qu'on respire de la vieille poussière de charbon et forcément on respire par le nez quand on fait vous savez quoi.

A un moment j'ai eu la trouille parce qu'elle voulait faire comme la doctoresse. Au début je croyais qu'elle le faisait pas exprès et puis si, et je me suis dit si jamais elle s'aperçoit qu'elles sont pas descendues, elle va le dire à toute l'école des filles, alors je lui ai un peu bloqué les mains en serrant ses bras avec les coudes et puis on est remontés.

Les filles c'est vraiment des curieuses. Ça me dégoûte. Enfin c'est la nature. Mais justement je trouve que la nature c'est dégoûtant.

J'ai recommencé à lire. J'ai pris *Les Enfants du capitaine Grant* à la bibliothèque de l'école. Ça me plaît pas beaucoup.

Je suis allé aux patates avec Pap jeudi dernier. On en a trop pris et comme on n'a plus que des vieux sacs ils ont crevé juste en arrivant à la gare, toutes les pommes de terre qui roulaient par terre. On en a mis dans une pèlerine et dans les musettes parce que ça faisait mal au cœur de les perdre et de voir les gens qui couraient après.

Depuis quelque temps je me demande si quand je serai grand je serai pas voyageur. Comme une sorte d'explorateur pour étudier les pays ou alors un type qui lit des livres pour savoir comment c'était autrefois.

Comme Sylvestre Bonnard.

C'est un livre d'Anatole France. J'avais bien aimé parce que c'est l'histoire d'un type que j'aimerais faire ce qu'il fait. Une vie très tranquille, dans sa bibliothèque, tout le temps à lire, à écrire avec sa servante un peu sourde, et de temps en temps il va sur les quais acheter d'autres livres et il les ramène chez lui où il y en a déjà plein, et il vit très tranquillement avec des petites promenades dans les squares. C'est drôle que j'aime ça parce que d'un autre côté j'aime bien les duels, les batailles, les baisers des femmes violentes, etc. Alors peut-être j'aimerais bien être explorateur, voir l'Afrique, l'Asie, l'Amérique et l'Océanie et puis de temps en temps je retournerais et je resterais tranquille pendant une dizaine d'années à lire au milieu de mes vieux meubles. J'aimerais bien avoir plein de vieux trucs avec des portes, des tiroirs, plein de papiers, des photos, des choses du temps passé.

C'est vrai que dans ma chambre je n'ai rien pour cacher les choses, il n'y a rien sur les murs et juste la bibliothèque avec les livres, les plus beaux devant...

Des fois je regarde la mappemonde et je me demande comment sont les pays dont ne parle pas le bouquin de géographie. Par exemple j'ai vu des photos du Dahomey et de l'Alaska, on voit bien ce que c'est comme paysage, mais la Nouvelle-Zélande, je me suis toujours demandé comment c'était parce qu'on n'en parle jamais. Je sais même pas si c'est des Blancs ou des Noirs, s'il y a de la forêt ou des montagnes... J'aimerais bien découvrir des pays avec des sauvages qui danseraient.

Au lieu de ça je me fais lécher l'intérieur des joues par les filles dès qu'il fait noir. Parce que je n'ai pas enrcore raconté la meilleure de la semaine, l'autre soir, on va voir les saucisses avec Chris, et sa copine à jambes maigres qui est là nous fait bonjour tout le temps et finalement on s'en va et j'ai pensé que comme d'habitude la Nicole-Colette elle allait s'en aller par la rue des Acacias puisque c'est là qu'elle habite.

Pas du tout.

Elle vient avec nous et c'était la nuit, pas encore le couvre-feu évidemment, mais avec le camou-flage des lumières on n'y voyait rien et Chris m'attrape par la manche et elle me dit : « Elle voudrait que tu l'embrasses aussi parce qu'on lui a jamais fait. »

Je suis resté la bouche ouverte. Et Chris continue, que c'est sa copine, qu'elle en parle tout le temps et qu'elle voudrait savoir comment c'est, etc.

Alors là je peux le dire, la vie c'est le contraire des livres.

Parce que dans toutes les histoires quand la bonne femme voit son bonhomme qui embrasse une autre bonne femme, c'est immédiatement le cirque, avec les cris, la jalousie et même les coups de browning très souvent et là c'est l'inverse, c'est elle qui me demande de me faire encore mouiller les joues par l'échalas.

Alors là c'est la meilleure comme je l'ai déjà dit.

Et puis elle me plaît pas du tout. C'est pas qu'elle soit très maigre, c'est les jambes, c'est incroyable. Quand elle a des chaussettes ça lui fait comme des bottes d'égoutier... Je vais pas me faire encore lécher les amygdales par une fille montée sur bâtons et en plus elle est con comme tout, ça c'est certifié, elle dit jamais rien, je me demande si elle sait qu'il y a la guerre.

Seulement avec leurs histoires de quilles, elle a dû supplier Chris, oh oui, ça me ferait plaisir, j'aimerais bien, ça coûte rien, etc. Tout ça avec les petits rires qu'elles ont, hihihihi, absolument interminables.

Et Chris me dit : « Ça t'est égal au fond. »

Evidemment, dans le noir ça fait pas une grande différence, mouillé pour mouillé c'est du pareil au même, quand même ça m'a fait triste qu'elle dise ça. J'ai pensé que pour elle ce qui comptait c'était de se faire embrasser, et que ce soit moi ou Laidu ou Fouillet ou Barsoumian, ça ne comptait pas.

Les filles c'est ça, tous les types sont interchangeables. Alors évidemment j'allais pas faire mon amoureux à la con et j'ai dit : « Moi je m'en fous complètement. »

Alors on a marché et on est arrivés près de l'arbre où on s'arrête toujours et j'entendais l'autre avec ses baguettes qui faisait « hihihihi », ce qui est la phrase la plus longue qu'elle ait jamais prononcée et puis elles ont parlé à voix basse et je l'ai encore entendue qui disait « non hihihihi je peux pas hihihihi » et Chris qui l'encourageait et moi qui attendais toujours comme un con, le vrai outil à faire des bises et puis je l'ai sentie tout contre, on n'y voyait rien, évidemment, mais il a fait encore plus noir tout d'un coup, c'est ça qui devait me boucher la nuit et voilà ça y était et que je te repasse et que je te repasse encore que ça me dégoulinait sur le menton.

En fait, d'une fille à l'autre, c'est pas pareil du tout, il faut bien le reconnaître, elle, c'était plus rapide, elle embrassait à toute allure, elle en prenait pour son argent, elle devait savoir que ce serait pas tous les jours qu'elle y aurait droit, alors elle faisait son empressée, et à un moment, je sais pas comment ça se fait, j'ai préféré elle à Chris, malgré ses baguettes et sa connerie, elle se pressait tellement qu'elle arrivait plus à expirer, elle soufflait par tous les naseaux et ça faisait comme une danse de malheur finalement, on sentait tellement que ça ne durerait pas que je me suis demandé si j'allais pas la prendre elle pour fiancée quoi, mais je me suis rappelé ses baguettes et j'ai rien dit, et on s'est arrêtés parce qu'on allait étouffer par manque de respiration, et alors on a entendu Chris qui courait, ses galoches sur le trottoir qui claquaient.

On a couru après, et Colette-Nicole a tourné dans sa rue et j'ai rattrapé Chris devant l'épicerie, il n'y avait personne, juste l'épicier avec sa lampe peinte en bleu pour pas faire venir les avions et tous ses cageots vides et j'ai dit à Chris :

– Pourquoi tu cours?

Et alors elle a dit quelque chose que je m'en rappellerai toute ma vie, même si je deviens vieux, je m'en rappellerais encore très exactement. Elle a dit :

– Parce que je sors pas avec les salauds.

Texto.

Alors là quand même non!

La conversation est devenue la suivante :

– Et qui c'est les salauds?

– C'est toi.

– Et pourquoi c'est moi?

– Parce que tu as embrassé ma copine.

Même en l'écrivant, ça me paraît encore impossible à croire. Evidemment j'ai dit :

– C'est toi qui l'as demandé!

Et le plus beau de tout, la réponse :

– Je croyais que tu dirais non.

Ça y est, c'était moi le fautif.

– Mais je voulais dire non!

– Alors pourquoi tu l'as pas dit?

Alors là forcément j'ai commencé à me mélanger les pinceaux de première. Je savais que j'avais raison et pourtant c'est vrai que d'un côté elle avait pas tort, enfin bon je lui ai dit merde.

Alors là ça a été :

– Ah oui, d'accord, bravo, et en plus tu m'injuries, eh bien, c'est terminé, on ne s'embrasse plus.

J'ai dit :

– Je m'en fous.

C'était assez vrai que je m'en foutais finalement, tous les soirs pendant des heures avec les salives qui me coulaient sur la pèlerine, je me rappelle que parfois je pensais à autre chose, aux leçons de

Pinsoneau, à Cyrano de Bergerac, etc. Et puis j'ai ajouté :

– Et puis si j'ai envie je demanderai à ta copine.

Comme on n'y voyait quand même pas grand-chose, j'ai pas vu la claque arriver et ça m'a sonné l'oreille comme si on m'avait tiré la DCA dedans et paf! Je lui en ai envoyé une aussi, et j'ai senti que je lui mettais le doigt dans l'œil.

Alors là, les cris. Je préfère pas y penser. On aurait dit Géorie Boué à l'Opéra. Elle a monté les escaliers à fond de train, j'ai eu vraiment la trouille qu'elle le dise à sa mère. Elle est gentille, Mme Imbert (avant je l'appelais même Monique) mais enfin si elle sait que j'embrasse sa fille, que j'embrasse la copine de sa fille et qu'en plus je lui lance des claques et que peut-être je lui crève un œil, elle va peut-être monter prévenir chez moi. Enfin elle est pas montée mais toute la journée j'en avais la tremblote.

Le plus fort, c'est que le lendemain en partant pour l'école je rencontre Chris juste en bas, eh bien on a parlé comme si de rien n'était.

Je peux le dire : les filles c'est toutes des embrasseuses.

A part ça, Pap a dit :

– Quand ils seront à Vitebsk, ce sera fini.

Alors on attend.

Ça y est, c'est décembre. Le mois des vacances de Noël.

Je me suis servi de Sulfo pour les cheveux. On voit des réclames tous les jours sur *Le Petit Parisien* et j'en ai acheté une bouteille en douce avec les économies que je fais sur les commissions.

C'est pas que je vole les sous, c'est que j'en achète moins. Par exemple en ce moment il y a des

274

choux-raves en vente libre, eh bien au lieu d'en prendre deux kilos j'en prends un kilo et demi et je garde la différence.

Alors un peu qu'il n'y a plus rien et un peu moi qui achète moins, on mange plus grand-chose.

Heureusement qu'il y a les patates du Loiret, l'embêtant c'est qu'elles germent et qu'il faut couper les tiges tout le temps. On en a mis dans les tiroirs de la commode et dans l'armoire à glace de la chambre pour qu'elles soient bien étalées, ça fait rien, elles germent quand même.

Cette semaine c'est le pire, avec les tickets 7 et 8 on a 70 grammes de viande, avec D et G il y en a 90 pour les J3. Je suis toujours J2, j'arriverai pas aux J3. Quoique on sait jamais, ça peut durer encore.

Donc je reviens au Sulfo Xour. Je l'ai acheté parce que, maintenant que j'embrasse les filles, je me disais que je devrais faire un peu plus attention à mon physique et surtout à m'occuper de mon épi qui est toujours là. Je me demande si c'est pas le béret qui appuie dessus et quand je l'enlève, hop! ça se dresse.

Sur l'étiquette c'est écrit que ça soigne les cheveux, que ça les allonge, que ça les rend brillants. On voit que les types qui font la réclame ne sont jamais sortis de chez Drosset.

Donc j'ai pensé que ça allait peut-être m'aplatir, en fait ça n'aplatit rien du tout, ou alors peut-être au bout de quelques années. Le pire c'est que ça fait comme une colle, et ça sent une drôle d'odeur, un peu comme de la pourriture, un peu sucré quand même. Et l'épi il est toujours debout, luisant et durci, un peu comme si j'avais un morceau de carton sur la tête, et tout le reste des cheveux ça les allonge pas du tout comme ils le disent, ça aplatit, on dirait les tuiles d'une maison et la maison c'est moi.

Quand Traîtresse Infâme m'a vu avec la tête aplatie et luisante et que ça sentait le pourri jusque dans le couloir, elle a dit :

– Mais qu'est-ce qu'il s'est mis sur la tête?

J'aurais pas cru qu'elle ait remarqué parce qu'on part de l'idée qu'elle pense toujours à autre chose mais quelquefois elle fait plus attention qu'on ne croit. Je réponds :

– Où ça sur la tête?

– Tu t'es mis quelque chose sur la tête.

– Non.

J'allais pas lui dire que j'avais acheté du Sulfo Xour avec les sous des commissions. Alors elle dit :

– C'est de la colle!

J'ai dit :

– Oui, c'est pour me coller l'épi.

– C'est de la colle pour le papier?

J'ai dit :

– Oui. J'en ai une petite boîte pour l'école, avec le pinceau au milieu.

Alors elle me fait :

– Tu vas t'abîmer les cheveux avec ça, je vais t'acheter du Sulfo Xour.

Maintenant j'en ai deux bouteilles et je sens le pourri tout le temps.

Je dors avec la fenêtre ouverte, tellement je m'asphyxie moi-même en dormant. Quand on s'embrasse avec Chris (oui j'ai oublié de le dire, on a recommencé), elle dit que ça lui rappelle quand elle était petite en Bretagne et qu'elle allait chercher du poisson.

Les Schleuhs reculent dur sur Korostern, ils reculent parce que, dans *Le Petit Parisien*, ils disent même plus qu'ils avancent ou alors ils parlent de défense élastique : comme un lance-pierres, ils font croire qu'ils reculent exprès et que tout d'un coup ils vont bondir et crac! les voilà à

Moscou ou même à New York en faisant le tour de la terre.

Cette semaine il y a même plus de lait écrémé, seulement pour les enfants très petits.

Traîtresse Infâme m'achète du Banania, on met de l'eau dedans et ça sent la pharmacie. Avec le Sulfo Xour ça fait une moyenne.

Elle a dit que je devrais m'habituer à manger la soupe le matin. J'ai déjà essayé l'année dernière en hiver, c'est terrible, après j'arrivais même plus à descendre les escaliers. Enfin on verra.

Ça bombarbe toujours, l'autre nuit on a eu trois alertes. Ils ont tapé sur Juvisy.

Protineau dit que ça va être notre tour bientôt parce qu'ils vont faire sauter tous les ponts avant de débarquer et nous on est pas loin du pont suspendu. Il y a juste la rue à descendre alors vu d'avion ça fait pas une grosse différence.

Samedi soir on a été chez eux et ils avaient invité aussi les Imbert. Ça m'a fait drôle de voir Chris en face de moi de l'autre côté de la table. S'ils savaient qu'on s'embrasse ça ferait une drôle d'histoire.

Le mari est toujours pas là. Je me demande s'il est prisonnier ou alors STO, enfin bon personne ne sait.

On a mangé des crêpes, très bonnes pas brûlées, et la mère Protineau a expliqué qu'elle mettait de la brillantine dans la poêle, la brillantine Régina, il y a la réclame aussi dans *Le Petit Parisien*, ils disent : « Régina seule marque encore à l'huile », c'est ça qui lui a donné l'idée à la mère Protineau, elle fait frire ses crêpes à la Régina, ça donne un bon goût en plus, ça parfume évidemment. Peut-être ça va nous faire pousser les cheveux à l'intérieur des intestins. Peut-être on devrait faire des crêpes avec Sulfo Xour.

Pap et Protineau ont parlé de la guerre et puis de

boxe, Pap était pour Tison et Protineau pour Famechon. Ils se battent demain au palais des Sports.

Ce qui est drôle, c'est que Mme Imbert a dit que Tison gagnerait parce qu'il avait plus d'allonge. Elle s'y connaît.

C'est drôle pour une femme, ni Traîtresse Infâme ni la mère Protineau savent ce que c'est que la boxe. Elle si. Elle est moderne comme femme. On verra les résultats.

En parlant de résultats on fait les compos en ce moment. En rédaction le sujet c'était : « Quel est l'endroit où tu aimerais vivre ? »

D'abord et d'une, j'aime pas qu'on me tutoie mais j'ai quand même dit Paris. Les autres ont choisi des pays loin pour qu'il n'y ait pas de bombardements comme Tahiti ou ce genre de pays.

Bon d'accord on n'est pas bombardé mais une fois qu'on n'a pas été bombardé, qu'est-ce qu'on fait ? Il y a pas un théâtre, un cinéma, juste du sable et de la flotte, c'est un emmerdement, alors j'ai pris Paris, une maison que j'ai vue et où j'aimerais vivre quand je serai grand.

J'explique pourquoi.

C'est une maison que j'ai vue en me promenant un dimanche, c'est tout près de la Seine, je ne me rappelle plus la rue, c'est très vieux et il y a un balcon. Des fenêtres on doit voir les bouquinistes et le Louvre et les toits.

C'est un peu comme la maison de Sylvestre Bonnard je suis pas rentré dedans évidemment, mais je l'invente avec des fresques jusqu'au plafond et pas du tout de papier peint avec bananes et des petits meubles pour faire joli, c'est une maison inverse de la mienne en fin de compte. Et puis ce qui est bien, c'est que quand on sort on est dans un beau paysage, et quand on est dedans aussi c'est comme si on se trouvait dans un grand costume bien à l'aise, on est tranquille, comme chez soi, on est habitué à tous les murs, les fenêtres, les tables pour écrire, le lit, tout ça est utile, on s'en sert tranquillement.

J'aime bien quand les choses servent et sont un peu vieilles, enfin c'est très dur à expliquer et je me demande si elle va pas encore mettre dans la marge : « Quel rapport avec le sujet ? »

La dernière fois qu'elle a mis ça, c'était une rédac sur votre animal préféré (c'est toujours pareil avec elle : votre personnage préféré, votre animal préféré, votre maison préférée, votre caca préféré, ça doit pas être tellement difficile au fond de faire ce métier d'instit). Donc c'était sur l'animal préféré, alors là le sujet vraiment très con parce que moi personnellement les animaux je vois pas l'intérêt, j'avais pris le cheval parce que comme ça j'ai pu parler de du Guesclin, je venais juste de lire un livre sur lui, eh bien dès que j'ai parlé de du Guesclin elle a marqué « Quel rapport avec le sujet ? ». Elle s'imagine peut-être qu'il galopait sur un crocodile. Tout ça pour dire qu'il faut tout lui expliquer par le menu.

Vendredi il y a eu une alerte pendant qu'on mangeait. On est descendus à la cave parce que les forteresses volantes ont ronflé tout de suite.

Pap a installé des sièges et un lit pliants, on va finir par faire du camping. On descend avec une Thermos pour pouvoir boire de la tisane. Si par hasard la maison s'effondrait, ça nous aiderait beaucoup.

On descend aussi une petite mallette toujours prête où on a nos papiers précieux, et le collier de Traîtresse Infâme qui vient de Limoges et qui est moche comme tout et qu'elle met jamais, et toujours mon costume.

Protineau, il a fait un vrai appartement de sa

cave. D'abord il a descendu un divan, il a mis des planches par terre pour faire comme un parquet, et il a mis des machines pour retenir le plafond si ça s'écroule, il a son réchaud à alcool et comme une cuisine avec le coin provisions et même un seau pour quand on a envie. Je trouve que c'est plus joli dans sa cave que chez lui. Pendant les alertes ils nous invitent, c'est mondain.

Vendredi c'était sur Trappes.

Ça bombarde de plus en plus. Ils le disent dans *Le Petit Parisien*, tous les jours ils disent : « La banlieue enterre ses morts. » Ils disent aussi qu'ils ont abattu plein d'avions. Aujourd'hui c'est 22 et il y a eu 312 morts et 740 blessés. On va bientôt vivre tout le temps dans les caves.

Ils ont encore fermé des restaurants aussi.

Je m'embête pendant les alertes parce que j'arrive pas à dormir. Je peux pas lire ni écrire parce qu'on voit pas assez, il y a juste un petit peu des lampes électriques et de temps en temps on entend les murmures des gens qui parlent et parfois on sent à la voix qu'ils ont peur.

C'est drôle ce qui vient d'arriver.

J'étais en compo de géo et je savais pas quoi mettre, parce que c'était une question sur les Alpes.

J'avais déjà dit plusieurs fois que c'était haut comme montagnes et je voyais pas très bien ce que je pouvais dire d'autre quand le concierge est entré dans la classe et il a parlé bas à Pinsoneau qui m'a regardé et a dit :

– Joseph, le directeur te demande.

Ça m'a fait aussitôt comme un vide dans le ventre. Tous les autres se sont retournés d'un coup. J'avais rien fait pourtant, pas de carreau cassé, j'ai rien piqué non plus. Mais on sait jamais, des fois on croit qu'on fait rien et puis c'est encore pire.

Je me lève, je traverse la classe et Laidu y fait :

– Il va dérouiller, le mec.

Comme s'il savait quelque chose, ce con.

On est arrivés dans le bureau, le dirlo était là et il y avait un autre type avec la cravate et la cigarette, impeccable, bien coiffé. Pas un Allemand parce qu'il parlait bien français, j'ai pensé à un Allemand parce que tout le monde dit que le dirlo est un collabo. Et le dirlo dit :

– Tu vas bien dire à ce monsieur tout ce que tu sais.

Je dis oui. Le type me regarde, il souffle de la fumée et il me fait un sourire. Là j'ai pensé que peut-être c'était pas pour une engueulade. Il me dit :

– Dis-moi, Joseph, tu es ami avec Christiane Imbert ?

Encore une fois le ventre à l'envers. Alors là, c'était épouvantable.

C'est des gens qui nous avaient vus nous embrasser et qui prévenaient la police.

C'est ce que j'ai cru d'abord. J'aurais dû réfléchir qu'il aurait fallu qu'ils aient de bons yeux parce que c'était toujours dans la pleine nuit qu'on se beurrait la biscotte, enfin on ne sait jamais.

Je réponds oui.

– Elle habite dans la même maison que toi ?

– Oui.

– Tu connais aussi sa maman ?

Oui.

– Et son papa tu l'as vu ?

– Non.

– Elle t'a dit où il se trouvait ?

– Non.

– Réfléchis bien. Elle t'en a sûrement parlé.

– Non.

Je disais pas grand-chose comme réponse, enfin je répondais, c'est le principal.

– Quand l'as-tu vue pour la dernière fois?

– Qui ça?

– Christiane Imbert.

C'était pas difficile c'était vendredi, on était rentrés de l'école ensemble, comme d'habitude, le samedi et le dimanche on s'était pas vus, on avait pas joué.

– Vendredi.

Il a regardé sa cigarette, le bout allumé et il a dit :

– Il y a eu une alerte vendredi soir.

J'ai dit oui. Et alors là il m'a dit une chose à laquelle j'avais pas pensé.

– Tu as dû voir ton amie dans la cave pendant l'alerte?

J'ai réfléchi à toute vitesse et je me suis aperçu que j'avais pas fait attention. Il faisait noir et puis on a parlé avec les Protineau et puis ça a sonné la fin.

– Je sais pas.

– Comment ça tu sais pas?

– J'ai pas fait attention, je me rappelle pas.

Le dirlo a parlé alors :

– Elles ne t'ont pas parlé d'un voyage qu'elles comptaient faire?

J'ai bien vu que ça plaisait pas à l'autre qu'il pose des questions, et il a fait un long mégot en écrasant sa cigarette, pas de restrictions de ce côté-là. Il devait faire du marché noir. C'est moi qui ai posé la question :

– Elles sont parties?

Ils m'ont pas répondu et ça m'a écœuré. Moi j'avais répondu tout le temps et pour une fois que c'était à eux de le faire, rien de rien. Le type bien coiffé m'a mis la main sur l'épaule et j'ai senti l'eau de Cologne. Il faisait riche. Un très beau costume.

– Tu ne sais pas si elles étaient parties en vacances cet été?

– Je ne sais pas.

– Elle ne t'a jamais parlé d'un village, d'une région où elle allait de temps en temps?

Je ne sais pas pourquoi, j'ai dit non.

J'ai pensé à Mathilde et au chat et à la vigne qui rougissait. Enfin j'y ai même pas pensé, j'ai vu une image comme dans un film, je l'ai vue qui triait ses lentilles avec ses joues plissées et Hitler sur le pas de la porte et le soleil à travers les platanes qui faisait des taches sur le mur et les collines tout au fond, alors j'ai dit non.

Le type riche m'a dit :

– Très bien, Joseph, merci...

Je suis sorti en disant au revoir et comme j'arrivais à la porte il a dit :

– Vous n'étiez pas très amis, n'est-ce pas?

Je me suis retourné et j'ai fait :

– Je suis pas très ami avec les filles.

Il a ri et je suis sorti.

S'il s'imagine que je sais pas ce que c'est que la Gestapo, c'est vraiment un gros con.

Juste comme j'arrivais en classe ça a sonné onze heures et demie, terminé pour la compo ça c'était parfait, mais j'avais une trouille terrible parce que s'il allait voir Traîtresse Infâme et qu'il pose des questions, elle lui dirait que j'étais allé en vacances et ils me fusilleraient comme résistant.

Alors j'ai fait ni une ni deux.

J'ai marché tranquillement pour le cas où ils me regarderaient par les fenêtres et puis j'ai dit à Fouillet :

– On fait la course jusqu'à chez moi?

Et voilà ce con qui dit non.

– Si, on fait la course!

– J'ai mal au pied.

– Allez, on fait la course !

– Tu cours plus vite.

– Alors tu pars en avant.

Il fallait une excuse pour courir, maintenant que j'avais tous les Allemands sur le cul. Il voulait toujours pas faire la course. Alors je lui dis :

– Si on fait la course, je te file mon Bayard.

C'est un bath de stylo, ça fait deux ans que je l'ai et ce salaud dit :

– Et puis ton protège-cahier et le rapporteur et l'équerre.

J'ai dit d'accord.

– Tu le jures sur la tête de ta mère ?

– Je le jure.

– T'as pas dit « sur la tête de ma mère ».

Il m'emmerdait ce con, le temps passait et les Boches allaient venir et je serais fusillé.

– Sur la tête de ma mère.

– Dis-le en entier, tu le dis en morceaux.

Finalement j'ai couru tout seul. Jamais aussi vite de ma vie malgré les galoches, la pèlerine et le béret. Traîtresse Infâme faisait cuire les haricots.

Personne n'était venu.

Enfin elle le croyait, mais le soir on a su que la police était entrée chez les Imbert et ils avaient posé des questions aux Goulier, à la mère Proti- neau et à la concierge et même au boulanger.

Ils avaient sonné chez nous mais Traîtresse Infâme était partie aux commissions.

C'est le dirlo qui avait cafté que j'habitais dans la même maison.

Le soir, Pap a dit que c'était le mari qui était dans le maquis ou peut-être à Londres et que maintenant ils arrêtaient les familles et qu'ils les chercheraient pour les torturer toutes les deux.

Et voilà elles sont parties. On se reverra peut-être

après la guerre. Elles ont laissé toutes leurs affaires alors elles reviendront.

Hier soir ça m'a fait drôle de rentrer seul.

Après les saucisses j'ai fait le tour pour passer devant l'arbre où on s'arrêtait tout le temps et c'est marrant parce que j'ai senti l'odeur à Chris. Ou alors c'est l'écorce qui lui donnait cette odeur-là ou à force de rester là c'est elle qui avait donné l'odeur à l'arbre, un peu des deux, du savon et de l'écorce, mais maintenant c'est fini pour les bisous.

Je disais que ça faisait mouillé, la salive, tout dégoûtant, mais enfin c'était bien avec les lèvres un peu élastiques, chaudes même l'hiver, et puis elle avait toujours ses boucles qui me chatouillaient.

J'ai pensé au soir où je lui ai balancé mon doigt dans l'œil et où j'ai pris sa claque et où elle avait pleuré. Et puis voilà, si je veux il y a Colette-Nicole mais ça me dit rien.

Et puis si on réfléchit bien, elles ont de la chance. Elles sont à la campagne, tranquilles, peut-être il fait beau, pas d'école, elle trie les lentilles avec Mathilde et Monique fait des balades avec elle, peut-être elles sont retournées à celles qu'on avait faites cet été avec le ruisseau en bas...

Elles reviendront pour leurs affaires. On aura grandi et on continuera à s'embrasser mais en mieux, comme dans les films. Comme dans *Le Capitaine Fracasse* qu'on a vu ensemble un jour.

Aujourd'hui il y a eu quatre alertes, on est même pas descendus.

Dans deux jours les vacances et dans quatre jours la Noël 43.

On a mis hier soir un nouveau drapeau sur

Tcherkassy. Sur le journal ils disent que les Russes ont perdu tous leurs chars. Mon œil.

Peut-être ils avancent avec des brouettes. Ils essaient de faire croire n'importe quoi.

Pour le réveillon Traîtresse Infâme va faire un gâteau avec la farine, les œufs et la margarine, elle a gardé tout exprès. Je sais pas ce que je vais avoir. J'ai demandé des bouquins pour changer un peu, mais je vais aussi avoir des cadeaux utiles, des chaussettes ou un cache-nez tricotés, ce genre de truc-là, ou des gants contre les engelures.

Il fait froid mais il y a du soleil, alors ça va.

Comme c'est bientôt la fin, Pinsoneau a un peu ralenti. Demain elle nous file le carnet de notes. Attention.

A la porte des Imbert, des gens sont venus et ils ont mis un petit morceau de laine rouge en travers. Ça sert absolument à rien parce que si on a la clef on peut rentrer quand même.

J'ai demandé à Pap pourquoi ils avaient mis ça. Il a dit : « Laissez-les. » C'est comme ça que ça s'appelle. Bizarre. Enfin on peut plus rentrer.

Pap m'a demandé pourquoi j'avais pas dit au type à l'eau de Cologne que j'étais allé à la campagne avec elles. J'ai dit que je savais pas et il m'a frotté le dessus de la tête avec le plat de sa main. Ça veut dire que j'ai bien fait. Je suis assez héroïque comme type en fait. Je suis sûr que Laidu l'aurait dit. D'un autre côté, Monique aurait jamais emmené Laidu. Comme ça la question est réglée.

Je lis un livre qui s'appelle *Le Parfum des îles Borromées*.

C'est pas pour les gosses mais ça fait rien, et puis ça me plaît. Je l'ai trouvé dans la table de nuit de Traîtresse Infâme. C'est un livre d'amour avec des gens riches qui vont dans des îles italiennes pleines de bouquets de toutes les couleurs et ils s'embrassent tout le temps au clair de lune, et ils sont très bien habillés. Avant ça m'aurait pas intéressé, parce que c'était *Les Trois Mousquetaires*, les poursuites, les duels, tout ça, et je sautais les passages d'amour. Maintenant c'est l'inverse.

J'aime bien cette histoire avec cette grande bonne femme très droite et son amant qui font de la barque. Enfin c'est pas eux qui rament évidemment mais on voit bien la mer qui brille et les balustrades tout en marbre et les gens en smoking, et à un moment il lui touche le poumon. J'ai regretté de ne pas l'avoir lu avant que Chris soit partie, j'aurais fait pareil bien que Chris ait pas de poumons, ce qui fait que j'aurais été déçu alors c'était pas la peine.

Enfin tout ça, ça prouve que je vieillis parce qu'avant *Le Parfum des îles Borromées* j'en aurais même pas lu une ligne tellement ça m'aurait emmerdé.

Ils ont plein d'autres livres comme ça dans la table de nuit, Claude Farrère, Pierre Louÿs, je vais les lire pendant les vacances.

L'autre soir j'ai rencontré Colette-Nicole en sortant de l'école, elle voudrait être ma poule. Faudrait qu'elle grossisse un peu des jambes pour ça.

Et puis j'ai plus envie c'est tout.

En passant devant le Trianon j'ai vu les photos de Marika Rokk dans *Le Démon de la danse.* Elle est magnifique. Elle pourrait jouer la dame qui va aux îles Borromées, on la voit danser dans des robes longues. C'est une Allemande. Enfin ça l'empêche pas d'être belle. J'irai pas voir le film, évidemment. On va pas aller donner nos sous aux Boches. Déjà qu'on en a pas tellement.

Je sais ce que Pap a acheté à Traîtresse Infâme, une paire de chaussures mais légères parce que les semelles sont en liège, il y a juste une plaque en bois au-dessous pour que ça s'use pas trop vite.

Traîtresse Infâme lui a fait un cache-nez dans un ancien pull. L'année dernière elle lui avait fait des gants dans un ancien cache-nez.

On sait tout ce qu'on va avoir mais on fait comme si on ne savait pas et on prend l'air surpris, comme ça tout le monde est content. On a toujours fait ça. C'est plus gai.

En ce moment on mange que des haricots.

Pas des verts avec des fils comme avec Mathilde, des gros blancs avec des charançons. Pap en a ramené trente kilos dans un sac à dos. C'est un type qui lui a vendu contre je sais pas quoi.

On va avoir un Noël aux haricots. Ce qui est bien avec les haricots, c'est qu'on a l'air assez gros quand on en mange. Après ça disparaît, mais on a le ventre bien portant pendant au moins deux heures.

C'est pas dans les îles Borromées qu'ils mangeraient des trucs pareils.

Ce soir Pap m'a dit de venir par ici et on est allés dans la chambre pendant que Traîtresse Infâme était à la cuisine. Il a ouvert l'armoire et soulevé les draps et il m'a montré deux bouteilles de champagne.

Il a un copain de la SNCF qui travaille gare d'Austerlitz et il pique dans les wagons qui partent en Allemagne. Il va essayer de lui avoir du foie gras pour aller avec le champagne. Mais s'il en a pas, c'est pas grave, on le boira avec les haricots. Comme il a dit, avec les haricots ou avec le foie gras c'est toujours du champagne. La fête se prépare.

Si Chris était restée je serais peut-être parti avec elle aux îles Borromées, dans quelques années évidemment, pas tout de suite cette bonne blague, parce que et d'une on est trop petits, et de deux c'est la guerre et on peut pas voyager où on veut et puis on a pas d'argent alors ça règle tout.

J'y pense avant de m'endormir. J'essaie de me voir à vingt ans et elle aussi. J'ai plus d'épi mais toujours les lunettes évidemment parce que avec ma myopie j'arriverais même pas à voir le bateau pour y aller. Et puis elle je la vois avec ses cheveux frisés, plus longs, avec des poumons, et assez grande. Moins que moi bien sûr mais assez grande avec une robe longue noire avec des brillants jusque sur les manches. J'ai vu un dessin où une bonne femme avait une robe comme ça. Et avec des talons en argent. Moi avec mon costume impeccable, très léger et moderne, et une fleur au veston. Ça, c'est pas difficile parce que c'est plein de fleurs dans ces îles. Des souliers luisants, de la brillantine Régina pleine d'huile sur la tête, et tous les laquais se retournent tellement on est beaux, et le soir on va boire le champagne de la gare d'Austerlitz sur un grand balcon.

Alors on boit et puis on mange très bien parce qu'évidemment la guerre est finie et que quand ils veulent nous servir de la purée on fait retourner le plat à la cuisine.

Après on fait un tour au bord de l'eau comme les gens chics, et on s'embrasse contre les arbres, et après on rentre dans une très magnifique chambre avec des statues, des rideaux, du doré partout, un lustre comme à la Comédie-Française, des meubles très cirés, des tableaux de Léonard de Vinci et un lit. Et alors on se couche et on dort pas parce que je sais très bien comment ça se passe, j'ai réfléchi à tout ça et c'est pas très compliqué même si ça me dégoûte de l'expliquer.

Alors d'abord tout est noir parce qu'on est tout nus.

C'est la première étape.

On peut pas faire autrement.

Chacun se déshabille, toujours dans le noir et après hop! au lit. Là ça commence.

D'abord c'est comme quand on est contre un arbre mais c'est horizontal, on embrasse, on tripote les poumons, tout, et puis après c'est le robinet.

Je pourrais dire tous les mots à Laidu, la bitte et la queue et bourrer les gonzesses et tout ça, mais c'est pas la peine dans une explication.

C'est la bonne femme qui reste sur le dos et comme elle a pas de robinet et qu'il faut bien un tuyau par où ça sorte, elle a son tuyau ouvert et le bonhomme lui met son robinet dedans et voilà. Pas sorcier, c'est comme de la plomberie.

Impeccable.

Continuons. Donc le robinet est dans le tuyau mais c'est pas tout. C'est pas tout parce qu'ils pourraient rester comme ça pendant cent sept ans et on serait obligés de leur apporter à manger deux fois par jour.

Donc après il faut remuer. Comme pour la mayonnaise.

C'est le bonhomme qui remue, forcément parce que elle, elle est dessous, la pauvre, elle peut pas faire grand-chose, alors lui il avance, comme s'il savait pas où aller, enfin ce passage-là j'en suis moins sûr parce que c'est Laidu évidemment qui raconte et quand même il a jamais fait ça de sa vie. Enfin il faut remuer et à un moment Laidu dit qu'il lâche la purée.

Là aussi quand il a dit ça j'ai rien compris au début parce que je me disais qu'ils étaient dans leur chambre en train de reculer d'avancer de reculer d'avancer, et tout d'un coup les voilà dans la cuisine et de faire tomber les casseroles et c'est ce con de Fouillet qui a demandé le premier :

– Quelle purée ?

On a tous rigolé et moi aussi, enfin j'ai fait semblant et Laidu a dit :

– C'est pas de la purée, eh, ducon.

J'avais envie de lui dire que si c'était pas de la purée, comment ça se faisait qu'il la lâche, enfin à ce moment-là Pinsoneau a sifflé et on a dû se mettre en rang pour rentrer en classe, et à la récré d'après on a joué aux osselets et ça a été foutu par la suite.

Donc si l'on reprend les explications, le bon-homme avance et recule, avance et recule, et j'espère pour lui que ça dure pas des heures et tout d'un coup il lâche quelque chose et tout s'arrête et c'est terminé.

En plus je crois que pour faire ça il faut avoir bu. Ça j'en suis pas sûr mais je crois bien, parce que dans les *Iles Borromées* ça parle tout le temps d'ivresse à ces moments-là.

Alors parfois je regarde Traîtresse Infâme et Pap et je me dis qu'ils ont fait ça et que lui avec son costume d'employé SNCF, il a l'air de rien comme ça, mais un jour il a bien fallu qu'il lâche la purée qui était pas de la purée et que c'est comme ça qu'ils m'ont fait.

Ça a l'air de plaire aux gens.

C'est ce qui m'étonne le plus parce que ça fait assez dégoûtant toutes ces histoires et en plus je trouve que c'est gênant.

C'est qu'il faut bien connaître la personne parce que sans ça on doit avoir l'air bête d'avancer de reculer d'avancer pendant que la dame attend.

Surtout qu'on est près l'un de l'autre à ces moments-là et je me demande bien ce qu'on peut se raconter. Ils doivent parler de choses et d'autres.

Peut-être un jour je le ferai avec Chris si elle revient. Puisque j'ai commencé avec elle autant continuer jusqu'à la purée.

Pour Traîtresse Infâme et Pap je préfère pas y penser. Je crois pas qu'ils le fassent.

Il l'embrasse jamais beaucoup. Le soir, quand il

rentre, mais c'est sur les joues, c'est pas les îles Borromées.

En plus et pour compliquer les choses il y a cette histoire de couilles. Alors là faut plus rien me demander parce que je ne vois pas du tout ce qu'elles viennent faire là-dedans.

Encore un mystère de la nature, comme dit Pinsoneau.

Elle le dit souvent, surtout en géo où elle est pas très calée. Avant-hier, on faisait la mer et quand Barsoumian lui a demandé pourquoi il y avait des poissons elle a encore dit « Mystère de la nature ».

Mystère mon œil.

C'est parce que les poissons c'est pareil, ils lâchent la purée au fond de l'eau et voilà l'explication : ça fait de nouveaux poissons. Elle est sans doute pas très au courant de tout ça, la Pinsoneau. C'est vrai que c'est une demoiselle, et ça veut dire qu'on lui a encore rien lâché du tout.

Ça viendra.

Il y aura bien un crétin qui va y aller un jour ou l'autre. Ou peut-être qu'elle a son fiancé prisonnier. Il y en a beaucoup comme ça. Ça fait trois ans qu'elles attendent la purée.

C'est les restrictions.

Bon, allez, j'arrête là-dessus parce que c'est dégoûtant. Heureusement que ça se passe la nuit. Comme les bombardements.

En parlant de bombardements, ça a descendu encore sur Juvisy. Dans le journal ils disent toujours « la banlieue enterre ses morts », c'est tous les jours pareil. On fait même plus attention.

Peut-être Chris m'aurait envoyé une carte si elle avait pu, mais évidemment c'est pas possible. Elle pourrait se faire prendre avec la censure et les espions et moi je peux pas écrire là-bas parce que peut-être elles sont cachées dans la cave ou quelque chose dans ce genre-là et c'est peut-être sur-veillé par les miliciens.

Ou alors parfois je me dis qu'elles sont au maquis. Il y a des femmes dedans, elles soignent les blessés, elles doivent faire la cuisine, les choses comme ça.

Moi personnellement le mari de Monique je l'admire pas, parce qu'il est résistant bon d'accord, mais en Angleterre il risque rien, il est bien tran-quille à manger toutes sortes de choses et en plus ça emmerde sa femme et sa fille.

Si elles sont prises, c'est sa faute. Je me demande ce qu'on leur fera.

C'est drôle, ça me rappelle mon histoire avec le SS tortureur Otto von Prinz.

Je continuerai l'histoire parce qu'elle est presque vraie maintenant. Enfin j'ai pas tellement envie au fond de moi, ça fait vraiment enfantin comme histoire. Il y a pas longtemps que je l'ai écrite mais j'étais un vrai gosse à ce moment-là. J'avais pas connu les femmes.

Je me rappelle que c'était au temps du *Capitaine Fracasse*. Il faisait chaud et c'est quand même bizarre que j'aie préféré sa mère à ce moment-là. Si j'avais su je lui aurais parlé plus. Je faisais comme si elle existait pas, et maintenant j'y pense tout le temps. Hier soir on faisait les commissions au boulanger, j'ai passé par l'avenue des Tilleuls où on s'asseyait sur le trottoir les premières fois. Je me suis assis au même endroit, même que ça m'a glacé le cul.

Je suis comme d'Artagnan après que la mère Bonacieux est morte. Chris est pas morte, mais c'est pas sûr qu'elle revienne parce qu'avec la guerre et toutes les bombes et la milice et son con de père en Angleterre et les gens qui dénoncent, ça va être dur de se retrouver aux îles Borromées.

Quand je monte l'escalier, je regarde toujours le

petit ruban rouge à la porte qui s'appelle « *laissez-les* », et toujours je la revois avec ses cheveux courts qui frisent, et même parfois je n'arrive plus à la revoir dans ma mémoire.

Pourtant on se connaissait bien, on se voyait tous les jours il y a pas longtemps, eh bien des fois j'arrive pas.

Il faudrait une photo.

Et puis tout d'un coup ça me revient et quand elle me revient elle rit à chaque fois parce que c'est vrai qu'elle riait tout le temps. J'espère qu'elle rit en ce moment.

J'arrête avec Chris.

Alors là, ça a bombardé.

Juste la veille du réveillon. Ils ont visé Vitry. C'est juste de l'autre côté de la Seine mais la Seine vue d'un avion ça doit pas faire large, juste comme un lacet de chaussure, peut-être même pas, évidemment, il y a quelques bombes qui sont tombées de l'autre côté, c'est-à-dire sur nous.

C'était sept heures, Pap venait de rentrer par le train et Traîtresse Infâme faisait chauffer la soupe et moi je sais plus ce que je faisais, et on entend les avions tout d'un coup. Et pas de sirènes. C'est tout désorganisé, alors maintenant elles sonnent même plus.

Donc on entend les avions qui se rapprochent et Pap se lève et dit :

– C'est pour nous cette fois.

Traîtresse Infâme éteint le gaz et me prend la main. On descend les escaliers et Pap va chercher la mallette précieuse et la Thermos et le grondement augmente sans arrêt, sans arrêt, et dans l'escalier il y a les Goulier, les Protineau, ceux du troisième avec la mémé, et ça fait comme un embouteillage. Entre les barreaux de la rampe je vois des gens qui entrent, qui foncent à la cave, il y a un bouchon, et l'électricité clignote tout d'un coup et alors par-dessus le grondement ça a éclaté et Traîtresse Infâme m'étouffe à me serrer et tout tremble.

Je verrai toute ma vie le paillasson du deuxième.

On était sur le palier et quand ça a tremblé j'ai vu le paillasson qui se soulevait, qui retombait, qui bougeait tout seul, et ça a tapé un coup tellement fort qu'il est monté jusqu'à la poignée de la porte et les gens criaient et vraiment j'ai pas eu peur, il y avait de la fumée partout, comme de la poussière, ça avait dû secouer tous les tapis d'un coup et j'ai pensé : pourvu que ce soit tombé sur l'école.

Après on est descendus et c'était rempli de monde qui était pas de la maison, et alors les sirènes ont donné l'alerte, et il y en a qui ont rigolé parce qu'elles étaient vraiment en retard cette fois.

Mais dans l'ensemble ça rigolait pas.

On a bu un peu de tisane de la Thermos et on a toussé parce que toute la poussière ça faisait cracher et on a plus rien entendu.

Même la DCA avait pas tiré.

J'ai pensé au vieux type allemand qui nous faisait bonjour à Chris et à moi, celui qui gardait la saucisse.

Peut-être il était ratatiné, parce que cette fois c'était pas tombé loin.

Il y avait des gens qui s'engueulaient, qui disaient que c'était la mairie qui avait pris, d'autres la gare, enfin que des disputes et le lendemain matin on est partis voir, Traîtresse Infâme et moi.

Il faisait froid avec du vent, et dans la rue tout de suite on rencontre la crémière qui dit :

– C'est l'école qui a brûlé, c'est abominable.

Ça m'a fait bondir de joie.

Depuis le temps que j'y pense, ça y était et elle dit :

– C'est monstrueux cette guerre, vous vous rendez compte s'il y avait eu des enfants dedans?

A sept heures du soir c'est quand même rare. Enfin bon j'étais content et à ce moment-là elle dit :

– On peut pas approcher parce que les pompiers barrent la rue des Pivoines.

Je me dis, elle se trompe de rue parce que la rue des Pivoines c'est de l'autre côté mais je m'en foutais parce que le temps qu'ils reconstruisent c'était cuit pour la rentrée et rien que de savoir que les pupitres avaient brûlé, avec l'estrade, le bureau, les livres, les cahiers à Pinsoneau j'ai pensé que 1944 s'annonçait bien, et j'en sautillais sur place.

Dommage qu'ils aient pas bombardé deux jours avant, comme ça les livrets scolaires auraient flambé et ça m'aurait évité d'avoir à faire signer le mien. J'allais passer tout l'hiver tranquille à dormir, à lire et peut-être je ferais un livre, comme une sorte de roman. Plus à se lever, à faire semblant d'être malade pour rester et les trouilles pour les compos, les interros écrites.

Et la crémière dit :

– Il y a eu une bombe incendiaire qui a dégringolé sur la maternelle.

Alors là j'ai compris parfaitement l'histoire, parce que la maternelle en plus de la rue des Pivoines il n'y avait aucun doute. L'école était complètement détruite mais c'était pas la mienne. La mienne c'est rue Victor-Hugo, et celle qui a dérouillé c'est celle de la rue Etienne-Dolet qui est de l'autre côté.

Parfois je me dis que Puberté a raison : quand

c'est le destin c'est le destin. C'est une formule qu'elle dit souvent.

On a été voir quand même, et c'est tout le quartier qui avait morflé, même les maisons en face, les murs de devant étaient tombés et on voyait l'intérieur, et c'était une maison où ils avaient tous du papier à fleurs, sauf au premier où ils avaient mis de la peinture rose. En haut il y avait un lit d'accroché en équilibre et il y avait de l'eau qui coulait. Enfin c'est encore loupé pour cette fois.

Alors côté livret scolaire, c'est d'une certaine façon pas mal et même bien, et de l'autre côté pas terrible.

Observation générale de la maîtresse : « Joseph est trop étourdi, avec un peu plus d'organisation il pourrait obtenir de bons résultats. Attention à la conduite. »

C'est salaud pour la conduite parce que je bavarde pratiquement pas.

En devoirs j'ai 7, en leçons j'ai 7, et tout ça comme je l'ai dit à Pap c'est au-dessus de 5 qui est la moyenne alors il ne faut pas se plaindre.

En lecture j'ai 10, normal.

En écriture j'ai 7 mais ça a toujours été comme ça à cause des pleins qui sont pas assez épais, alors on voit pas la différence avec les déliés, donc rien de neuf sur le front de l'Est.

En rédac j'ai 6, comme en calcul, alors que je sais que je suis bon dans une et nul dans l'autre, ce qui prouve bien que c'est des conneries. Ce qui explique ça, c'est que j'ai pompé à la compo et puis 3 en gym parce que j'arrive toujours pas à grimper à la corde et bon, en tout, moyenne 12,5. Et 9 en histoire où je suis deuxième mais avec ce con de Journet c'est pas la peine de lutter parce que de toute façon il fait de la lèche.

Il reste presque plus de place dans ce cahier.

Pourtant c'était un de deux cents pages et quand je l'ai commencé je croyais que je le terminerais jamais. Je vais continuer sur un autre parce que j'aime bien raconter. C'est drôle que les pages se terminent avec l'année, je vais avoir juste la place pour raconter la Noël et le Jour de l'An et après voilà, ce sera fini.

Je le mettrai dans un placard, au-dessous de la dernière planche, on pourra pas le trouver parce que quand même il y a des passages où j'aimerais pas que quelqu'un lise, sur les couilles, les femmes, toutes ces histoires et même d'autres moments quand je parle de moi et de Chris.

Voilà, c'est fini.

Il y a une chose terrible à Noël (ça me le fait moins que quand j'étais petit mais quand même toujours un peu), c'est qu'on se réveille le matin, on sait que c'est fête, que c'est pas un jour comme les autres, et on regarde dehors par la fenêtre et on voit la rue et c'est toujours pareil, comme si c'était pas la Noël.

Il y a les murs les fenêtres tout en enfilade jusqu'à la mairie, après ça tourne un peu...

Derrière les maisons il y a des jardins mais petits, avec de la terre grise tout encerclée par des grillages, des fils de fer et plus loin c'est les maraîchers avec des cabanes mal peintes pour mettre leurs outils et puis le ciel sombre dessus comme une couverture de soldat. Et le matin de chaque Noël ça me désespère toujours un peu que ce soit pas devenu un peu plus joli pour seulement une journée.

Il y a une deuxième raison à la tristesse c'est que le meilleur est passé, et le meilleur c'est le réveillon.

On a mangé du lapin.

Le copain à Pap n'a pas eu le foie gras mais il a eu le lapin, la moitié de derrière. C'est bon mais c'est plein d'os, et les haricots ça se marie bien avec et après de la salade avec de l'huile et le gâteau avec le champagne.

On a bu qu'une bouteille parce que l'autre c'est pour la libération, Pap a dit qu'on l'ouvrirait avec les Américains.

Ils m'ont fait goûter et j'ai dit que c'était bon mais j'aime pas ça : c'est pas sucré, ça pique et c'est fort.

Je me demande pourquoi ils en boivent tout le temps dans les livres.

En parlant de livres j'en ai eu trois *Le Comte de Monte-Cristo, Le Capitaine Pamphile* et *Papa Faucheux.* Plus un pull-over avec le col en V et une bordure en bas des manches. On a mangé tard, on s'est couchés à plus de dix heures et demie.

On a parlé un peu de la guerre. On a mis le drapeau sur Vitebsk. C'est pas sûr que les Russes y soient complètement arrivés mais ça fait rien, c'est juste un peu d'avance.

Pap a dit que depuis un an les Allemands avaient perdu un sacré morceau. C'est vrai, plus grand que la moitié de l'Europe. Donc tout sera fini en 44.

– A la Noël prochaine, a dit Pap, on mangera ce qu'on voudra.

Ça veut dire que Chris sera revenue. Enfin peut-être pas parce que son père l'amènera dans une autre maison avec sa mère. Peut-être il va s'installer en Angleterre, et tant que je suis pas grand ce sera pas possible de se revoir.

Quand je suis pas vraiment gai comme ce soir je pense que peut-être il y aura un jour où je m'en foutrai de tout ça, elle viendra frapper à la porte, j'ouvrirai et ça me fera rien. Ça, je trouve que c'est le pire de tout, c'est comme la mort.

Mais je pense à ça seulement parce que j'ai bu

cette saloperie de vin piquant. A peine le fond du verre, mais alors depuis c'est le désespoir.

Traîtresse Infâme a dit que ça rendait gais les gens tristes, certainement ça rend tristes les gens gais parce que dans l'ensemble je suis assez gai dans la vie.

Alors comme c'est presque la fin de l'année et que j'ai presque plus de place sur le cahier et qu'il faut remplir jusqu'au bout je vais faire le bilan.

D'abord j'ai grandi. Enfin j'ai pas grandi sur le plan hauteur, je veux dire que j'ai vieilli parce que j'ai appris pas mal de choses cette année. J'en vois des tonnes mais en triant j'en trouve trois importantes. D'abord je sais embrasser les femmes et je connais l'amour parfaitement. Ensuite j'ai triomphé de la Gestapo et j'ai sauvé deux femmes d'un coup, et si elles avaient été prises en otages ils auraient pu obliger le mari à rentrer en France et paf! contre un mur fusillé, et ça foutait la Résistance en l'air et les Boches pouvaient rester plus longtemps. Et trois, je sais fumer des cigarettes, ça je l'ai appris au début de l'année, et aujourd'hui j'ai bu du champagne.

Malgré tout ça, il me reste pas mal de choses à faire. Je sais toujours pas danser et il faut que j'apprenne parce que c'est très bien de fumer son américaine avec le smoking et les boutons de manchettes qui brillent et boire des bulles sans grimacer, mais encore il faut savoir danser avec la personne.

Alors c'est du travail parce qu'il y a la valse, le tango, la java et plein d'autres.

Donc en 44 je vais essayer d'apprendre. En regardant bien au cinéma pour voir comment ils font, ça doit être possible.

Ensuite il y a la voiture.

C'est pas que j'aime ça mais j'aimerais bien conduire, enfin c'est pour plus tard.

En attendant il y a le vélo. J'en ai pas et je sais pas en faire. J'en avais un, enfant, avec quatre roues. Deux grandes normales et deux autres petites sur les côtés de la grande à l'arrière. Eh bien même avec quatre roues je tombais tout le temps.

Un cas unique.

Il y a la photo où je suis pris sur les quais de la Seine près de l'écluse, c'était avant la guerre, j'ai cinq ou six ans avec un col de marin et des chaussettes blanches et je suis assis dessus.

Pap a fait la photo et dès qu'il l'a prise, paf! par terre.

Je sais pas ce que c'est que l'équilibre.

D'ailleurs, quand on voit un type sur un vélo, si on réfléchit un peu on se dit que normalement il devrait tomber tellement les roues sont étroites. Un vélo tout seul il tombe, et normalement avec le type dessus ça devrait tomber aussi, enfin tout ça c'est à cause du champagne mais je me demande bien quand même comment on peut tenir là-dessus parce que théoriquement c'est pas possible.

Et puis il y a le cheval mais aujourd'hui c'est plus rare ou alors c'est les gens chics ou les jockeys. Enfin j'aimerais quand même bien savoir en faire.

Et puis nager. Je suis jamais rentré dans l'eau.

La mer est trop loin, et Traîtresse Infâme dit que la Seine c'est sale, et à part la bassine à confiture pour se laver le samedi matin je connais rien d'autre.

En fait je sais les mouvements de la brasse parce qu'ils sont indiqués sur le dictionnaire à « Natation ». Il y a les dessins d'un type à moustache qui est en maillot et qui fait les mouvements décomposés avec le ventre sur un tabouret.

On voit pas pourquoi il s'est mis en maillot pour faire ça puisqu'il est pas mouillé, c'est pour l'ambiance. Je fais les mouvements sur la carpette et théoriquement si je suis dans l'eau je dois pas couler. Il y a d'autres nages, il y a l'indienne, la matelote et l'over-arm-stroke. Ça je peux pas faire les mouvements parce que c'est le plancher qui me gêne.

Voilà, quand je saurai faire tout ça, je serai prêt. Je pourrai partir aux îles Borromées.

Avant il faut que la guerre finisse et que je devienne grand.

J'ai juste un tout petit bout de fin de page pour terminer l'année et je sais plus quoi dire parce que j'ai tout dit et que j'ai sommeil. Alors j'espère qu'on sera pas bombardé et qu'ils retrouveront jamais Chris et sa mère.

C'est mon vœu de Noël.

Et puis pas d'engelures, pas de dictées tous les lundis, plus de corde pour grimper, et ça s'arrête là.

Je sais bien que personne ne lira tout ça mais si un jour ça arrive, vous avez le bonjour de Joseph appelé Povchéri en 1943.

HIVER 2003

Et voilà qu'à soixante ans d'intervalle je me fais encore lâcher par les femmes.

Chris et Adeline, mes deux absentes...

L'une part avec sa mère, l'autre s'enfuit avec sa fille. Elles m'auront toujours lâché... Mais Povchéri est toujours là. Chris ne m'a pas lâché d'ailleurs, elle m'a oublié, c'est tout... Elle est partie en 45 avec sa mère retrouver son capitaine de père à Londres... On a parlé de lui un temps dans les journaux, de sa médaille de la Résistance...

J'ai eu une carte postale représentant le carillon de Westminster cette année-là... Une autre avec la statue de la Liberté un an après.

Elle déménageait beaucoup.

Et puis c'est moi qui ai déménagé et si elle m'a écrit, tout a dû se perdre.

Je n'ai pas su quand Monique est morte. Peut-être ne l'est-elle pas, elle doit être centenaire alors... Sexagénaire aujourd'hui, la petite suceuse de joues de l'avenue des Tilleuls... Une vieille dame tout au fond de la grande Amérique...

« Je sais embrasser les femmes et je connais l'amour parfaitement... Il faut que la guerre finisse et que je devienne grand... Je pourrai partir aux îles Borromées. »

Joyeux petit bonhomme qui croyait que les baisers, la paix et quelques centimètres en plus ouvriraient les portes des îles en fleurs de la félicité...

J'étais un Kaleris à ma manière.

Après les rites de passage, les jeunes de la tribu franchissent les hautes portes d'argile surmontées des cornes d'antilopes sacrées. Passés de l'autre côté, ils découvrent à l'infini les ondulations des grandes plaines herbeuses qui s'étendent jusqu'à l'horizon, jaunes sous le ciel bleu.

Ils ont bu de l'alcool fermenté et leurs regards sont fixes. Ce qu'ils voient alors, ces espaces déployés, c'est l'image de leur vie, et elle est si vaste que leurs poitrines se gonflent pour les chants de danse. Ce qu'ils ont devant eux, ce sont leurs îles Borromées. L'avenir est un bonheur.

Bonheur des grandes courses, bonheur du soleil et du vent, bonheur du repos et des femmes aux narines percées... Tout est livré, présent d'un coup... L'espace est le trésor des Kaleris.

L'image que j'avais du futur était moins nette mais elle était joyeuse.

Je pense aux gosses d'aujourd'hui. Quels rêves peuvent-ils encore bien avoir ? Allons, nous avons réussi à tuer les belles images dans la tête des enfants, c'était une façon de signer notre arrêt de mort.

Moi aussi mon cahier se termine et, si je sais que je finirai celui-là, je ne suis pas très sûr d'en commencer un autre.

Mes yeux se brouillent vers les sept heures du soir. Je pense que c'est la fatigue des néons. Cette lueur permanente est trop forte. Et puis mon épaule me fait mal encore, c'est la séquelle du choc lorsque le car a versé près de la frontière autrichienne.

Ce crétin roulait à 80 sur une dalle de glace, les gorges de la Drave, le vertige des sapins noirs plantés sur les à-pics et au-dessous les eaux vertes, figées par le gel... Quand l'avant a percuté la paroi, j'ai vu les deux civières du fond du car partir en fronde...

Trois kilomètres jusqu'au refuge, dans la neige jusqu'au ventre, et je l'ai fait, oui, parfaitement, avec mon cul de plomb et j'ai traîné Picard en plus, plus qu'un quart de poumon, Picard, et il a tenu le choc. Mes deux cahiers sous un bras et Picard de l'autre.

Tromard a défoncé la porte du chalet à coups de pied, déchaînée, elle a passé la nuit à couper des arbres pour entretenir le feu. Garnier courait comme un fou, les liquides gelaient dans les seringues. Un hélicoptère est venu et on est arrivés au Brenner.

Terrifiant. L'hiver le plus précoce et le plus froid depuis 1940. Et évidemment je me trouvais à 1 500 mètres d'altitude en pleine Bavière.

Tout de même trois d'entre nous ont lâché la rampe dans l'aventure. Ils dorment sous la neige. On retrouvera leurs corps au printemps sur le versant de la montagne, près de Vipiteno. Il faisait moins 30 et nous n'avions que nos mains...

Bizarre qu'en cet instant je n'aie pensé qu'à une chose : arriver à Munich. Moi qui avais tout fait pour l'éviter.

Il n'y avait personne aux frontières. Il a fallu se cotiser pour louer un camion.

Un marchand de bois de Steinach nous a menés jusqu'au pont sur une plate-forme bâchée.

Deux millions de marks et je ne compte pas les bijoux que ces dames ont lâchés.

Je n'ai plus rien. Pas grave. La carte bancaire internationale ne fonctionne plus sauf en quatre pays : Suisse, Liechtenstein, Luxembourg, Saint-Marin.

J'ai dormi deux jours dès notre arrivée à l'hôpital. Depuis je n'ai pas bougé. Huitième niveau chambre 841 D.

Je pense que les Spatoni m'auraient volé – tué peut-être... J'ai répondu à Adeline Wormer. Pas vraiment la lettre d'amour. Enfin elle sait où je suis.

Curieuse impression en ouvrant les yeux dans cette pièce métallisée. Ce n'est pas là que je mourrai. Je l'ai su tout de suite. Je n'y resterai donc pas longtemps.

Le plus con de tout, c'est que j'ai perdu mon échiquier. Avec le reste de mes bagages d'ailleurs.

Ici, il ne faut pas que je pense que je ne vois pas le monde extérieur. J'ai toujours la sensation qu'il y a une fenêtre derrière moi. Elle n'est ni devant, ni à droite, ni à gauche, donc elle doit être derrière. Rien de mieux qu'une fenêtre fictive, on peut imaginer le paysage. Il change suivant son humeur.

Climatisation parfaite : plus d'hiver, plus d'été... Si je suis encore là dans quelques mois, je n'aurai pas mon printemps.

Privé de saisons. Je n'ai pas dû être assez sage.

Ronronnement faible mais permanent. J'ai parfois l'impression d'être dans un film de science-fiction totalement idiot, surtout que parfois la porte s'ouvre et c'est le vacarme du couloir et des batteries d'ascenseurs. Une fille entre, propose des fleurs artificielles ou des vieux magazines allemands. Il y a celle qui vend des briquets et des savons.

On a volé les chaussures à une malade dans la chambre voisine pendant la nuit. Le plus curieux c'est que tout est pourtant splendidement organisé : visites, repas, contrôles. Je suis descendu déjà trois fois dans les salles des différents contrôles radio.

Je rêvasse pas mal. Je fais des rêves de terrasses, je commande des demis à des garçons désœuvrés. Comme dans la vie, je n'appelle pas le garçon « garçon » mais « monsieur ». Un demi s'il vous plaît monsieur. J'ai dû croire un jour que c'était plus social, que peut-être ils m'en seraient reconnaissants. Erreur énorme. En fait ils s'en foutent ou me prennent pour un con. Ce mec m'a appelé « monsieur » il ne peut pas dire « garçon » comme tout le monde ?

J'ai toujours été servi le dernier. Ils croient ainsi me punir. C'est une faute tactique : plus j'attends, plus j'ai soif, meilleure est la bière.

Je la bois enfin. Ils m'ont eu quand même. Elle est tiède.

C'est une belle terrasse. Le décor change, des Kaleris sont passés l'autre soir, ils portaient des armes et les peintures de guerre. Je les ai tous revus, sauf les plus jeunes qui fermaient la marche. J'ai même entendu les tambours en peau de lion battre le rythme des batailles. Plein d'oiseaux se sont enfuis...

39,3 à 39,7, la fièvre monte tous les soirs. C'est ce qui reste de ma bronchite du Brenner.

Rien de grave. Rien ne sera jamais plus grave.

Tromard a été affectée au service de dermatologie. Elle passe ses jours enfermée dans un scaphandre aseptique, ce qui a l'air de la déprimer quelque peu.

Sa visite était de bonne amitié. Elle a promis de revenir. Je n'y crois guère.

Je reste persuadé que, sous terre, les liens se défont encore plus vite qu'à l'air libre.

Elle m'a apporté quelques vieux bouquins empruntés à la bibliothèque, section Littérature française. Trois romans que je ne connais pas et *Le Capitaine Fracasse.*

Qui parlait de boucle qui se refermait ?

Je vais le relire, voilà bien longtemps que j'avais perdu de vue la blonde Isabelle. Peut-être trouverai-je les descriptions moins longues qu'autrefois. J'ai tout mon temps à présent.

Donc ma catcheuse apporte ses soins aux gens victimes des souffles thermiques. Elle m'a apporté des nouvelles des combats. D'après ce que j'ai cru comprendre, tout devient de plus en plus sporadique. Le vieux corps du monde met un temps fou à mourir. Surgissements d'éruptions cutanées, vite nées vite éteintes. La seule chose certaine c'est que tout est vide au-delà du 60e degré de latitude Nord.

Un communiqué prévoit des difficultés d'approvisionnement dans les mois à venir.

Je ne désespère pas de voir revenir les tickets de rationnement. Tromard me rassure en prétendant que les hôpitaux sont prioritaires et que les restrictions ne nous toucheront pas. Je la félicite pour son bel optimisme. Affaire à suivre.

Cette fois c'est vrai, je n'ai plus que quelques pages. J'ai été surpris d'apprendre que décembre approchait.

Tous ces événements ont dû durer plus de temps que je ne l'ai cru.

Cotonneux. Cotonneux.

Depuis ma bronchite, j'ai l'impression de vivre à l'intérieur d'un matelas. Ils vont me ramollir les os à force de drogues. Si je me lève j'ondule. C'est certain.

Derrière les carreaux de ma fenêtre, des femmes frappent souvent. Je les reconnais à leur façon de heurter la vitre. Certaines l'effleurent à peine, Marceline tambourine jusqu'à ce que je tourne la tête. Danièle est là, le plus souvent, je lui dis d'entrer mais elle préfère rester dehors. Elle a toujours été ainsi.

Je me battrai jusqu'au printemps.

Difficile d'écrire avec un stylo mou et glissant.

Je devrais bien me décider à tracer très vite la formule finale, le coup de clairon définitif, parce que je sens tout de même que ça vient. Ça vient par vagues rouges. J'ai tellement chaud que je vais faire fondre l'aiguille du goutte-à-goutte.

Alors bonhomme, on s'en va?

Je n'aurai pas le temps de pénétrer à nouveau dans le château de Sigognac, j'aurais voulu, Adeline s'y trouvant peut-être. Tout se mélange, j'écris sur de la sueur et je ne vois plus les lignes. Chris que je n'ai jamais revue, mon si bel amour plus grand que moi...

J'ai de la peine à me quitter... Moche et con, c'est vrai... Mais tout de même... c'était moi.

Coucou.

Rien de plus ridicule que de réapparaître.

Lazare m'a toujours paru comique. La religion est bâtie sur un vaudeville.

Donc je ne suis pas mort.

Je n'en attendais pas moins de moi.

Deux choses se sont produites, aussi saugrenues l'une que l'autre.

La première c'est le surgissement d'une infirmière allemande au milieu des sonneries et de clignotants rouges.

Grosse femme autant que j'ai pu en juger. Un soupçon de moustache, j'ai pu compter les pores de sa peau un par un, j'ai cru tomber dans l'un d'entre eux.

Après, noir et bruit de vagissement.

La deuxième est plus bizarre.

C'est une visite. Je suis incapable de situer quand elle s'est produite. Je devais somnoler et la porte s'est ouverte. Cela arrive souvent. Je n'ai jamais compris pourquoi, dans cet univers parfaitement structuré, on laissait des gens circuler, la vendeuse de briquets savons, celle de vieux magazines et d'autres, plus bizarres, et qui ont l'air de ne rien vendre.

Stop.

Pas encore la grande forme. Convalescence. Je reprendrai demain. Lourd comme un stylo.

« Bravo, a dit Garnier. Increvable! »

Vieux pneu roule toujours.

J'ai repris un kilo.

La conférence de Tcheremkhovo a finalement lieu. Vous allez voir que ces crétins vont finir par s'entendre. Ils ont dû décider que je mourrais en paix.

J'ai relu les pages d'hier et je n'ai pas fini mon histoire.

Donc je dormais vaguement et la porte s'ouvre. J'ouvre un œil et je le vois.

Il se tenait sur le pas de la porte, tout minuscule.

Je me suis dit tout de suite : on se connaît bien tous les deux mon bonhomme. C'est gentil d'être venu me chercher...

Je ne voyais pas bien son visage mais tout y était : le béret, la pèlerine et les godillots, tout noirs comme l'enfer.

Povchéri.

Depuis le temps qu'on vivait ensemble, il fallait bien qu'un jour ou l'autre on se retrouve.

Je me suis redressé et j'ai mis mes lunettes; je le voyais mal avec le contre-jour des néons du couloir. C'était bien ça, un maigrichon, un béret sur un triangle isocèle avec deux pattes qui sortaient.

Je lui ai dit d'entrer, il n'a pas bougé.

Je ne savais pas que la mort envoyait aux hommes l'enfant qu'ils avaient été. J'ai trouvé l'idée bonne sur le moment, se faire prendre la main par un petit garçon pour changer de rive doit faciliter pas mal de choses.

Mais ce ne devait pas être ça. Il a dit quelque chose en allemand.

Il cherchait son grand-père si j'ai bien compris. Il s'était perdu dans les couloirs.

Il est reparti et moi j'ai décidé de continuer un bout de temps. C'est quand même ce môme qui m'a donné envie de sortir du trou.

J'ai supprimé derrière ma tête la fenêtre qui n'existait pas. Si l'on veut me voir à présent, ce sera en passant par la porte. Comme Povchéri.

Je vais passer l'hiver ici, à me retaper. Je partirai au printemps. Avril-mai, dans ces eaux-là.

Si Adeline écrit j'irai la retrouver. Rome est agréable à la belle saison. J'achèterai un nouvel échiquier. La ville est pleine de terrasses et de jardins... Ce sera bon d'y vivre.

Si je n'ai pas de nouvelles, je regagnerai Paris. Garnier m'a appris que la ville se repeuplait lentement.

Avec un peu de chance je reverrai le bar-tabac de la rue de Buci, sa terrasse. C'est fou ce que les terrasses ont joué un rôle dans ma vie. J'ai dû passer mon temps à aller de l'une à l'autre.

Je ne suis pas si vieux après tout. Je peux tirer encore dix, quinze ans...

Deux pages et c'est terminé, plus de place. Pas grave.

A bientôt, Povchéri.

Demain je demanderai à l'une des filles de m'acheter un nouveau cahier.

C'est Noël.

Je le sais parce que Traîtresse Infâme est venue.

Elle a passé la tête dans le couloir pour voir si je dormais et Pap a regardé après. Ils riaient. Ils ont cru que je ne les avais pas vus.

C'est pour les cadeaux. On rit toujours quand on donne des cadeaux c'est comme une excitation qui monte.

Je pense qu'il va y avoir une grande fête avec tout le monde qui montera, les Goulier, les Protineau, tous ceux de la maison, et puis Monique et Chris parce qu'elles sont revenues, évidemment.

Ça tombe bien que ce soit fini avec Pinsoneau. Elle n'avait qu'à pas mettre tant de « peut mieux faire » dans les marges.

Il y en aura plein d'autres. Marceline avec la robe fendue qui me gêne un peu. Et puis celle dont je tenais la main au Luxembourg, j'ai trop chaud pour savoir encore le nom et Danièle qui raplatissait tout avec ses yeux... Il y a Garnier et la catcheuse qui sont là par moments.

On a dû voyager parce qu'on est à Alfortville, c'est la chambre avec les moutons bleus effacés. Il y a la carte avec les drapeaux. Je ne comprends pas pourquoi ils l'ont mise ici, avant elle était dans la cuisine. Il y a les drapeaux partout, je devine les noms, Smolensk, Bielgorod et Rome, et Paris, et ça y est, maintenant c'est fini, Chris est revenue, on pourra se retrouver contre l'arbre de l'avenue des Tilleuls, mais dehors par la fenêtre on voit les montagnes du Banchi comme je les préfère, dans le matin, violet pâle... L'herbe est déjà chaude.

J'ai un échiquier pour Adeline. Barsoumian et Fouillet sont passés aussi et j'ai reconnu la voix à Laidu. Ça je ne m'y attendais pas. Et puis la vieille, celle à qui j'ai dit bonjour si longtemps dans les anciennes Halles, ma pute première, on avait parlé de lycée, et puis j'avais senti une douceur venir... Comme à présent... Comme quand on part... C'est bête, juste avant que tout commence... Ça va aller vite à présent. Je n'ai jamais été aussi bien. Ils vont être tout autour et voilà que le soir devient fragile, c'est un paysage de livre comme dans les îles Borromées.

Ce sont des fleurs de Noël. Il y a eu une guerre peut-être et il reste peu de chose, elles sont pourtant là, elles vibrent dans la brise du lac.

Des roses de décembre, je ne savais pas que cela existait. Ils croient tous que je dors mais je les entends chuchoter.

Ils ne disent plus rien depuis quelque temps.

Ils ont peut-être perçu le bruit du papier quand j'ai tourné la page.

Cette fois c'est la dernière.

Dès que je l'aurai terminée, je leur dirai d'entrer...

Je ne me souviens plus comment j'avais achevé l'autre cahier. Tout s'est troublé.

C'étaient des souhaits, je crois. Plus de guerre, et puis je devais dire au revoir.

Rien d'autre.

Le salut avant le rideau, la salle applaudit.

La pièce était interprétée par Povchéri.

Les bouquets, comme lorsque tout se termine. Elles sont là, toutes, de Traîtresse Infâme à Adeline, et dans leurs mains les roses de décembre...

Il faut que je...

IMPRIMÉ EN FRANCE PAR BRODARD ET TAUPIN
Usine de La Flèche (Sarthe).
LIBRAIRIE GÉNÉRALE FRANÇAISE - 6, rue Pierre-Sarrazin - 75006 Paris.
ISBN : 2 - 253 - 04782 - 1

Œuvres de Patrick Cauvin

Extrait du catalogue

L'Amour aveugle

n° 5656

Jacques Bernier, quarante-cinq ans, professeur de français, part rejoindre sa fille et ses amis en Provence pour les vacances. Mais ils sont jeunes et, très vite, il se sent complètement dépassé, hors circuit. Le miracle survient alors. Il tombe amoureux fou de Laura. Lui n'est pas Clark Gable, elle est aveugle. Ils mettront dans cet amour toute leur énergie et leur volonté de bonheur

Poésie, humour et tendresse, mais aussi gravité et tristesse, sont réunis dans cette bouleversante histoire d'amour.

Monsieur Papa

n° 5699

Franck Lanier avait tout arrangé pour les vacances. Il casait son fils chez son ex-femme et lui filait à Bangkok. Mais son petit garçon, Laurent, n'est pas du tout d'accord. Il veut, lui aussi, partir pour Bangkok. Tous les moyens seront bons pour parvenir à ses fins, des plus drôles aux plus désespérés et des aventures peu banales se succèdent dans une vie quotidienne pleine de tendresse entre le père et le fils.

E = mc², mon amour

n° 5723

« Lui un peu voyou, elle un peu bêcheuse, ces deux bambins qui totalisent moins de vingt-trois printemps vont se rencontrer, se flairer, se reconnaître et vivre dans l'incompréhension générale ce qu'il est légitime d'appeler un grand amour.

J'aime dans le roman de Patrick Cauvin — outre toutes les qualités de fraîcheur, de légèreté, d'invention qu'il faut pour faire l'enfant sans faire la bête — j'aime ce qu'il dit sans avoir l'air d'y toucher et qui va beaucoup plus loin que son joli récit. »

François Nourissier.

Pourquoi pas nous ?

n° 5760

Jacqueline Puisset. Célibataire. 40 ans. Libraire à Perpignan. Cultivée. Dotée d'un strabisme divergent qui lui donne un air rêveur. S'occupe du ciné-club et du troisième âge. Vie amoureuse : néant.

Philippe Lipinsky. Catcheur. Nom de ring : Méphisto King. 125 kilos. Vit à Montmartre. Pratique l'aquarelle. Également célibataire. Bon fils. Vie amoureuse : néant.

Signe particulier commun : ils se considèrent laids.

Jacqueline et Philippe étaient faits pour la solitude. Patrick Cauvin les réunit. Jamais personne avant lui n'avait abordé un tel sujet avec une telle tendresse, avec autant d'humour, de délicatesse et d'émotion.

Huit jours en été

n° 5796

Une femme, trois enfants, l'autobus, le soir les pantoufles et la télé.

Une vie monotone comme il y en a tant et soudain, pendant huit jours en été, la vie avec ce que cela signifie d'aventure, d'émotion, d'amour, de désespoir et de bonheur.

Huit jours qui donnent enfin et pour toujours un sens à la vie de Jean-François.

Gai, drôle, tendre, émouvant et parfois même féroce, *Huit jours en été* est un des meilleurs roman de Patrick Cauvin.

C'était le Pérou
n° 5887

Entre Bezons et le Machupicchu, entre la France et le Pérou, il y a plus de dix mille kilomètres.

Quatre hommes, aussi différents que l'on puisse être, vont les franchir, le temps des vacances. Leur rencontre, dans une voiture bringuebalante cheminant entre 3 000 et 5 500 mètres d'altitude sur la route des Andes, va non seulement les entraîner dans d'abracadabrantes aventures, mais aussi changer à jamais leur vie.

Nous allions vers les beaux jours
n° 5965

En 1944, la propagande nazie fit tourner un film destiné principalement aux représentants de la Croix-Rouge internationale, intitulé, *Le Führer offre un village aux Juifs.* On y voyait, dans une atmosphère de joie et de travail, évoluer des Juifs « heureux » dont la plupart furent exécutés après le tournage. Ce fut sans doute, par l'intermédiaire du cinéma, l'acte de mystification le plus cynique et le plus tragique qui ait été commis.

Cet épisode historique a inspiré à Patrick Cauvin un roman bouleversant. Ses héros, Paul Levin et Victoria Shemin, dont l'amour est broyé par l'histoire, sont inoubliables.

Dans les bras du vent

Elle a de la tendresse et de l'humour, lui se réveille d'un long cauchemar. Ils vont se parler, s'aimer, s'entendre sur le dos du malheur : car ils sont handicapés, chacun assis pour toujours dans un fauteuil roulant. Mais tant pis si c'est fou, ils vont faire cette croisière sur le Nil dont elle a toujours rêvé.

Un voyage drôle et pathétique. Une balade dont il faudra bien revenir...

Aucun lecteur n'oubliera la vision ample et profonde du monde des handicapés, ni l'humour employé comme arme contre la détresse, ni cette insolite croisière sur le Nil.

Laura Brams

n° 6154

Lorsqu'elle rencontra le romancier Michel Blazier, la très belle Laura Brams lui révéla qu'ils s'étaient connus autrefois, trois mille cinq cents ans plus tôt, en Haute-Egypte. Michel Blazier n'était pas homme à croire ces histoires. Mais il l'aimait déjà trop pour contrarier son obsession. Et Laura n'avait rien d'une folle, elle irradiait au contraire la bonne humeur, la sécurité aussi. Simplement, elle croyait à la réincarnation. Alors Michel allait se mettre à courir avec elle, de Montmartre en Hollande, de Finlande jusqu'en Haute-Egypte, courir derrière leurs propres fantômes jusqu'à une fin hallucinante.

Haute-Pierre

n° 6307

Un homme, une femme et un enfant surdoué s'installent pour quatre saisons qui s'annoncent merveilleuses dans un vieux manoir, Haute-Pierre.

Après un été splendide, l'automne se referme sur Haute-Pierre où d'étranges phénomènes se produisent soudain. Mais, aujourd'hui, qui peut encore croire aux maisons hantées?

Vous serez envoûté par ce roman de Patrick Cauvin, qui conjugue romantisme et humour avec un fantastique sens du suspense.

◈ 30/6537/2